U0934374

向林 / 著

灵魂追凶

②

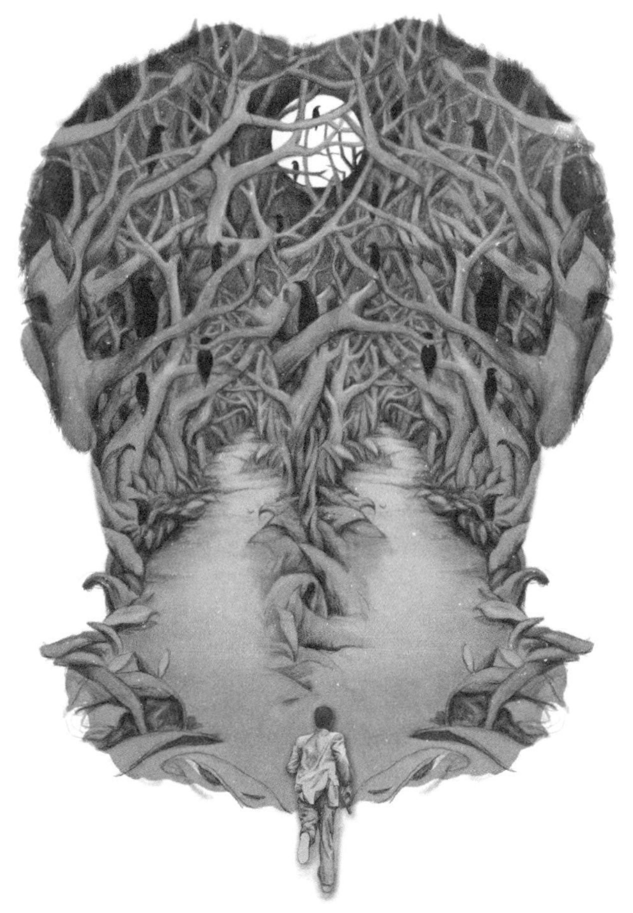

中国友谊出版公司

图书在版编目（CIP）数据

灵魂追凶. 2 / 向林著. — 北京：中国友谊出版公司，2019.6

ISBN 978-7-5057-4654-1

Ⅰ. ①灵… Ⅱ. ①向… Ⅲ. ①长篇小说–中国–当代 Ⅳ. ①I247.5

中国版本图书馆CIP数据核字（2019）第057009号

书名 灵魂追凶2

作者 向林

出版 中国友谊出版公司

发行 中国友谊出版公司

经销 新华书店

印刷 天津旭丰源印刷有限公司

规格 700×980毫米 16开

18印张 264千字

版次 2019年8月第1版

印次 2019年8月第1次印刷

书号 ISBN 978-7-5057-4654-1

定价 42.80元

地址 北京市朝阳区西坝河南里17号楼

邮编 100028

电话 （010）64678009

目　录

CONTENTS

第一章

连环杀人案

林渐新快速看完后双手一摊，说道："夏丹的案子我还没有调查完呢，而且我还有自己的诊所。"

曹能急忙道："其他的事情都暂时放一下吧。这个案子过去两年多了，到目前为止已经有十个年轻的女子遇害了，谁也不知道下一个受害者会是谁。小林，这可是人命关天的事情，我们也不想来打搅你，可是要破获这样的案子非你不可呀！"

林渐新为难而抱歉地看着苏文。苏文看着他，轻声道："那你就去一趟吧。"

林渐新想了想，看着曹能："那我去一趟？"

曹能大喜："小苏，实在是太谢谢你啦！"

林渐新很是不满："难道你就不谢谢我？"

机场。

林渐新和苏文拥抱道别。苏文对他说道："这段时间我帮你把诊所的地点选好，到时候你直接搬来就可以了。"

林渐新柔声对她说道："不用那么着急，我手上还有几个病人需要继续治疗。"

苏文不满地说道："那样的话岂不就没完没了了？不行，到时候我先去把地点选好，然后发给你看，你同意后我就马上交租金并开始装修。"

林渐新叹息了一声："好吧，从今往后这自由可就要慢慢离我而去喽。"

苏文轻轻推开了他，似笑非笑地问道："你现在就告诉我，你究竟是要自由还是要我？"

林渐新朝她怪怪地一笑："我都要。好了，左警官还在那里站着呢，我还有非常重要的事情要对他讲。"

苏文这才放过他。林渐新走到左辉面前，和他握手后低声说道："我已经仔细分析过孙家良的个人资料，接下来我们得想办法让他自己回来。"

左辉问道："你有具体的方案了吗？"

林渐新点头，随即将自己的想法告诉了他。左辉听后神色一动，回道："好，我这就去安排。"

"对方多疑，所以我们一定要沉住气，注意，千万别演得太过了。"

左辉笑道："放心吧，我会安排好一切的。"

关于这起连环杀人案，林渐新前不久听曹能提起过，只不过当时曹能讲得比较笼统，而且林渐新也没有特别去注意，毕竟当时夏丹的案子让他正陷在迷茫、烦躁之中，根本没有兴趣也没有精力分心。

在去机场的路上，曹能将案情详细地对他讲述了一遍，接下来邓长治又补充了这起连环杀人案里面其他九名受害人的尸检结果。林渐新一直静静听着，中途并没有发表任何个人想法。登机之后，他一直沉浸在那厚厚一摞案卷的阅读之中。

"这么快就到了？"当邓长治提醒他飞机已经降落的时候，林渐新才突然惊醒，随即就笑了起来，"很显然，爱因斯坦的相对论是非常有道理的，你们说是吧？"

林渐新如此轻松的状态让曹能和邓长治都暗暗欣喜：由此看来，他的心里似乎已经对这起案件有了初步的判断。

这边早已有一辆警车在等候着接机。从机场一出来，林渐新就开玩笑般责怪曹、邓二人："你们也真是的，我好不容易看到一次下雪，本想借此机会浪漫浪漫，你们倒好……"

曹能抱歉地说道："实在对不起，我们也是想到这个案子非你不可。不过你要看下雪的话也很简单，我们这里的高山上就有。"

邓长治笑道："曹大队，这你就错了，浪漫得看和谁在一起，所以啊，你要补偿小林的话，得采取另外的方式才行。"

曹能笑着点头道："这个我当然知道……"他看着林渐新，"就是不知道小林愿不愿意接受我们这个补偿了。"

林渐新嘿嘿笑了两声，道："你们俩这一唱一和的，我怎么觉得好像有一个圈套在等着我呢？曹警官，说说吧，你们究竟准备如何补偿我？"

曹能瞪了他一眼，道："怎么可能是圈套呢？小林，你愿不愿意加入我们这个行列？我已经和上级汇报了你的情况，如果你愿意，我们将特事特办，以引进特殊人才的方式，很快就可以办理好你的入职手续，到时候你的级别和我差不多，并且还要奖励住房一套。"

想不到林渐新直接就拒绝了："曹警官，这件事情我是不会考虑的。"

邓长治急忙道："这样的条件可是曹大队花费了很大的力气才为你争取到的，很不容易。说实话，我在公安系统工作了大半辈子，都还没有享受过这样的待遇呢。小林，你再好好考虑考虑？"

林渐新却依然摇头道："二位警官，这件事情我是不可能答应的。我们每个人都有自己的人生定位，我对自己的定位就是成为一名优秀的心理医生，我一直在为此而努力。邓警官，假如现在有某所医科院校让你去做解剖教授，你去不去？还有曹警官，我也相信你一定不会接受任何一家企业对你的高薪聘请，你说是不是？这其中的道理是一样的，因为我们都是热爱自己的事业并愿意为之付出一切的人。假如我真的答应了你们去做一名警察，我并不能因此而改变这个社会什么，但对我的那些病人来讲，却是一个巨大的损失。关于这一点，我心里十分清楚，因为至少到目前为止，我并不认为自

己的人生定位是错误的。”

曹能和邓长治面面相觑，可是他们又不得不认同林渐新刚才的话讲得很有道理。林渐新继续道：“当然，作为一位公民，我会尽量履行好自己的义务，这一点请二位放心。”

曹能叹息了一声，道：“看来是我们在这件事情上欠缺了一些考虑。那么小林，你目前对这起案件有什么想法？”

林渐新问道：“你们认为最近发生的这起案件和两年前的连环杀人案是同一个凶手所为？”

曹能疑惑地问道：“难道你对此有不同的看法？最近发生的这起案件和两年前出现的连环杀人案相比，无论是作案手法还是被害人的基本特征，几乎都一模一样：死者均为女性；都是强奸后杀人或者杀人后奸尸；死者的尸体都缺少某个器官或者部分组织；案发地都是在比较偏僻的地方，比如江岸边、小巷里，或者郊外。最近这个被害的死者就是在郊外遇害的，尸体的双脚均被切除，阴道损伤严重。正因如此，我们才将这起案件与两年前的连环杀人案联系在了一起。”

林渐新问邓长治：“老邓，你是资深法医，难道你也认为这起案件的作案手法和前面的那九起一模一样？”

邓长治回答道：“听你这样一问，我倒是觉得最近的这起案件似乎稍有不同。首先是死者双脚的切断面似乎并不整齐，很显然，凶手的切割手法不如前面的九起案件那么熟练。这也可能是因为凶手已经有两年不曾继续作案，在前面的九起案件中也存在着作案手法从粗糙到熟练的过程。其次是前面九起案件中死者的生殖器都不像这起案件中的受害者那样损伤严重，这是不是也与凶手两年不再作案有关系？”

林渐新的目光移向车窗之外：“这个解释似乎也有些道理，不过我并不完全认同。首先，无论是连环杀人还是切割尸体的手法，这对凶手而言不仅仅存在一个熟练的过程，更多的是心理上的一种渐进性的适应。人与其他动物最大的不同就是有理智、有道德感，而杀人是人性中最原始的兽性行为，只有从心理上彻底适应内心深处的兽性之后，才能够真正做到从容不迫，甚至有的凶手还因此去追求所谓杀人的艺术。其次，无论凶手是男性还是女性，从心理的角度上讲，一般情况下凶手对死者的态度不会有所改变的。”

邓长治问道：“态度？”

林渐新点头道：“是的，态度。态度是一个心理学名词，它指的是一个人对特定的对象，比如人、观念、情感或者事件等所持有的稳定的心理倾向，这种心理倾向蕴含着一个人的主观评价以及由此产生的倾向性行为。很显然，无论是强奸杀人还是杀人后奸尸，这种行为与严重损害女性性器官是两种截然不同的行为，前者是占有，是侵犯，而后者是厌恶，是摧毁。除非凶手有精神分裂症，否则的话，是不应该同时出现这种截然不同的行为方式的。”

曹能讶然问道：“你的意思是，最近发生的这起案子不一定与两年前的连环杀人案有关？”

林渐新摇头道：“现在还不好说。此外我还注意到，两年前发生的连环杀人案无论是作案手法还是凶手所针对的对象，基本上都是一致的，九名受害者都是不到三十岁的年轻女性，而且都比较漂亮，而这起案件的死者年龄却是四十岁以上，而且相貌极其普通，所以我认为这起案件很可能是凶手模仿作案。”

曹能有些不能接受他的这个结论，问道：“你能肯定？”

林渐新点头：“我基本上可以肯定。为什么呢？原因很简单，我们每个人的行为都是受心理控制的，而一个人喜欢什么、憎恶什么，这其实就是一个人的世界观。要知道，一个人世界观的形成往往与他的童年、家庭以及社会环境有着非常重要的关系，世界观一旦形成就很难改变，而杀人是一种最原始的兽性行为，它所表达的恰恰是一个人内心深处最真实的东西，所以在我的眼里，最近这起杀人案的凶手与两年前的连环杀人案的作案者根本就是两个完全不同的人。”

曹能顿时沉默。虽然曹能并不是心理学方面的专家，但并不意味着他在这方面一无所知，刚才林渐新的分析有理有据，他不得不认同。其实他心里也明白，刚才自己的不接受说到底还是因为这样的结论让他产生了一种巨大

的抗拒与遗憾：如此一来，曾经那个连环杀人案的侦破也会因此而变得遥遥无期。

林渐新仿佛知道此时曹能心中所想，笑了笑，说道："曹警官，你也不用因为我这样的结论而感到沮丧，说不定这起案子正好是破获两年前那起连环杀人案的契机呢。"

曹能顿时耸然动容："小林，你的意思是？"

林渐新朝他摆了摆手，道："先把这起案子搞清楚了之后再说吧。"

曹能精神大振，急忙表态道："小林，你有什么需要就尽管讲，我们一定全力配合。"

林渐新想了想，道："这样吧，给我派一个人，随时跟着我就行，接下来我的调查需要有警察的身份。"

曹能趁机再次提醒道："所以我们希望你能够加入……"

林渐新笑道："很简单的一件事情，为什么非要搞得那么复杂呢？只需要一位工作热情高、做事细致的普通刑警配合我就可以了……这样吧，我看上次你让我测谎的那个年轻警察就不错。对了，他叫什么名字来着？"

曹能无奈地苦笑道："他叫季擎。好吧，我这就通知他马上去刑警总队报到。"

林渐新还是被安排在了当地警方的招待所里住下，这地方条件不错，安静、安全，而且招待所里面有食堂。季擎也住到了里面，就在林渐新对面的那个房间。林渐新住下后就让季擎马上去搜集死者的全部资料。

安排好林渐新之后，邓长治对曹能说道："关于小林的安排，我倒是有一个建议。"

曹能正为了这件事情感到遗憾，急忙道："你快说来听听。"

邓长治道："如果我们试图劝他放弃自己的专业，这是不大可能的，而且我们那样做也确实是对人才的一种浪费。既然如此，我们完全可以采取另外一种方式，比如特聘他为我们警方的顾问，同时给予他相应的待遇。这样的话，说不定他更愿意接受一些，而且一旦我们遇到一些特殊的案件，也就可以随时请他出面。"

曹能大喜，点头道：“好主意！这样一来我们双方都相对比较自由，他当然也就愿意接受……嗯，这个办法不错。我看这样，等手上的这个案子了结之后我再去和他好好谈谈。”

邓长治担忧地问道：“可是，这样的方式上面会同意吗？”

曹能轻松地说道：“应该不存在什么大的问题。作为内陆城市，我们的执政者越来越意识到人才的重要性，通过多种模式引进人才早已经在高层达成共识，没问题的。”

林渐新的眼光很准，季擎很快就将死者的相关资料整理好了。就在招待所的房间里面，他将受害人的基本情况对林渐新做了介绍。

死者名叫夏明兰，今年四十三岁，初中毕业，家住这座城市北郊的一个小山村里，丈夫一直在乡下务农，两人有一个女儿。夏明兰十年前就开始在这座城市的一户人家做保姆，想不到在这次返家的途中遇害。

林渐新一直闭目听着，这时候忽然睁开了眼睛问道：“返家的途中？”

季擎点头道：“是的。夏明兰十年前就在一个叫申文墨的私企老板家里做保姆，每个月返家一次。夏明兰的家住在山上，公共汽车并不通往山上，她在山下下车后步行，结果在半山腰的时候遇害。山下是有乡村公路上山的，当地村民使用摩托车的居多，也许正值冬季，村民出门的不多，受害人遇害的时间临近傍晚，而且出事的地方正好是在一个山坳里面，到目前为止警方还没有找到目击者。从现场的情况来看，死者是在乡村公路旁边遇害的，然后被凶手拖拽到了悬崖边，弃尸山下。死者被一把长条形的刀具直插心脏，一刀致命。凶手可能是在弃尸前才拔出凶器，当时死者的血液几乎已经凝固，所以在凶杀现场基本上看不到血迹。死者的尸体是在第二天上午才被人发现的，悬崖上面长满青草和灌木丛，凶手的足迹非常模糊，公路旁边倒是有几处鞋印，不过鞋印也不十分清楚，估计是凶手在事后做了简单的处理。警方动用了警犬，但是警犬到了出事的公路旁方向就乱了。经初步分析，凶手很可能是以摩托车作为交通工具，由于汽油的气味极重，很容易掩盖住凶手身上的气味，再加上山使用摩托车的村民不少，警犬因此出现方向

性混乱也就并不奇怪了。”

“警方在凶杀现场附近的摸排情况怎么样？”林渐新问道。他知道，即使是警方的侦破方向出现了方向性的错误，也一定会耐心细致地做完这项工作，这是他们的常规工作模式，而且在很多时候会从中获取意想不到的信息。

季擎回答道：“几乎是毫无收获。目前还没有进入春运，返乡的民工不多；即使是已经返乡的那些人，也基本上是聚在一起赌博。如今这乡下的赌博风非常严重，有的人在外面一年打工挣的钱就在春节期间输得精光，由此还引发了许多社会问题。”

这样的情况在林渐新的家乡也一样严重，有人认为这是极度缺乏健康有益的文化活动所致。这是一个社会性问题，已经远远超出了心理学所研究的范畴，所以林渐新也就不想去做过多的思考，点头道：“这倒是。那么，警方在调查了死者的丈夫后得出的结论是什么？”

季擎道：“死者的丈夫叫龚有田，是个聋哑人。由于是残疾人，他一直在家务农，还租了好几家人的田地耕种。那天夏明兰回家前没有事先和家里讲，当时死者的丈夫和女儿在家。据村里的留守老人讲，这一家人都非常老实本分。对了，死者的尸体上有近一千块钱的现金，还有一张卡，卡里面的钱都在，因此警方排除了谋财害命的可能。死者年轻的时候长得不好看，正因如此才嫁给了这个残疾人。村里的男性大多外出打工，见惯了外面的花花世界，所以本村熟人作案的可能性较小。后来警方又进行了具体的排查工作，最后排除了这种可能。联想到两年前的那起连环杀人案，这才决定对这起案件进行并案侦查。”

林渐新又问道：“死者的雇主向警方提供了什么线索没有？”

季擎回答道：“据雇主讲，死者每次回家都会提前几天向他们打招呼，每次离开的时间除了春节之外，一般都只有一两天。除此之外雇主并没有提供更多的情况。”

林渐新看了看时间：“如果我们现在出发去死者家里，大概几点钟可以到？”

季擎在手机上搜索了地址，回答道：“城里很可能堵车，出城后大约两个多小时就可以到达。”

林渐新起身道：“那我们现在就出发吧。”

季擎诧异地问道：“林医生，你觉得警方还有什么遗漏吗？”

林渐新摇头道：“我的思考方式和你们警方不一样。现在我需要分析的是这样一个问题：凶手为什么选择了夏明兰而不是其他的某个人？”

季擎还是不明白：“万一是随机作案呢？”

林渐新道：“那也得搞清楚凶手为什么要选择那样一个地方。”

季擎虽觉得他的话很有道理，心里却依然有些犯嘀咕：这两个问题看似理所当然，但真的要搞清楚哪有那么容易？

曹能调来的警车就在招待所外边，而且早已加满了油。林渐新上车后对季擎说了一句“我有些疲倦，到了案发现场再叫醒我”，然后，他真的就睡着了，还发出轻微的鼾声。

季擎觉得这个人很是奇怪，作为刑警，每当遇到这样复杂诡异的案子，他总是会兴奋，甚至彻夜难眠，然而眼前这位倒好，竟然如此毫不在意，瞬间入眠。

林渐新醒来的时候，季擎恰好将车开到案发现场的那个山坳处，季擎正准备叫醒他，却发现副驾驶坐着的这位竟然已经开始朝车窗外打量了，禁不住问了一句：“林医生，你究竟是什么时候醒来的？”

林渐新回答道：“刚刚出城的时候我就醒了。我很想睡会儿，但就是睡不着，这一路上我都在观察着道路的情况，上山之后也在注意地形。下车吧，这附近应该就是案发现场了，对吧？”

季擎不好意思地说道：“其实我也是第一次来，不过从案卷中的那些照片中，大致可以看出这个地方应该就是案发现场附近。”

林渐新点头，然后直接下了车。脚下踩着的是一条硬化了的单车道，山坳外边有十米左右的灌木丛，一眼就可以看到那一条倒伏的痕迹。也许是最近没有下雨的缘故，即使警方已经勘察完现场，却并没有留下明显的足迹。

林渐新沿着灌木丛那条倒伏的痕迹走了过去，很快就抵达悬崖边。他并没有去仔细检查地上的情况，他知道，警方不应该在这个方面有所遗漏。

悬崖边有一片空地，隐约可以看到地上少量的血迹，还有少许的碎肉。这里应该就是凶手切下死者双脚的地方了。林渐新俯身朝悬崖下看去，顿时感到一阵眩晕。城郊的这个地方与夏丹出事的小岛附近的丘陵地形完全不同，这一片都是高山，如果时光回到数十年前，这样的地方也就意味着闭塞与贫穷。林渐新转身问季擎："死者的体重大概是多少？"

季擎想了想，回答道："死者有些瘦小，好像不到七十斤。"

林渐新点头道："这里的灌木丛并没有倒刺类植物，拖拽尸体的过程应该并不困难，但是你注意到没有，凶手在拖拽的过程中似乎曾经有过两次停留。"

季擎非常惊讶于他观察的细致，点头道："警方已经注意到了这个细节，因为尸体滑过之处与放下后形成的痕迹是有区别的。"

林渐新用责怪的眼神看着他："可是，你在向我介绍案情的时候并没有提到此事。季警官，你是刑警，应该明白细节对案件真相分析的重要性。"

季擎有些尴尬。自从上次在岛上接受了林渐新的测试之后，他就一直对这位心理医生充满好奇与崇敬，这次被调来协助自己所崇拜的对象更是激动不已，他本想尽心尽力表现出自己最优秀的那一面，却偏偏出了这样的差错。还好林渐新并没有继续计较此事，问道："那么，你对这样的情况如何分析？"

季擎暗暗松了一口气，想了想，回答道："也许凶手身材非常矮小，力量也非常有限。"

林渐新面无表情地又问道："还有呢？"

季擎皱眉问道："还有？"

林渐新叹息了一声，道："你的思维怎么那么局限呢？嗯，惯性思维，这倒是可以理解。季警官，难道你就没有想过凶手很可能是女人？"

季擎目瞪口呆地看着他："女人？怎么可能？"

林渐新看着他："为什么不可能是女人？你能够肯定死者曾经被凶手强

奸过？不，那不是强奸，是故意在损伤死者的生殖器，而且很可能是为了泄愤。凶手那样做大致有以下几种情况，如果凶手是男性，那么他很可能就是死者的丈夫或者情人，因为凶手憎恨这个女人的不贞；又或者，凶手因为自己妻子或者情妇的不贞而将那样的愤怒发泄在其他女人身上，这样的情况就有些病态了。如果凶手是女性，那么死者就很可能是她的情敌；或者，由于凶手的心理不正常，她将死者当成了自己假想中的情敌。”

季擎不能认同他这样的分析，摇头道：“问题是死者长得一点都不好看，怎么可能……”

林渐新不以为然地说道：“谁说长得丑的女人就不会出轨了？关键是有没有男人喜欢她。有句话是怎么说的？萝卜白菜，各有所爱，情人眼里出西施呢！这个世界是多样性的，每个人的审美标准各不相同，在西方人的眼里，高颧骨、丹凤眼、大嘴巴的女人才是最漂亮的；唐朝以肥为美，也就更加不可思议……所以，在这样的问题上我们都不应该轻易下结论。”

很显然，季擎已经被他说服了，笑着点头道：“好像还真的是这样。那么林医生，为什么有的人会出现这种奇特的审美呢？”

林渐新道：“这个问题问得非常好。我们每个人的审美因为社会文化背景的不同而有不一样的标准，不过不同群体、不同历史时期中的大多数人的审美标准应该是一致的。除此之外，有极少数人会因为自己特殊的经历而产生出另类的审美。比如诸葛亮，据说他的妻子就很丑，但是她非常有才气，而且出身于荆楚豪门，所以，诸葛亮是以个人的事业前途作为择偶的标准的，在他的眼里，这样的妻子也是美的。不过这仅仅是表面，而更重要的是一个人的内心。从心理学的角度讲，异性之间能够产生出巨大吸引力就是美，而这样的吸引力却来源于荷尔蒙，也就是性激素。某个男孩在性觉醒的时候曾经被邻居阿姨爱抚过，那么在这个男孩的心里，邻居阿姨就会成为他内心深处最美的女性形象，而且这样的心理会影响他的一生，至于邻居阿姨在其他人眼里究竟是漂亮还是丑，也就不重要了。”这时候他才注意到季擎依然是一脸的疑惑，禁不住就笑了，“这个问题太过复杂，你不大懂得也可以理解，毕竟你不是研究心理学的。走吧，我们去死者家里。”

警车蜿蜒行驶了五公里左右，终于将刚才的那座大山甩在了身后，前方却又是一座座起伏的高山，只见有数户农家零星散落在山腰。像这样的高山地区，零星而贫瘠的土地决定了村庄的布局，人口反倒成为土地的附属物。也正因如此，山区的农民往往外出打工，以此逃离土地的束缚，并且获取更多挣钱的机会。

这山里确实清静，不过偶尔还是可以看到有人骑着摩托车迎面而来。林渐新有些不大明白凶手为什么会选择那样的地方作案——案发现场虽然位于山坳处，可以躲避山里村民的视线，却无法保证这条乡村公路上就一定不会有人通过。即使是当地的村民，也不一定能够确定这一点。行凶杀人可不是一般的罪行，即使凶手的心理素质再好，也必定会将自己的安全列入首要考虑之列。难道凶手真的是随机作案？

季擎将警车停靠在路边，然后两个人步行近百米才到了死者的家里。这是位于半山腰处的一栋孤零零的建筑。这山上的乡村建筑大多是砖瓦结构，而且新房居多。几千年的农耕文化传承让现在的村民依然把家的概念看得非常重要，数年外出打工所挣下的钱都花费在了眼前山上这一栋栋零星的建筑上面。让林渐新感到惊讶的是，夏明兰的这个家竟然并不比其他村民的差。

也许死者夏明兰的尸体还在警方那里保存着，这个地方并没有村民前来，不过林渐新一进入这个农家小院，就骤然感觉到了一种悲怆的气息迎面而来。这地方实在是太静了，静谧得可以听见旁边猪圈里面传来的猪猡的哼哼声。那一定是一头大肥猪。林渐新心想。

“有人吗？”季擎朝着里面喊了一声。不一会儿，一个十五六岁的女孩子出现在门口。女孩子的眼睛红红的，悲伤醒目地布满脸庞，她就站在那里看着林渐新和季擎二人。

“你爸呢？”林渐新问道，尽量让自己的声音变得柔和一些。

女孩子指了指里面。林渐新朝她走了过去，说道：“我们是来调查你妈妈的案子的。我们可以进屋和你们说说话吗？”

女孩子说道：“我爸听不见，也不会说话。”

林渐新道："我们知道。没关系，我会一点手语，而且我们也想问你一些事情。"

女孩子朝他点了点头，转身进屋去了。林渐新和季擎跟在她后面。里面靠墙处有一个火塘，一个巨大的树根在燃烧着，使屋子里面很温暖。火塘上面挂着许多腊肉和香肠，它们已经被熏得黑黢黢的。这是乡村中最正宗的食品，曾经因为贫穷，山上的村民用这样的方式保存肉类，如今却成为一道特别的美味。

这家的主人龚有田正坐在火塘边，他竟然是一个身强力壮的中年男人。女孩子在一块小黑板上面写了一行字：他们是警察。

很显然，龚有田是识字的，他看了一眼小黑板后就急忙站了起来，朝林渐新和季擎憨厚地笑着。林渐新心想，这样的交流方式倒是不错，说不定龚有田根本就不懂手语。

林渐新从女孩子手上拿过小黑板，在上面写了一行字：我们两个人单独谈谈可以吗？

龚有田看后，朝林渐新点了点头。林渐新对季擎说道："我要和他单独谈谈，有些事情不适合孩子知道，你陪着她出去玩一会儿。"

季擎带着女孩子出去了，林渐新在小黑板上又写了几个字：你可以写字，是吧？那我们就这样交谈？

龚有田点头，依然憨厚地笑着。林渐新看得出来，眼前这个聋哑人的笑是真诚的，也许这样的笑对他来讲早已成为习惯。这是一个真正生活在社会底层的残疾人，在面对丧妻之痛的时候，却依然时时刻刻保持着真诚的笑容，这其实非常正常，因为笑容早已成为他生存的最好武器。是的，这样的武器几乎是无敌的，即使是在他面对屈辱和伤痛的时候，这样的笑容足以化解掉一切。

林渐新：谁教会你识字、写字的？

龚有田：我女人。

这倒是可以预料得到。林渐新继续写道：你喜欢她吗？

龚有田点头。林渐新又写道：在你的心里，她是一个好女人吗？

龚有田点头，眼泪瞬间流了出来，他急忙用粗糙的手去揩拭。

林渐新：平时她一个月回来一次？

龚有田点头。林渐新擦拭掉小黑板上面的字迹，写道：也就是说，你和她一直以来都是一个月才过一次夫妻生活？

龚有田有些不知所措。林渐新又擦掉，写道：我问你的每一个问题都很重要，这样才能够找到杀害你女人的凶手。

龚有田的嘴唇紧闭了起来，在小黑板上面写下了一个字：是。

林渐新：你进城去看过她没有？

龚有田摇头。林渐新继续写道：为什么不去？她不同意？

龚有田写道：她说，人家是大老板，我去不合适，会让人笑话。

林渐新：你女儿去过吗？

龚有田：她就在城里读书，不过没去过那户人家里。

林渐新：为什么？是你女人不同意吗？

龚有田点头。

林渐新：你女人在城里做保姆，一个月多少钱？

龚有田：听她说好像是八千。

林渐新：她一个月拿回家里多少钱？

龚有田：八千。主人家有时候会给她奖金，那部分钱她用作零花。

林渐新：十年前也是八千？

龚有田：开始的时候是一千，然后三千、五千,五年前就涨到八千了。

林渐新：你们这房子花了多少钱？

龚有田：十五万多。砖和瓦都是我自己烧的。

林渐新：都是你女人拿的钱？

龚有田点头。

林渐新：你是否曾经怀疑过她在外面有别的男人？

龚有田手上的粉笔一下子就掉在了地上，双手快速摆动着，嘴里哇哇怪叫，情绪非常激动。

林渐新明白了，说道："对不起，我只是顺口这么一问。"随即站了起来，拍了拍龚有田的肩膀，虽然明明知道他听不见，还是轻声说了一句“节哀顺变”。

从屋子里面出去后，林渐新看见季擎和女孩子正站在院坝的一侧，两个人在那里说着什么。他走了过去，问道：“你们在谈些什么？”

季擎笑了笑，回答道：“我在问她的学习情况。她已经高二了，成绩还不错，她说今后想报考医学类院校。”

林渐新赞叹道：“真是一个孝顺的孩子。”随即又问，“你爸的残疾并不是先天性的，是吧？”

女孩子有些羞涩，点头道：“他小时候发烧，吃药吃坏了耳朵，后来就慢慢不会说话了。”

林渐新温和地对她说道：“我支持你今后去报考医学院，而且我相信你今后一定会成为一个好医生。今后像你这样的好医生多了，你爸爸的悲剧也就不会重演了。其实你心里就是这样想的，是吧？”

女孩子点头，目光中的纯真只有她这样年龄的孩子才会有。林渐新问道：“听你爸爸说，你就在城里读书，却从来没有去看过妈妈。这是为什么呢？”

女孩子回答道：“妈妈不准我去。”

林渐新一副很不理解的样子：“她告诉过你不让你去的理由吗？”

女孩子点头，道：“妈妈说，她做工的那家女主人精神不大正常，担心我去了之后出事。”

林渐新神色一动，问道：“哦？那你妈妈告诉过你那个人的精神是如何不正常的吗？”

女孩子回答道：“妈妈说，那家的女主人每天早上都要把她叫到餐桌旁，然后向她示范如何铺桌布。十年了，天天如此。妈妈还说，那张桌布也用了十年，从来都没有换过。开始的时候，那个女主人示范之后，第二天早上我妈妈就提前重新铺了桌布，结果女主人大发雷霆，当时差点儿就辞退了她。”

林渐新沉思了片刻，又问道：“你妈妈还告诉过你那个女主人其他方面

的异常情况吗？”

女孩子摇头：“没有了。妈妈说，她那个女主人就是有这个奇怪的毛病，其他都还好。”

林渐新恳切地对女孩子说道：“我们一定会尽快找到凶手的。希望你尽量少受到这件事情的影响，你父母供你上学不容易，如果你真的能够考上医学院，你妈妈的在天之灵也会感到非常欣慰的。”

女孩子忽然流泪了：“可是，我……”

林渐新叹息了一声，点头道：“我知道，我知道，这很难做到，她毕竟是你的妈妈。但是你也是她唯一的希望，她并不希望你今后像她一样去给人家做保姆。这样的话，你妈妈一定对你讲过，而且还不止一次对你讲过，是吧？”

女孩子不住地点头，眼泪流得更厉害了。林渐新的眼神更加柔和：“所以，为了你妈妈，你一定能够做到，是吧？我也完全相信你能够做到。来，你看着天上，轻声对你妈妈说一句：妈妈，我一定可以考上医学院。”

女孩子犹豫了一下，看着林渐新满怀希望和鼓励的眼神，她终于抬起了头，看向已经暗淡的天空，哽咽着说道：“妈妈，我一定听您的话，一定能够考上大学。”

她还是对自己缺乏一些信心，不过没关系，这需要一个过程。林渐新朝她微微一笑：“也许，明年的这个时候你就已经是医学院的学生了。你真是一个好孩子。”

“林医生，你刚才是不是对她进行了心理暗示？”在开往公路的途中，季擎问林渐新道。

林渐新感叹道：“她现在特别需要这样的心理暗示。俗话说，穷人的孩子早当家。她真是一个好孩子啊……”

季擎也禁不住点头，问道：“林医生，你有什么发现没有？”

林渐新模棱两可地说道：“也许吧。季警官，接下来请你去做两件事情：第一，去银行调查一下死者所有的存款情况；第二，我需要死者雇主的家庭情况；第三……”他停顿了一下，继续说道，“想办法让雇主的妻子去做一次妇科检查，最好不要暴露这是警方的意思。”

季擎惊讶地问道：“林医生，前面的两件事情我能够理解，可是最后的这个……”

林渐新没有向他解释什么：“按照我说的去做吧。我只是想要验证某种可能是否存在。”

当季擎驾车再次路过凶案现场的时候，林渐新忽然让他停下，季擎踩住了刹车，问道：“你要下去再看看吗？”

林渐新摇头，目光看向车窗外，大约半分钟后才说道：“走吧，可以了。我再休息会儿，到了后再叫醒我。这下我是真的累了。”

季擎越来越感觉到，这位心理医生看似随和，却是一个很难接近的人，他总是那么高深莫测，永远让人猜不透他究竟在想什么。有时候他滔滔不绝，而更多的时候却总是保持沉默，于是在无形中就拉开了别人与他之间的距离。

车停在招待所后，季擎喊了几声，林渐新才醒了过来，他连忙说道：“这么快就到了？季警官的驾驶技术不错，让我这一觉睡得非常舒服。”

季擎唯有苦笑，堵车都堵了一个多小时呢，接着说道：“我们去吃饭吧，接下来我就去安排好你交办的事情。”

林渐新摇头道：“我不大想吃东西，一会儿我自己出门随便吃点儿。对了，请你告诉曹警官一声，有什么事情，明天早上我们再说。”

说完后他就直接下了车，回到房间将自己反锁在了里面。灵魂深处的那只魔鬼又开始蠢蠢欲动，他不想让他人看到自己的丑态。

第二天一大早，曹能果然来了，说是专门来陪着林渐新吃早餐。林渐新笑了笑，没有戳穿他，不过还是问了一句：“小季向你汇报过情况了吧？”

其实曹能也知道根本就瞒不住他，脸上露出“你知道的”表情，说道：“你吩咐小季的事情我们都安排下去了，今天社区医院将上门替那个小区的部分妇女做妇科检查，以卫生厅健康抽查的名义。不过小林，你这葫芦里面

卖的究竟是什么药啊？现在总可以告诉我了吧？”

林渐新摇头道：“还是暂时保密为好。如果我预料得不错，死者雇主的老婆很可能会拒绝接受妇科检查。”

曹能依然不甘心：“是吗？你为什么这样说呢？”

林渐新淡淡一笑，道：“还是先说说其他方面的情况吧。”

曹能拿他没办法，苦笑了一下，说道：“死者身上的银行卡里面有十二万多，不过除了零头之外都存了定期。其他的情况还得等银行上班后才知道。这件事情确实有些奇怪，一个保姆怎么可能那么有钱。”

林渐新高深莫测地笑了笑：“这样看来，我的分析可能更接近真相了。你先说说雇主的情况吧。”

曹能更是心痒难耐，不过也只能继续忍着：“雇主申文墨是一个私企老板，他的工厂专门生产定制家具。最近这几年的装修时兴这个，他的生意做得非常红火，厂房规模很大。因为价廉物美，所以订单一直源源不断。这个人今年已经六十一岁了，十年前和他现在的妻子冯微微结的婚，两个人结婚后一直没有小孩。小林，你让我们安排给冯微微做妇科检查是不是和这件事情有关？”

林渐新没有回答他这个问题，问道：“申文墨的前妻呢？冯微微现在多大年龄？”

曹能只好继续回答：“申文墨的前妻在十多年前患癌症去世，冯微微今年三十八岁。”

林渐新点头道：“也就是说，冯微微嫁给申文墨的时候才二十八岁。那么，死者是在他们结婚前还是结婚后到这个家里做保姆的？”

曹能惊讶地问道：“这个问题很重要吗？”

林渐新道：“非常重要。不过你们现在不清楚也没有关系，今天上午我准备去拜访一下这个申文墨，到时候情况也就清楚了。”

曹能兴趣盎然，连忙说：“我陪你一起去。”

林渐新用一种古怪的眼神看着他：“曹警官今天不忙？”

曹能笑着指了指他：“你呀，明明知道我对这件事情非常感兴趣……就这样说定了，一会儿我就陪着你去申文墨那里。小林，你告诉我，你现在是不是对这个案子已经基本上有一个结论了，接下来只不过是去证实你的猜测而已？”

林渐新不再隐瞒他，点头道：“是的。如果我的分析没错，冯微微很可能就是那个凶手。”

曹能大吃一惊：“什么？怎么可能？”

林渐新淡淡一笑：“有什么不可能的？保姆长期和自己的丈夫通奸，她却一直独守空房，如果不出我所料，这个冯微微很可能还是处女。否则的话，她不会患有那么严重的强迫症。”

曹能更是惊讶：“强迫症？处女？这又从何说起？”

于是林渐新就将死者女儿告诉他的情况大致对曹能讲述了一遍，最后说道：“这就是强迫症。正因如此，我才分析她患强迫症的根源，由此才得出了现在这样的结论。曹警官，你暂时不要问我为什么，到时候我肯定会告诉你的。”

第二章

致命情结

冬日里雨少，那是因为它们正在高空积聚，等待着来年春天的到来。而这天上午，沥沥细雨却偏偏不期而至，让人感觉到它们这种迫不及待是如此不合时宜。林渐新不喜欢下雨天，那样会让人徒增许多寂寞，容易多愁善感。

如今林渐新已经习惯在每天晚上给苏文打电话。当他从那个维度回到现实之后，才发现自己上一次所谈的根本就不是什么恋爱，最多只能算是一场不期而遇的小闹剧。而如今，每天到了这个时候他的灵魂中都会出现牵肠挂肚的思念，即使是在接通电话后，和她说着最寻常的话，也依然让人感到缠绵悱恻。嗯，也许这就是真正的爱情了。

在去往郊外申文墨的家具厂的途中，林渐新依然沉湎于那样的美好之中，而曹能却把他此时的沉默当作思考。城市的早晨堵车也非常严重，曹能有些不能忍受这个狭小空间中的沉寂，忽然间找到了一个他自认为合适的话题："小林，我一个朋友的孩子据说也是强迫症，这样的疾病能够治得好吗？"

林渐新并没有因为曹能的话打碎了他刚才的美好而感到不快，因为这样的问题恰好搔到了他的痒点。他问道："你朋友的孩子是儿子还是女儿？多大了？具体的表现是什么？"

曹能道："女儿，二十好几了。她每天晚上睡觉前都要把客厅挂着的石英钟的电池给取下来，说客厅那个石英钟的声音吵得她睡不着。小林，你说石英钟会有什么声音。更何况这个钟还是挂在客厅里面的，距离她的房间还有一道房门呢。"

这明明是一位父亲对自己女儿病情的描述。林渐新看着他："你说的是你自己的孩子吧？干吗如此讳疾忌医？"

曹能看了前面正在驾车的季擎一眼，欲言又止。林渐新笑了笑，说道："季警官肯定不会把这样的事情拿出去讲的，是吧，季警官？"

季擎急忙道："你们在说什么？我怎么一点儿都听不见？林医生，你还是叫我小季好了，你老是叫我季警官，听起来觉得别扭。"

这家伙连演戏都不会，看来今后前途堪忧。林渐新没有理会他，继续问曹能："这个女孩子还有其他的症状吗？"

曹能苦笑了一下，说道："其他的情况倒是没有注意到，后来孩子她妈带她去了医院的心理科，结果被诊断为强迫症。治疗近一年的时间了，可是她的病情时好时坏。其实我早就想咨询你，但是又……"

林渐新明白他话中的意思，说道："这样吧，抽空我去看看她。对了，心理科的医生是不是对她做过催眠？而且还不止一次？"

曹能惊讶地看着他，点头道："是的。医生说，催眠对治疗强迫症效果很好。确实也是，每一次做了催眠治疗后她的病情就缓解了许多，但是过不了多久就会复发，而且还越来越严重。"

林渐新叹息了一声，道："看来这个医生并不高明啊。是的，催眠术对治疗强迫症确实有一定的效果，但如果仅仅是靠这样的方法去控制病人的强迫性动作，那只不过是治标不治本罢了，而且还很容易让病人上瘾。这就如同现在很多医生在治疗感染的时候加激素一样，效果虽然是立竿见影，但后患却可能是无穷的。强迫症病人的痛苦只有他们本人最了解——他们明明知道自己所做的强迫性动作毫无意义甚至十分可笑，却偏偏情不自禁，无法克

制，他们的灵魂就好像是被魔鬼所诅咒，于是就只能一次又一次地不断去重复着那样一个动作，形同具有自主意识却又无法自控的傀儡一般。对于这样的病人，最有效的治疗方式是对他们进行精神分析，以此寻找病的根源，然后再根据情况进行针对性的治疗。”

曹能惊喜地问道：“也就是说，你可以治疗好这样的疾病？”

林渐新微微一笑，将嘴唇递到他耳边低声问道：“她是不是不止一次破坏过你和妻子的夫妻生活？”

曹能尴尬了一瞬，满脸惊讶地低声问道：“连这个你都知道？”

林渐新点头道：“看来我的猜测没有错，这样的话我就有基本的方向了。”

申文墨的家具厂规模不小，占地至少有一百亩（六万多平方米），一排排低矮的厂房里面传出刺耳的尖啸声，那是机器切割木料所发出的声音，空气中还隐隐有着刺鼻的气味。林渐新叹息了一声，心里暗暗道：在现代社会，人们的需求过于旺盛，而资源却又是如此有限，价廉物美的背后隐藏着危害也就在所难免了。不过由此看来，这个申文墨也不是什么好人。

其实最开始林渐新只是分析到申文墨与死者之间很可能存在着奸情，不过他并不认为这就是一个人的品德问题，正如他对季擎所讲过的那样，一个人的审美行为是与心理紧密相关的，所以，他也只是怀疑这个申文墨的心理可能存在异常而已。而此时空气中散发出来的刺鼻气味顿时就让他对这个人做出了全然不同的评判。人是社会性动物，而道德和法律是维系整个社会规范有序的基础，如果一个人道德缺失并危害到整个社会，那其实也就与违法犯罪无异了。

曹能一行人刚刚下车就看到一位身材高大肥胖的男子在那里迎候，他的身旁还有一个年轻漂亮的女孩子。曹能低声对林渐新道：“这个人就是申文墨。”

林渐新哦了一声，显出若有所思的样子。而此时，无论是曹能还是季擎都在心里怀疑着林渐新的那个结论，心想眼前这个人怎么可能会有那样奇葩的喜好。如果真是那样，他旁边的这位美女岂不仅仅是一种摆设？这时候申文墨已经满脸堆笑迎了过来，表情却并不谄媚："曹大队怎么亲自来了？有什么事情吩咐一句就是了。"

曹能朝林渐新指了指，道："是这位要找你问点事情。"

申文墨怔了一下，看着林渐新："这位是……"

林渐新没有回答他，而是转身低声对曹能说道："我想了一下，觉得你们在场的话，问他一些事情还是不大合适。毕竟到目前为止我们还没有任何有关他犯罪的证据，而且我的那些问题都涉及他的个人隐私。"

曹能想了想，点头道："那好吧，你先和他单独谈谈，我们就在外边等你。"

他这句话说得有些大声，让申文墨听了后感到很是吃惊，也就更加不知道林渐新的来头，急忙吩咐身旁的美女道："小欧，你陪着曹大队和这位警官去会客室喝茶。"然后看着林渐新，"那我们……"

林渐新道："你的办公室应该比较清静吧？行，我们就去你的办公室。"

申文墨在心里嘀咕了一句：我这不是还没回答吗？嘴上却即刻回应道："我这里的条件有些差，请你千万别在意。"

家具厂里面有一个小型的办公区，进去后发现里面竟然有不少人规规矩矩地坐在那里，林渐新很快就发现原来这些人正在进行产品推销培训，由此看来，这个申文墨确实是一个非常能干的生意人。

申文墨的办公室在最里面，里面的装修倒是稀松平常，而且还显得有些凌乱。林渐新一进去就注意到了凌乱的根源就是那些到处放着的木块、石材样本，以及各种大小图册。很显然，申文墨也时常会向客户推销产品，不过他面对的肯定不会是普通客户。林渐新一进去就直接坐到了沙发的中间，申文墨不知道这个人究竟是什么身份，只好到旁边的那只单人沙发处坐下。

林渐新看着他，缓缓道："很显然，你应该知道我们是为了夏明兰的案子而来。是吧？"

申文墨点头，脸上带着悲伤："我也没有想到会出这样的事情。"

林渐新叹息道："是啊，真是一件非常不幸的事情。对了，夏明兰是

从什么时候开始在你家里做保姆的？是在你和现任妻子结婚前还是结婚之后呢？”

申文墨回答道：“是在我和现任妻子结婚之前，我前妻患癌症死了，后来我认识了现在的妻子冯微微。在我们结婚前，我又买了套房子，冯微微说家里应该有一个保姆，于是她就去劳务市场找到了夏明兰。夏明兰吃得了苦，做事也很细致，所以我们家一直都用她。”

林渐新微微一笑：“也许当初你妻子选择她，最主要还是因为她长得不好看。是吧？”

申文墨苦笑了一下，说道：“也许吧，女人的心思谁知道呢。”

林渐新呵呵笑了一声，说道：“男人的心思有时候也很奇怪。申老板，你是从什么时候开始喜欢上夏明兰的？”

申文墨惊讶得一下子就站了起来，目瞪口呆：“你……你这话是什么意思？”

林渐新笑了两声：“我是什么意思难道你还不明白吗？夏明兰长得虽然并不好看，但是她的脚很漂亮。是吧？”

申文墨胖胖的脸抽搐了一下，说道：“我真的不明白你这些话是什么意思。”

林渐新淡淡一笑，继续说道：“也许是在你的青春期，有某个女性赤裸的双脚让你非常着迷，而夏明兰恰恰也有一双那样漂亮的脚，于是你从此就难以自拔。申老板，你应该明白我为什么不让曹警官和我一起来询问你这样的事情，因为你和夏明兰的死并没有多少关系，而且现在我正在问你的这些事情涉及你的个人隐私。但是现在夏明兰已经遇害，在这样的情况下，我希望你能够对我讲实话，千万别把自己置于嫌疑的境地。你的这家公司发展到今天不容易，千万别因为这样的事情将你自己毕生的心血毁于一旦啊。当然，对于有些事情我会在一定的范围内替你保密的，这一点请你放心。”

申文墨颓然地重新坐到了沙发里面，不解地问道：“你是怎么知道这些的？”

林渐新看着他：“这个问题很重要吗？请你告诉我，刚才我说的都是事实吗？”

申文墨满脸的尴尬，却很快在林渐新灼灼的目光下点头说道：“差不多就是那样。高中的时候，我喜欢上了班上的一个女同学，她的皮肤很白，身材有些瘦小，却是我们学校的短跑冠军，她的脚后跟非常细长，看上去特别漂亮。那时候我成绩不好，又长得很胖，她不可能喜欢我。多年后我几乎将她完全忘记了，直到有一天，当我无意中看到正在洗脚的夏明兰，她的脚后跟竟然和我那个女同学的一模一样，从此我就……”

脚后跟？那是脚踝后面的肌腱。那个部位细长的人往往奔跑速度较快，爆发力强。嗯，那样的脚后跟看上去确实有一种奇特的美感。

林渐新问道：“那么，你的第一次遗精或者手淫是不是和这个女同学有关？”

刚才林渐新所表现出来的可以洞悉一切的高深莫测，以及骤然间石破天惊般触及灵魂的揭示，瞬间就解除了申文墨内心深处那一道防范的屏障，罪恶与羞耻感已然消失，甚至连尴尬都没有了，他点点头。

林渐新问道：“你刚才说到看见夏明兰洗脚，那是在你和冯微微结婚之前还是结婚之后呢？”

申文墨回答道：“结婚之后……大概一个多月吧，好像是。”

林渐新觉得有些奇怪：“那时候夏明兰已经在你家里做保姆一个多月了啊，为什么你一直到那个时候才注意到了她的脚？”

申文墨回答道：“因为她长得实在是不好看，在那之前我几乎没有认真去关注过她。”

这样的解释倒是比较合理。林渐新又问道：“那么，你和夏明兰第一次发生关系是在什么时候？”

申文墨想了想，回答道：“五年前吧。开始的时候我一直忍受着她那双脚对我的诱惑，我一次次在心里告诉自己：她其实长得一点都不好看，千万别再胡思乱想了。可是怎么也控制不住自己，甚至在做梦的时候也会梦到她那双脚的模样。当时是在夏天，她穿着塑料拖鞋在家里拖地，那一刻，我就再也控制不住自己了。正好那个时候冯微微不在家，我就爹着胆子走到了她

的面前，对她说，从这个月起，我将你的工钱涨到八千，不过我有一个条件。她很是吃惊地看着我。我说，我的条件很简单——让我好好摸摸你的脚。当时她听后就更吃惊了。我知道她无法理解我内心的那种冲动，急忙拿出了一千块钱给她，对她说道：如果你同意，这些钱马上就是你的。她发现我不像是在骗她，于是就红着脸答应了。我让她躺在了沙发上面，然后开始颤抖着手去摸她的脚……那一刻，我内心所感觉到的全部美好没有人能懂，随后，我竟然无法克制自己的冲动，朝她的脚后跟亲吻了下去。估计她当时被吓坏了，全身都在发抖。就在那个时候，我脑海里一下子就把她幻想成当年的那个女同学，于是激动地将她抱住，不住地亲吻她的脸。她一下子就瘫软了，发出了呻吟声，于是，所有的事情就不可阻挡地发生了。”

说到这里，申文墨的眼睛也在刹那间变得明亮起来，胖胖的脸也在颤抖着。这是一种变态的情绪化反应，作为心理医生的林渐新并不是第一次遇见。不过眼前的这个人并不是他的病人，此时也绝不是在给他做精神分析，所以林渐新很快就打断了对方的倾诉。是的，是倾诉。此时的申文墨已经从开始时的罪恶与羞耻感中彻底解脱出来，随之而来的却是向他人倾诉的渴望。

这时候林渐新忽然问道：“你妻子冯微微是在什么时候知道了你和夏明兰的关系的？”

申文墨刚才还极度兴奋的表情瞬间变成了颓丧：“就是在一个星期前，那天她刚刚出去不久就忽然回来了，正好撞见了我们两个人在沙发上……”

这时候申文墨才忽然间反应过来，骇然问道：“难道你们怀疑是冯微微……”

林渐新朝他摆了摆手，道：“我们不是正在调查吗？现在请你告诉我，你和夏明兰是不是一直都是在沙发上做那件事情？”

申文墨忽然变得有些尴尬，想必是羞耻感再一次回到了他的灵魂之中。他点了点头，接下来就开始变得沉默起来。林渐新依然看着他，问道：“当时冯微微是不是非常生气？”

申文墨却摇头：“不，她只是冷哼了一声，然后就在那里饶有兴味地看着我们两个，她说，你们继续啊，她觉得很好看呢。我们哪里还有那样的兴致？特别是夏明兰，当时她吓得脸色都发白了，急忙穿上衣服躲进了自己的房间里面。冯微微问我究竟喜欢她什么，开始的时候我不好回答，想不到她忽然间就变得歇斯底里起来，我这才对她说了实话。她听了后就不住朝我冷笑，不过并没有生气，随后就说了一句：到此为止，下不为例。”

林渐新指了指他绞在一起的发白的双手手指，淡淡地笑着说道：“这样的谎话就连你自己都不相信，为什么还要讲出来？”

申文墨：“我……”

接下来林渐新的语气反而变得温和了许多：“其实我完全能够理解你。刚才你连那样隐秘的事情都讲了出来，这个时候撒谎肯定是因为有些事情更加羞于说出口。也许你和前妻的感情非常深厚，也可能是因为你前妻多年卧病在床，再加上工厂里面那么多的事情，使得你早就身心俱疲。不过最开始的时候你并没有意识到自己的身体和心理早已发生了微妙的变化，一直到你和冯微微结婚的那一天……对了，你们家餐桌上的那张桌布已经十年没有换过了吧？”

申文墨愕然地看着他，心里更加觉得眼前这个人神秘莫测，点头回答道：“冯微微不准换。那又不是什么大事情，我当然不会多说什么。”

林渐新又问道：“那张桌布上是不是有一小块红色的印迹？而且那个印迹十年前就已经有了？”

申文墨更加惊讶，忍不住问道：“你已经去过了我家？”

林渐新摇头道：“我只是猜测而已。申老板，刚才你说桌布不是什么大事情，所以你也就没有多说什么。不过我认为其中的原因并不仅仅如此，或许更多的是你对她心存愧疚。不过随着时间的推移，特别是在夏明兰对你讲了冯微微一直以来那个奇怪的举动之后，你就开始慢慢对她变得厌恶起来，以至于你们两个人早就分居了。不，准确地讲，你和冯微微之间从结婚的那一天开始，就从来没有过真正的夫妻生活。是不是这样？”

申文墨满脸的惊骇：“你……你究竟是什么人？”

林渐新朝他微微一笑，这才向他介绍了自己：“我叫林渐新，是一位心理医生。”

申文墨这才有些明白过来：“你并不是警察？”

林渐新看着他：“所以，你准备从现在开始将不再回答我的任何问题了，是吧？”

申文墨直接坐到他的老板椅上，恼羞成怒地说道：“如果你不是曹能陪着来的，我现在就让人把你轰出去！请你离开吧，就当我今天从来没有见过你。反正我没有杀人，看来凶手就是冯微微，你们直接去抓她好了。”

林渐新站了起来，看着他：“如果冯微微真的是凶手，虽然法律不会惩罚你，但你这辈子都将承受着良心与道德的拷问。是你害了冯微微，害了她一辈子，而且还因此让另一个女人失去了生命。难道不是吗？”

申文墨面色苍白，嘴唇不住地发抖。林渐新继续道：“在你和冯微微的新婚之夜，你忽然发现了自己已经变得性无能的事实，从那个时候起你的内心就充满着自卑。这本来是一个男人正常的心理反应，毕竟你和前妻已经多年没有了夫妻生活，在面对新婚妻子的时候一时间出现了异常，这并不奇怪，但是你接下来却开始自暴自弃，根本不去向妻子解释、沟通，特别是在你看到夏明兰的那双脚之后，从此就彻底陷于对她的性幻想之中，以至于你最终对自己的妻子完全失去了兴趣。而你的妻子冯微微，却并没有因为你身体的问题，也没有因为你对她越来越冷淡而提出和你离婚，你想过没有，这究竟是为什么？还有，如果不是因为冯微微最终发现了你和夏明兰的事情，如果不是你当着夏明兰的面对她气势汹汹，甚至是拳脚相加，她怎么可能最终选择去杀人？如果不是那样，夏明兰也就不会因此而感觉到自己有了依仗，继续待在你家里不愿意离去。难道你以为夏明兰真的喜欢你？不，她喜欢的仅仅是你的钱，为了满足你的欲望，她不止一次向你伸手要钱。不过她一直都在防备着你，以至于从来都不允许自己的女儿去看望她，因为她害怕女儿受到你的伤害。当然，她也不希望自己的女儿发现你们之间的那种关系。这其中的真相究竟如何已经并不重要，重要的是，无论是冯微微还是夏明兰，她们其实都是你变态心理之下的受害者。申老板，我无权指责你对她们所犯下的罪恶，也无权去评判你生产的家具是否有损他人的健康，但是我很想问你一句：你挣那么多钱究竟是为了什么？难道仅仅是为了向他人证明你的成功？是不是接下来你还准备再去娶一个妻子来作为摆设？”

说完后林渐新就直接从这间办公室走了出去。此时此刻，他并没有因为自己的猜测得到证实而感到高兴，反而感觉到心被堵得难受。

曹能发现林渐新的脸色不大好，低声问他道：“怎么？情况和你预料的不一样？没关系，这不是才刚刚开始嘛。”

林渐新微微摇头，叹息着说道：“作为一名心理医生，当我面对这样一个案子的时候感觉十分难受，我不知道这究竟是当事人的自私还是心理异常所造成……所以，现在我越来越觉得自己当初的选择并没有错。这个社会实在是太需要心理医生了，像这样的案子，如果有心理医生早些介入，悲剧也可能得以避免。”

曹能这才知道林渐新所思考的竟然是案件之外的事情，同时也明白了他前面的猜测已经得到证实，不过曹能还是觉得这件事情有些不可思议，问道：“我见过冯微微本人，很漂亮温婉的一个女人，怎么会犯罪？”

林渐新再次叹息了一声，道：“也许问题就出在她过于温婉上面。温婉的另一种说法是什么？是懦弱，是安于现状、得过且过。可惜的是她遇到了一个在青春期就出现了异常性心理的男人，而且这个男人还极度自私和自卑。有人说，童年和青春期的遭遇往往会影响到一个人的一生，现在看来果然是如此啊。走吧，我们去申文墨家里，接下来还是我先去和她谈，然后你们就准备拘捕她吧。”

曹能耸然动容：“这么说来，凶手真的就是她？”

林渐新郁郁地说道：“有些事情，我还需要最后去证实一下。”

这时候旁边的季擎忽然说：“冯微微果然拒绝了社区医院的妇科检查。社区医院的工作人员对她做了思想工作后，还是被她拒绝了。”

林渐新点头道：“这是预料之中的事情，因为那是冯微微内心深处最大的心结。不过这已经不重要了，也许就在最近，她已经破坏掉了自己的那层膜，因为她很可能觉得自己再也没有必要替丈夫一直保存下去了。”

曹能愕然问道：“什么意思？难道她也出轨了？”

林渐新的心里忽然产生出了一种恼怒的情绪：“她怎么可能去出轨呢？她自己破坏掉不可以啊？”

曹能已经习惯了他的这种古怪脾气，笑了笑没有再说话，倒是旁边的季擎很是吃惊，目瞪口呆地看着正在朝自己顶头上司发脾气的林渐新。

申文墨的家并不是林渐新开始以为的别墅，也不是新富豪特别喜欢的临江大平层，而是一套位于富豪小区的花园洋房，里面的装修也并不奢华，不过家具的品牌和质量都很不错。十年前，那时候想必申文墨的厂房正准备扩大规模，所以在房产方面的投资也捉襟见肘，再加上后来对冯微微的逐渐冷淡造成对自己第二次婚姻的极度失望，于是也就因此放弃了搬家的想法。

冯微微长得确实漂亮，不过她的目光显得有些呆滞，眼圈也是黑的，整个人的精神状态极度不好。即使是这样，也只能让人觉得是受到了惊吓所致，因为没有人会相信她就是杀害自己家保姆的那个凶手。随后，林渐新注意到了客厅旁边餐桌上的那张桌布，那张桌布是白色的，下垂部分的末端看上去像是手工钩花，而桌布上面那一团不规则的暗红色依然醒目。那一团暗红色并没有位于桌布的正中间，所以给人的感觉极不协调。

自从林渐新进屋之后，冯微微就一直在暗暗注视着他，林渐新当然感觉到了，而且也同时感受到了她内心的惴惴不安，还有恐惧。

“刚才我已经做过自我介绍了，我是一位心理医生，姓林。是你丈夫让我来的。”林渐新再一次这样告诉她。他这并不是刻意要对她撒谎，而是不忍破坏掉她内心深处最后一点美好。

冯微微朝他苦笑了一下，声音轻轻地、柔柔地说：“我丈夫？不可能的。”

林渐新温和地说：“怎么不可能呢？或许他已经意识到自己以前做错了，觉得从此以后应该对你好一些。”

冯微微狐疑地问道：“他是这样对你讲的？”

林渐新含含糊糊地回答道：“我想，是吧。”

冯微微顿时笑了，一脸幸福的模样：“林医生，请坐。”

林渐新也招呼她："你也坐吧。"待她优雅地坐下后才继续说道，"作为心理医生，我希望你能够把我当成你的朋友，或者是你能够信赖的人，因为只有这样，你每天必须到餐桌旁边重新铺桌布的强迫性习惯才可以最终得以改变。"

冯微微惊讶地看着他："你真的能够帮我改掉这个毛病？"

林渐新朝她点头道："是的，我可以帮助你解决这个问题。不过前提是你得对我讲实话。"

冯微微点头道："嗯。"

林渐新开始提问："你和你丈夫结婚之前，是从心里真正爱他吗？"

她点头："是的。我以前是他的秘书，亲眼见到了他对以前的妻子那么好，这让我一直很感动，觉得他是一个靠得住的男人。"

林渐新："那么，你能够感觉到他对你的感情也是真的吗？"

冯微微："当然。不然的话，他干吗娶我？"

林渐新："你和他结婚之前还是处女吗？对不起，我是心理医生，丝毫没有想要窥探你个人隐私的意思，你应该明白。"

冯微微："……是的。我的父母比较保守，我也一样。"

林渐新："你和他的新婚之夜发生了什么？"

冯微微："……"

林渐新："好吧，这个问题你暂时可以不回答。那张桌布上面的红色印迹是你亲手制造出来的吗？"

冯微微："是的。"

林渐新："你是在什么时候制造的？那个红色的印迹究竟是什么东西？"

冯微微："就在我们新婚之夜后的第二天早上。是印泥油。"

林渐新："那么，你还记得自己为什么要在那张桌布上留下那样的印迹吗？"

冯微微："不知道。直到现在我都觉得自己有些奇怪。不过我好像特别喜欢那个颜色。所以那张桌布我一直用着，舍不得换。"

林渐新："当时你本来是想把那团红色的印泥油涂抹在桌布中间的，结

果却涂偏了。是这样的吗？”

冯微微：“是的。为此我还感到有些恼火，却不想因此就扔掉它。”

林渐新：“也就是从那天早上开始，你都要将保姆叫到餐桌前向她示范如何铺桌布，是吗？”

冯微微：“是的。我明明知道自己那样做不对，可就是忍不住非得那样去做。我知道自己的这种情况不正常，是强迫症。”

林渐新：“为什么不去看医生呢？”

冯微微：“我不想让别人认为我的精神异常，而且我觉得自己的这个问题也不是特别严重，不会过多影响到他人，难受的也只有我自己。”

林渐新：“现在我们回到前面的那个问题。在新婚之夜，你的丈夫出现了问题，他根本无法和你进行正常的夫妻生活。是吗？”

冯微微：“……嗯。”

林渐新看着她，继续说道：“谢谢你如实回答了我前面所有的问题。接下来我开始分析你的病情，如果你觉得我的分析和你内心的想法不一致，请你及时提醒我。对了，我说的你的内心想法也许你自己一直都不知道，当我说出来之后你可能会认同，也可能觉得不是那样的。”

冯微微点头表示明白，说道：“我知道你的意思，你说的是潜意识。”

林渐新看着她：“你也研究过心理学？”

冯微微摇头：“就是因为我的强迫症，所以我去翻阅过一些相关的书籍。我也想知道自己的潜意识究竟是什么，却始终发现不了。”

林渐新道：“这并不奇怪，潜意识是隐藏在一个人内心深处的东西，要发现它，需要使用专业的方法。好吧，现在我开始分析你的情况。假如，我认为桌布上红色的印迹代表的是你的处女血，你能够认同吗？”

冯微微怔了一下，摇头道：“我不知道。”

林渐新继续道：“这样吧，我现在开始完整地分析你的那个强迫性行为产生的根源：在你和丈夫的新婚之夜，由于某种原因使得你丈夫没有能够和你进行正常的夫妻生活，于是你就在那张桌布上涂抹上了红色的印泥油，以此来代表你的处女血，为什么非得使用印泥油呢？因为在你的潜意识里，印泥油代表的是你丈夫在你身上打下的烙印，就如同他在合同上面签字盖章一样。是的，你从心里爱着自己的丈夫，所以你害怕别人知道你丈夫在新婚之夜没有得到你的事情，于是你就把保姆叫来，用那样的方式提醒她：你已经和丈夫完成了一切，你已经成为丈夫真正的女人。在你的潜意识里面，餐桌就是你们的婚床，那张桌布也就成为婚床上面床单的替代品。可是在接下来的一段时间，你丈夫依然没有对你履行丈夫的义务，于是在潜意识的作用下，每天早上你都会将保姆叫到餐桌前，让她注意那个红色的印迹，因为你不想让家里的保姆看轻自己的丈夫，看轻你自己。保姆是下人，如果你和丈夫的婚姻连她都笑话，那是你绝对不能接受的。于是，强迫症也就因此慢慢形成。现在请你闭目，放松呼吸，静下心来冥想……对，就这样……你认为我刚才所说的是不是你潜意识里面的东西呢？”

在经过几分钟的思考之后，冯微微点头道：“好像就是这样的。”

心理和精神分析本来就是林渐新最熟悉的技能，他当然非常自信，而刚才他所做的一切只不过是为了让冯微微认可那就是她的潜意识而已。接下来他将要进行第二个阶段的工作，不仅仅是治疗，还要揭开夏明兰被害的真相，这将是一个艰难而又残忍的过程。

第三章

钓鱼计划

无须多言，眼前的这个女人绝对是一个悲剧，无论她是否杀人都是如此。

接下来林渐新问了她另外一个问题：“现在，你还像从前那样爱你的丈夫吗？”

让林渐新万万没有想到的是，冯微微竟然点头：“是的。我还是像以前一样爱他。”

林渐新在愕然之下紧接着问道：“即使是在你知道他和夏明兰有奸情的情况下？”

然而，冯微微并没有因为措手不及而表现出惊慌，她的神情平静得出乎林渐新的预料。她点头道：“我知道，那一定是我丈夫一时鬼迷心窍。他怎么可能喜欢上那么丑的一个女人呢？”

林渐新似乎有些明白了，看着她：“你发现他们俩那个不堪的场面后，你丈夫是不是殴打了你？嗯，看来确实是那样。即使是这样，你也并不恨他？”

冯微微摇头：“这其实是报应。我愿意承受。”

林渐新再一次愕然，问道：“报应？”

冯微微点头：“是的，是报应。他以前的妻子还卧病在床的时候，我就喜欢上他了，虽然那时候我一直没有和他发生关系，但是我已经插足了他的婚姻。林医生，你不用再问我别的问题了，其实从一开始我就知道你的来意，也看到了停在下面的那辆警车。我相信你是心理医生，因为你替我解答了这些年来我自己一直都没有想明白的问题。现在，你让下面的警察上来吧，我什么都愿意承认。”

林渐新忽然皱了一下眉：“好吧，我这就叫他们上来。不过我还有最后一个问题：你现在还是处女吗？”

冯微微摇头：“不是啦，我自己把它破坏掉了。既然我丈夫不在乎它，我还继续保留它干什么呢？”

林渐新看着她：“所以你刚才说一点儿都不恨你丈夫，这其实是一句假话。你不但痛恨他，而且在心里对他已经极度失望。是吧？”

冯微微紧闭着嘴唇，不再回答。林渐新轻叹了一声，拿起电话打给曹能。

曹能和季擎很快就上来了，林渐新看了一眼冯微微，对曹能说道：“可能我前面的分析错了，她不一定是我们要找的凶手。”

曹能并不知道前面林渐新和冯微微的对话内容，所以只是模棱两可地回应了一声：“哦？”而冯微微却因为林渐新刚才的那句话瞬间失色，她惊疑地、不知所措地看着林渐新，所有表情给人以漫画中一串问号的感觉。林渐新朝她微微一笑，说道：“你明明知道我是一位心理医生，但还是无法控制住自己潜意识的表露。你不用猜疑，更不要后悔，因为任何人都和你一样无法控制自己的潜意识，只不过是你遇上了我，因为我恰恰是一个可以解读他人潜意识的心理医生。”说到这里，林渐新指了指冯微微，问季擎：“她家里都有些什么人？”

季擎回答道：“除了她父母，还有一个弟弟。她弟弟名叫冯智，无业，有吸毒前科。”

林渐新点头，对曹能说道：“曹大队，你们现在就可以传讯冯智了，他才是杀害夏明兰的那个凶手。”

冯微微的脸色瞬间变得苍白，眼神中充满着惊骇，神经质般问道：“你是怎么知道的？”

林渐新看着她，道：“我可以回答你这个问题。因为你不但在最后对我撒了谎，而且还说了这么一句话，‘你让下面的警察上来吧，我什么都愿意承认’。‘愿意承认’这几个字恰好反映的是你的潜意识：事情虽然并不是你做的，但是你愿意担当。‘愿意’这个词在这里表现出来的是一种被迫。”

冯微微的身体开始战栗起来。林渐新轻叹了一声，继续道：“是的，我相信你对自己的丈夫是真爱，但这样的爱其实并不纯粹。你弟弟一直吸毒，而你的父母根本就无法供养他，于是，嫁给一个有钱人也就成了你最好的选择，更何况你对这个有钱人还有着真感情。虽然你和申文墨的婚姻是失败的，但申文墨在金钱上并没有亏待你，他对夏明兰都那么大方，更何况对一直心怀愧疚的你呢？然而，当你窥见了丈夫和夏明兰的奸情，并被丈夫殴打之后，你终于对自己的婚姻彻底失望了，于是你就去告诉自己的弟弟，你和申文墨的婚姻走到尽头了，让他一定要想办法戒掉毒品……或者是你弟弟来看你，发现了你极其糟糕的精神状态，在他的再三询问之下你才告诉了他一切。这个过程并不重要，重要的是你弟弟的想法。对于一个吸毒者而言，他的灵魂早已被魔鬼所控制，无论是亲情还是他人的生命，在他的眼里都不算什么。他告诉你，现在唯一的办法就是让夏明兰从这个世界上彻底消失。也许你并不同意弟弟的做法，但是他根本就不听劝说。我不知道他最终是以什么样的理由说服了你，不过夏明兰离开家的时候，你向他通报了消息，这肯定是事实。于是，夏明兰死了，你弟弟以模仿那起连环杀人案的方式谋害了夏明兰。你弟弟十分痛恨这个女人，他割下了夏明兰的双脚，因为在他的眼里，那是夏明兰勾引自己姐夫、让他差点失去一切的根源，包括夏明兰的生殖器，都在他的痛恨之列……”

警方立即拘捕了冯微微和冯智，不过在林渐新的建议下，警方对这起案件的结果暂时保密。林渐新提出此建议的理由很简单，他认为这起案件或许可以作为钓出两年前那起连环杀人案凶手的诱饵。

冯智对自己的作案过程供认不讳。警方审讯这样的犯罪嫌疑人根本不需要任何手段，直接把他晾在那里等候他毒瘾发作就可以了。冯智供述的犯罪过程与林渐新所分析的情况几乎一致。据冯智供述，当他从姐姐冯微微那里得知夏明兰将要回家的消息后，就骑着摩托车到山上的半路上等候，一见到夏明兰，就假装去和她理论，然后趁其不备就将藏匿于衣袖里面的匕首直接插进了夏明兰的心脏，致使夏明兰当场死亡。随后，冯智将夏明兰的尸体拖到了悬崖边，其间因为体力不支停歇了两次……幸运的是，整个过程并没有被过往的村民看到，于是他自认为这起谋杀案神不知鬼不觉。警方抓获他的时候，这个吸毒者正在自己的住处悠闲地吞云吐雾。

冯微微后来供述，当时冯智说服她其实就用了一句话：现在的整容手术那么先进，你去做一个漂亮的脚后跟其实是一件非常简单的事情。只要夏明兰死了，申文墨的注意力就会回到你的身上。

曹能对林渐新的能力敬佩不已，甚至在心里还有着些许的嫉妒：这家伙的套路与警方传统的方式完全不一样，在他的眼里似乎对现有的许多线索视而不见，而是创造性地通过人性与心理的角度直达案件背后的真相。仅用了半个下午和半个上午的时间，就把凶手捉拿归案，像这样扑朔迷离的案件，这样的速度在以前绝对不可想象。更何况林渐新还提出了通过此案去挖掘出两年前那起连环杀人案的凶手，这就更让曹能充满期待。

不过有一件事情让曹能有些难以理解——林渐新在征得冯微微的同意后决定对她的强迫症进行治疗。曹能问道："冯微微已经涉嫌犯罪，至少在短时间内不可能再回到她的家里去住，也就是说，她很可能会在一段不短的时间内无法接触到那张餐桌和桌布，她的强迫症岂不是也就不会再发生了？更何况她本人并没有主动向你提出治疗的要求，你为什么非要这样做呢？"

林渐新解释道："看来你根本就不了解强迫症这种疾病。这样的疾病一旦发生在某个病人身上就很难缓解，痊愈就更不可能了。我告诉你一个强迫症的病例：我曾经有个病人，他总是时时刻刻要去摸自己的裤兜，他明明知道自己的裤兜里面什么东西都没有，但是依然控制不住自己。他的家人在开始的时候将他的裤兜缝住，结果他把裤兜撕开后继续那样的动作。后来他的家人干脆将他的裤兜去掉，但是并没有因此让他这种强迫性动作有任何缓解。病人为此不断换有裤兜的裤子，或者是在没有裤兜的裤子上面自己重新做一个，以满足他的强迫性行为，否则的话，他就会出现躁狂甚至自我伤害等更加严重的症状。由此可见，强迫性行为绝不可能因为环境和条件的改变而终止。任何心理或者精神性疾病对一个人造成的痛苦是我们正常人难以理解的，但是我知道。以冯微微如今的情况，她当然不会主动向我提出治疗的请求，但是我知道她特别希望自己的病情能够得到有效治疗。冯微微的人生是一个悲剧，作为心理医生，我不能眼睁睁看着她这种痛苦继续下去。”

曹能这才彻底明白，心里也因此对自己的孩子感到愧疚不已。一直以来他都以为女儿的强迫症只不过是一种异常的行为而已，从未想到她内心会如此痛苦。这一刻，林渐新仿佛明白了他的内心感受，说道：“如果曹警官不反对，今天晚上就请我去你家里吃顿饭吧。”

曹能大喜，却依然心存顾虑：“可是案子的事情……”

林渐新看着他：“曹警官，虽然我十分敬重你的这种敬业精神，却并不赞赏。自古以来人们都将大禹三过家门而不入作为美谈，可是人们想过他家人的感受吗？三过家门的时候回家一趟又怎么了？每次耽误半个小时、一个小时就影响到治水大业了？回家一趟，这并不是什么大的原则性问题，反而让人觉得他更有人性，难道一个好丈夫、好父亲对他成为一个贤明的君王有影响吗？”

此时就只有曹能和林渐新两个人在私底下谈话，所以曹能虽然尴尬，却并不恼怒，苦笑着道：“小林，你说得很有道理。”

林渐新朝他摆手：“其实很多人都明白这个道理，只不过是受到了这个典故的影响罢了。我最反感那些所谓圣人的宣传模式，一味追求高大上，于是圣人也就不再是沾有人间烟火的真实的人。圣人和英雄是什么？他们首先是人，而人是有七情六欲的动物，所以，他们首先得是父母、儿女、丈夫、妻子，其次才是人们精神上崇拜的对象……对不起，曹警官，我有些激动了。现在是工作时间，接下来我们还是探讨一下下一步应该做的事情吧。”

曹能倒也觉得他说得很有道理，不过还是觉得有些尴尬，此时听他一下子将话题转移到了案子上面，急忙道：“那我通知一下当年的专案组成员一起来研究案情。”

林渐新却即刻制止了他：“两年前的连环杀人案在短时间内就发生了九起，一直到现在都毫无线索，这也充分说明了凶手的谨慎和反侦查能力。因此，我们接下来的工作将会非常困难、复杂，我建议你最好能够抽出精兵强将，这样才能够做到令出必行，反应迅速，而且也更能做好保密工作。”

曹能问道：“小林，你的意思是？”

林渐新想了想，道：“我个人觉得，这起案子的核心人员并不需要太多，有你、老邓、孙支队长和季擎参与就可以了。你是总负责，可以随时安排警力。孙支队长精明强干，执行能力强，而且善于思考，他居中调度。然后由老邓和季擎协助我就完全可以了。”

如今曹能对林渐新可谓是言听计从，更何况他也觉得林渐新这样的建议特别具有可操作性，所以只是做了片刻思考就点头道：“好，就这样。”

林渐新提议的几个人很快就到齐了，第一次的案情探讨会议就在林渐新所住的招待所里进行。最开始的时候曹能花费了很多时间对九起案件的具体情况做了介绍，其中包括案发地点、时间、现场勘查情况、死者的基本资料，等等。林渐新一直闭目静静听着，给人的感觉好像他已经昏昏入睡，但曹能知道，此时他说出的每一个字都被这位心理医生听到了耳朵里。曹能介绍完情况后，邓长治又补充了一些关于当时尸检的情况，这样一番介绍下来，给人的感觉和上次曹能所谈到的情况差不多，随后，几个人的目光看向了林渐新。

这时候林渐新霍然睁开了眼睛，笑看四顾：“你们都看着我干吗？你们都说说自己的看法啊。孙警官，你最善于提问题，你先发言好了。”

孙挺坚苦笑着说道：“这个案子我非常熟悉，现在你要我提问题，这一时间……”

曹能点头道：“小林，也许我们都已经形成思维定式了，还是请你先谈谈看法吧。你的思维模式和我们不一样，想必你已经有了自己独特的想法了，是吧？”

林渐新也不客气，说道：“那好吧，我先说一下个人的想法，就算是抛砖引玉吧。对于这个案子，我觉得我们首先要分析的问题就是：凶手为什么在连续作案九起后就突然收手了呢？孙警官，这个问题不知道你思考过没有？”

孙挺坚很是惊讶于他的思路，点头道：“这个问题我倒是思考过，不过并没有仔细去想。我觉得吧，很可能是凶手害怕继续作案会暴露，或者是因某种原因凶手离开了这座城市，或者是凶手忽然遭遇到什么事情，被重伤甚至死了。”

邓长治补充了一句：“也可能凶手出国了，然后就没有再回来。”

林渐新面无表情，又问了下一个问题：“那么，凶手为什么都是选择年轻漂亮的女性作为作案对象呢？”

孙挺坚道：“很可能凶手曾经受到过年轻漂亮女性的伤害，或者是背叛。”

林渐新继续问道：“为什么受害者非得是九个，而不是五个、七个呢？”

孙挺坚怔了一小会儿：“这个……难道凶手从一开始还规定了自己杀人的数目？”

林渐新还是没有发表自己的意见：“既然凶手是将年轻漂亮的女性作为作案对象，那么他又是如何去发现并选择目标的呢？还有，凶手为什么要强奸杀人或者杀人奸尸，最后还要割掉死者的某个器官或者是某一个部位的组织？”

孙挺坚苦笑着说道：“这些问题确实都非常令人费解啊。我也想不明白这究竟是为什么。林医生，还是请你直接谈谈看法吧，毕竟你的思路和我们不一样。”

想不到林渐新却在摇头：“其实我也一直没完全想明白。不过我们应该从这些问题着手去思考，难道不是吗？从常规上来讲，凶手如果要出国，似乎不大可能在办理出国手续期间连续杀人，出国本身就是一种逃离或者是为了追求一种全新的生活方式，在这样的情况下连续杀人似乎不大符合正常人的心理。到其他城市的可能性也不大，如果凶手已经变态到杀人成性，那么他到了其他城市也会继续作案，但是你们警方似乎并没有收到过其他地方同类型案件的通报，否则的话早就并案侦查了。至于凶手是因为重伤或者死亡才停止作案的推论，我认为这样的概率太小，暂时不要去做这种乐观、侥幸的考虑。此外，凶手是以年轻漂亮的女性作为作案对象，这一点从死者生前的照片上可以看出，那就说明凶手在作案之前有过选择和跟踪。凶手强奸杀人或者杀人后奸尸，以及切割掉死者某个器官或者组织的行为，其中似乎并没有什么规律，这九具尸体失去的器官和组织也并不能凑成一具完整的尸体，所以我认为凶手的作案动机很可能是因为仇恨。那么最后一个问题：为什么偏偏是九个受害者？九，在中国文化中代表的是最大数字，凶手杀害九个人后就停止了作案，由此似乎可以分析出凶手或许有着这样的一种心理：杀害了这九个女人之后，他的深仇大恨也就报完了。”

孙挺坚皱眉道：“林医生，我觉得你对最后一个问题的分析似乎有些牵强。”

林渐新朝他摆手：“如果凶手是一个有着一定文化底蕴的人呢？那么他就很可能将‘九’这个数字作为最多、最大的标准。而且我觉得凶手很可能就是这样一个人，因为老邓也发现了一点：凶手在切割尸体的过程中有着从生疏到熟练这样一个过程。是吧，老邓？”

邓长治点头道：“是的，从尸体被切割掉的器官来看，从第三具尸体开始，切割面就变得非常整齐了。”

林渐新接过话，继续说道：“由此可以说明，凶手的学习能力非常强，这似乎也可以佐证我刚才的那个推论。如果让我现在对凶手进行心理画像，大致可以分析出以下特征：男性；本地人，或者在本地生活了很多年，非常熟悉这座城市的情况；高学历、高智商；外貌温文尔雅，具有一定的艺术修养和气质；身高一米七以上；个人或者家庭出现过重大变故；平时沉默寡言，不过思维及行为很容易走极端；厨艺不错、十指修长；妄想型人格。”

自从上一次林渐新对疑犯进行心理画像并且最终得以完全验证之后，无论是曹能还是邓长治，都对林渐新的这项能力感到十分好奇，此时邓长治就禁不住问：“小林，能不能告诉我们你对犯罪嫌疑人做出这样的心理画像的依据是什么？”

林渐新道：“心理学家对世界上发生过的许多连环杀人案的罪犯进行过心理分析，他们发现凶手往往存在着比较严重的心理或者精神性疾病，而且此类案件中大多数罪犯的犯罪属于强迫性妄想行为。不过我并不认为这起案件的罪犯就属于这样的情况，因为强迫性行为是无法自控的。从这九起案件的情况来看，死者在遇害的过程中几乎没有发生过多少反抗，这就说明凶手无论是从外貌还是气质上都极具亲和力，使得受害者因此失去了防备心理。而我刚才所列举出来的那些特征也比较符合这样的条件。至于其他的一些特征，那是我通过凶手的作案手法以及心理动因等方面得出的结论。”

孙挺坚皱眉道：“林医生，我觉得你的这些分析都很有道理，可是我们警方当时对死者的情况进行过极为广泛、细致的调查，并没有发现有关凶手的任何线索。即使是现在知道了凶手可能具有这样一些特征，恐怕也很难寻找到这个人的踪迹，毕竟这座城市太大了，按照这些特征也无法筛选出相关的可疑人员来。”

林渐新点头道：“孙警官的话很有道理。心理画像只能作为警方寻找犯罪嫌疑人的辅助手段，并不是什么万能的工具。不过由此也就更加说明凶手绝不是一个简单的人，这个凶手在短短的一年之内竟然连续作案九起，平均每个月作案一次，给人的感觉就好像是每一起案件都是经过细心准备后再实施似的。由此可见，凶手是一个智商奇高、反侦查能力特别强的人。此外，我还认为凶手从一开始作案就是制订了完整计划的，而且在完成了这九起案件后就戛然而止，全身而退。孙警官，你觉得像这样的罪犯，他最大的弱点会是什么？”

孙挺坚愣了一下，颓然摇头道：“我不知道。”

这时候曹能忽然就想起林渐新曾经说过的话来，顿时心里一动，问道：“小林，你的意思是说，这个凶手虽然智商奇高，反侦查能力很强，但是他的弱点也在于此？也就是说，他最大的弱点就是骄傲？”

林渐新点头道："我认为确实是这样的。凶手在完成了九起杀人案件之后全身而退，这一定让他的心里感到特别骄傲与自负，如果在这个时候有一个人试图去挑战他的这种骄傲与自负，你们说凶手接下来会怎么做？比如，警方把夏明兰的案件列为两年前那起连环杀人案的继续。"

孙挺坚的目光一亮："凶手肯定会因此恼羞成怒。这是肯定的。"

林渐新微微一笑："如果像这样的案件继续发生下去呢？而且作案手法极其拙劣。"

曹能疑惑地问道："继续发生下去？这怎么可能？"

林渐新指了指孙挺坚："我有个计划，需要有一个像孙警官这样精明强干的人充当凶手，此外还需要几个志愿者作为受害人，或许通过这样的方式就可以把真正的凶手引出来。不过……"

曹能猛地一拍桌子："好计策！小林，你快说说具体的方案。"

林渐新苦笑着说道："我的话还没有说完呢。如果凶手真的是智商奇高，而且足够冷静，这样的计划也许不一定会有什么效果，而且……"

曹能急忙道："那也得先实施了再说，否则的话，岂不是一点儿机会都没有了？"

孙挺坚忧心忡忡地说道："我有些明白林医生的担忧了：万一这样的方式激发起凶手再次作案，那就太得不偿失了。是吧，林医生？"

林渐新点头道："是的，现在我最担心的就是这个。凶手非常骄傲、自负，如果他发现有人模仿他作案，而且作案手法太过拙劣，很可能会因此做出示范，以此证明自己的高明。这样一来固然可以让凶手因此露出蛛丝马迹，却会让无辜的人失去生命，这是我们绝对不允许发生的事情。所以，我们在制订这个计划的时候必须非常慎重。"

曹能这才意识到了问题的严重性，皱眉道："那……"

林渐新道："所以，接下来究竟该怎么做，我们不能着急，得充分考虑清楚后再说。这件事情是我一开始没有思考全面，也是刚刚才意识到最大的危险。让我再好好想想，再好好想一下……"

第四章

失眠之症

这确实是一个两难的问题。虽然林渐新从一开始就意识到夏明兰的案子或许可以作为钓饵，钓出两年前那起连环杀人案的凶手，但是当时并没有意识到这样做的同时可能会造成更大的风险，因为那个时候他还没有仔细、具体地去考虑下一步计划。这个世界上的很多事情其实都是这样的，利与弊总是并存、共生的，这就如同我们每个人的人生一样，总是时时刻刻站在抉择的路口处。这并不奇怪，因为我们的人生就是由一次次的抉择所组成，而且再难的抉择最终都必须去面对，任何人、任何时候都无法逃避。

不过像这样的问题似乎注定了暂时无法让在座的所有人做出一个明确的决定。也许是因为潜意识中的惰性，无论是曹能还是孙挺坚，他们都不愿多想，似乎把这个令人头疼的问题留给林渐新去解决也就成了理所当然。

“小林，我越来越觉得你的分析很有道理，这个案子似乎与以前国内外报道过的其他连环杀人案有些不大一样。”后来，曹能和林渐新两个人在车上的时候都还在继续讨论着案情。

林渐新点头道：“一般来讲，连环杀人案的凶手往往具有强烈的报复社会的心理，由于凶手曾经遭遇过许多不公正，他们对之前所真实遭受或在想象中遭受到的那些事情憎恶不已，于是就会反复去回想过去的种种屈辱，并在这些事情上花费大量时间。他们往往具有偏执的世界观，长期感受到来自社会的恶意、嫉妒，并怀恨在心，于是他们就在愤愤不平中渴望拥有力量，发誓抹杀掉他们无法拥有的一切。由于无法通过合法和现实的途径使自己满意，他们因此被迫痴迷于暴力幻想及虚假的力量。他们自编自导自演了可憎的宏伟剧本，并成为公众所唾弃的对象，如同不能接受游戏进程而把棋盘掀翻的小孩一样。由于失败，他们寻求毁灭其他人，以认清及满足自己的需要。暴怒、痛彻心扉的绝望和冷酷无情的自私最终凝结成了足以吸引公众注意的暴力复仇幻想。就大多数连环杀人案的凶手而言，如果他们不是被警方抓获，就很难终止继续作案的欲望与冲动，所以凶手作案的时间往往跨越数年甚至数十年。而这起案件最大的不同在于，凶手在短短一年的时间内连续作案数起，然后忽然终止。所以我认为，这个凶手除了具有前面我所讲到的犯罪心理之外，似乎还没有变态到失去理智的程度，他懂得控制自己内心的疯狂，而且这更像是一起有着完美计划的报复行为。”

曹能问道：“那么，凶手究竟是为了报复社会还是针对某个群体的泄愤呢？”

林渐新思索着回答道：“我觉得，应该两者都有。当然，凶手的心理必定是病态的，所有以伤害无辜者作为泄愤的方式都是病态心理，这不容置疑。不过曹警官，让我一直感到奇怪的是，凶手连续九次作案竟然没有露出一点蛛丝马迹，他究竟是如何做到的？”

曹能苦笑着道：“小林，其实你这是在质疑我们警方的工作不够细致。”

林渐新朝他不住摆手，道：“恰恰相反，我一点儿都没有质疑的意思。对于这样一起重大案件，我相信你们是做了大量的走访与排查工作的，所以我更加好奇凶手究竟是如何做到不被监控摄像头捕捉到他任何镜头，而且还做到了不被周围的人注意并成功躲避目击者的。”

曹能叹息着道：“是啊。这个凶手确实很不一般。”

林渐新忽然笑了，说道：“所以，明天我准备到这座城市里走一走。要搞清楚这件事情，我就必须把自己当成凶手，从他的角度去观察和思考

问题。”

曹能点头道：“那就让季擎跟着你吧，他是土生土长的本地人，熟悉这座城市的每一个地方，而且他当时也参与了这起案件的侦查。”

曹能的妻子也是一位警察，在基层派出所工作。林渐新可以想象得到这对夫妻一直以来因为工作繁忙，以致对孩子关心甚微的状况。在车上的时候林渐新也问过曹能有关他女儿过去的一些事情，曹能告诉他，曾经因为工作太忙，孩子从小就跟着爷爷奶奶，后来爷爷奶奶相继过世，正在上初中的女儿才迫不得已回到了他们身边。

“孩子刚刚回家的那段时间，对我们、对这个家很生疏，经常躲在房间里面不愿意出来。不过孩子很听话，我们这才放心了许多。谁知道她都大学毕业、工作了，反倒得了这样的病呢？”曹能叹息着说道。

林渐新不以为然：“很多心理和精神性疾病的起因往往开始于童年，因为伤害、挫折、恐惧等在他们幼小的心灵中打下了深深的烙印，并形成心理阴影，而这样的心理阴影是会慢慢积聚的，成年后在某种原因的刺激或者激发下，症状才开始显露出来。曹警官，你刚才说到孩子很听话，这其实就是问题所在啊。这样的听话说到底是害怕，是不安，是孩子不想也不愿意在你们面前表露出个性的东西来。孩子的童年对他们未来的一生影响非常大，而父母的陪伴对孩子的身心健康来讲，也就因此而显得特别重要。当然，对你和你的孩子来讲，以前的那一切都已经过去，但愿还来得及对有些事情进行补救。”

也许在这一刻曹能的内心才真正产生出了内疚之情，不，更可能的是早已存在于内心深处的愧疚在这一刻得以苏醒。他忽然发出了一声叹息：“现在想来，我对孩子确实是关心得太少了啊。唉！真是有些对不起她。”

林渐新微微一笑：“那你就抽个时间和她好好谈谈，最好是向她道个歉……你别这样看着我，当父母的给孩子道歉难道不可以吗？父母和孩子是平等的，你们做错了就应该道歉，或许这对她病情的缓解会有好处。”

曹能虽然不再说话，但是若有所思的表情似乎已经表明了他的态度。

杨芳早就接到丈夫的电话，请假后提前回家张罗了一大桌子的菜，热气腾腾，香气扑鼻。林渐新已经与曹能非常熟络，也不拘谨，他一进屋首先就看到了墙上那个白色圆形的石英钟。曹能家住的是警方的集资房，也许是他的级别较高，整套房子的面积不小，装修风格倒也淡雅，石英钟并不大，几乎听不到任何声音，这东西挂在那里也许并不是为了装饰，仅仅是为了随时可以方便看时间。林渐新随即凑到餐桌处，结果一看之下，禁不住笑了起来。杨芳已经从丈夫那里得知林渐新的神奇，此时见他如此表情，笑着说道："我不大会做菜，只好去酒楼随便叫了些。"

林渐新想不到眼前的这位女主人竟然如此爽朗、豁达，诧异地看着曹能，说道："曹警官，你和嫂子都是这种大大咧咧的性格，想必这么多年相处下来很不容易。嗯，我知道了，一定是曹警官在家里的时候什么事情都让着嫂子。这就是爱情的力量啊，竟然可以让一位铁骨铮铮的英雄汉多了些脉脉温情。"

不得不说林渐新这种先抑后扬的奉承话很是别出心裁，让杨芳和曹能听了后都暗暗高兴和赞叹。曹能笑着对妻子道："什么都瞒不住他，这家伙是一个奇才。"

林渐新急忙道："曹警官，我可不是什么奇才，但我绝对是一位合格的心理医生。对了，你们家的公主呢？"

杨芳的脸上一下子就露出了担忧之色，说道："在她的房间里面。每天下班回来都这样，不到吃饭的时候根本不出来。"

林渐新点头问："她在什么地方上班？"

杨芳道："在电信局做技术员。"

林渐新笑道："工作倒是轻松，想必待遇也不错，工作压力并不是很大。这样吧，我们先吃饭。对了，你们还没有告诉她我要来的事情吧？"

曹能摇头道："去了几次医院后，她就有些反感去看心理医生了。"

林渐新的声音稍微变得大了些："可以理解。我对你讲过，单纯用催眠的方式去控制强迫性动作只能取得短期效果，那样的方式只能治表而不能治根。这样吧，一会儿我们暂时都不要说这件事情，吃完饭后再说。"

曹能和杨芳当然全都听他的。曹能随即去叫女儿吃饭，这时候林渐新给了他一个眼神。曹能苦笑了一下。

杨芳有些疑惑，低声问林渐新道："你们商量好了什么？我怎么觉得刚才你和老曹的眼神怪怪的？"

林渐新笑了笑，回答道："我让曹警官去和女儿交流一下，最好是能够向孩子道个歉。"

杨芳愕然道："道歉，道什么歉？"

林渐新唯有在心里苦笑，说道："到时候让曹警官向你解释吧。"

大约十分钟后曹能才和女儿一起出来。曹能的眼睛红红的，女儿的脸上还挂着泪珠。杨芳更是惊讶，不过想到有客人在也就没有多问，急忙请林渐新坐下，正准备给他面前的杯子里面倒上酒，林渐新却急忙用手捂住了杯口："嫂子，我不能喝酒。"

杨芳关心地问："怎么？你身体有问题？"

林渐新道："嫂子，你知道的，我是一个心理医生，多年前我在冲动之下沾染上了毒品，因为我想知道毒品成瘾后究竟是一种什么样的感受，同时还试图寻找出戒毒的有效方法……"

杨芳大吃一惊："老曹可没对我说过这件事情。林医生，你这样做太冲动了，也太不值得了。那你现在……"

林渐新摇头道："我早就不吸毒了，一直都在服用一种野生菌类的粉末对抗毒品。我每天晚上都要承受与毒品对抗的痛苦，不过我并不后悔，因为这样，我才更能亲身经历病人遭遇到的那些痛苦，比如幻觉、精神分裂，还有……强迫症等。作为一名心理医生，只有真切地去体验病人所承受的痛苦究竟有多大，才能够更加真诚地去对待他们，和他们一起承受，一起面对。"

杨飞目瞪口呆。此时曹能似乎明白了林渐新刚才说这些话的目的，端起酒杯对他说道："小林，我敬你一杯，你喝茶吧。"

林渐新说了声谢谢，喝了一小口茶，继续道："我的病人中有各种各样的病例，他们总是能够从我这里找到家的感觉。为什么呢？因为我能够真正理解他们，懂得他们。其实无论是幻觉也好，强迫症也罢，只要能够寻找到疾病的根源，治疗起来也并不是特别难，关键在于病人要对自己有信心，同时还要充分信任自己的医生。”说到这里，他的目光移到了曹能的女儿脸上，赞叹道，“多漂亮的女孩子啊，可以告诉我你叫什么名字吗？”

刚才林渐新所说的话都被这个女孩子听进了耳朵里，虽然林渐新的语气很是淡然，却依然让她感到震惊，还有感动。此时此刻，眼前这个看上去消瘦苍白的年轻男性清澈的目光，以及充满着磁性的声音，更是让她感受到了一种前所未有的亲切与亲近，她发现自己的内心竟然对这个陌生人没有一丝一毫的抵触情绪，低声回答道：“曹欣然。”

林渐新赞道：“好名字！欣然，非常愉快、高兴的意思。要是我们每个人都能够时时刻刻保持着这样的状态该多好啊。”说到这里，他忽然笑着问曹能：“曹警官，如果我说我会‘算命’，你相信吗？”

虽然明明知道林渐新今天完全是为了女儿的疾病而来，不过曹能还是禁不住有些惊讶：“是吗？我可是从来都不相信这个的。”

林渐新朝他神秘地一笑：“那你随便写个字，我可以测出你想要知道的任何事情。”

女人的好奇心总是要比男人强许多，杨芳顿时兴趣盎然：“我去拿笔和纸来。”

曹能在纸上写了个“然”字，问道：“你知道我现在最希望的事情是什么吗？”

林渐新微微一笑，道：“‘然’，围着火烤肉，旁边蹲着一条狗……曹警官，难道这很难吗？就目前而言，长途旅行可能是比较困难，不过一个月一次，找个周末，带着嫂子和闺女去露营，并不是非要等到你退休之后才可以呀。”

曹能满脸的骇然：“你怎么知道的？真的就是从这个字推测出来的？”

林渐新微微一笑，看着杨芳和曹欣然：“你们也想试试吗？”

这时候杨芳似乎也有些明白了，急忙道：“那我也写个字。”随即就在纸上写了个“也”字，问道，“我有个同事，今天去了医院，你知道她患了什么病吗？”

林渐新淡淡一笑，说道："很显然，你这位同事是一位女性，她患的是妇科疾病。不过就是普通的炎症，没什么大问题。"

杨芳惊骇得差点失色："林医生，你……你……"

林渐新将目光看向曹欣然："你也想试试吗？你可以问我你最想知道的事情。"

很显然，曹欣然对这样的事情非常感兴趣。任何人都一样，对未知的追寻本来就是人类的本能之一。她即刻在纸上写了一个"叹"字，轻声问道："我的这个病能够治好吗？"

和前面测字的时候不一样，这时候林渐新将那张纸拿起来，仔细地看，沉思后说道："很难，因为你对自己没有信心，而且这也并不是你最想问的问题。你可以重新写一个字，我再帮你测一下。"

曹欣然摇头："不，这就是我最想知道的事情。"

林渐新朝她微微一笑，说道："嗯，是我刚才的话不准确，应该是，这件事情只是你最关心的问题之一。欣然，我这样说你不会反对吧？"

曹欣然愣了一下，默默地点了点头。林渐新将纸条裹成一团，扔到了垃圾桶里面，然后返回到餐桌前坐下，笑着说道："这只是一个游戏，我是心理医生，可不是什么神棍。不过在这个游戏上我可是花费了不少时间和精力。《说文解字》《康熙字典》等，里面大部分的内容我都可以背诵下来。测字其实就是破解一个人的潜意识，这并不神秘。"他朝着曹欣然笑了笑，"如果你不反对，吃完饭后我们俩可以单独谈谈。"

曹欣然怔了一下，微微点头。

接下来林渐新就解释了前面几个字的含义："嫂子写的那个'也'字，其本意代表的就是女性的生殖器官。也许嫂子会觉得很奇怪：为什么自己就恰好问到了那样一个问题呢？因为你根本就不知道这个字所代表的真实含义。"

杨芳点头道："是呀，这也太神奇了。"

林渐新摇头道："一点也不神奇。也许你曾经偶尔在某个地方看到过关于这个字的解释却并没有留意，从此关于这个字的含义就储存在了你的潜意识之中。还有一种可能就是文化基因的遗传。文化基因也是可以先天遗传的，而且在其中起主要作用的是母语。中国文化博大精深，而几乎每一个汉字都有着独特的含义，所以它所传递的信息与其他类型的语言截然不同。”

曹能道：“听你这样一说，关于这个‘也’字的含义我好像以前确实在什么地方看到过。”

这时候曹欣然忽然轻轻笑了一下，低声说道：“好像是很久以前《读者》这本杂志里面有过这样的内容。”

曹能恍然道：“就是，我们家里不是一直都在订阅这本杂志吗？”

曹欣然微微点头。父亲说的是真的，自从她回到这个家后，父亲发现女儿特别喜欢看这本杂志，于是就一直订阅着。此时此刻，曹欣然才忽然意识到父亲并不是像自己一直以为的那样对她漠不关心，再想到刚才父亲的道歉，她的眼眶一下子就充满了泪水。

林渐新最善于观察他人的表情，这一刻，他的心里已经全然明白。他接过曹能的话继续说道：“潜意识就是这样，它确确实实隐藏于我们的内心深处，但是很多时候我们并不自知，而心理医生就是能够帮他人挖掘出潜意识的人。”说到这里，他微微一笑，“我发现欣然的字写得非常漂亮，而且风格很像曹警官，这说明欣然在多年前就开始模仿父亲的字体了。这也是一种潜意识，在欣然的潜意识中，父亲就是一位英雄，更是她内心所敬仰的对象。”

杨芳有些不高兴了，看着女儿：“那我呢？我不也是一名警察？”

说实话，杨芳的这句话很是不合时宜，不过作为母亲的她忽然觉得被女儿轻视，心里不高兴也很正常。林渐新笑着替曹欣然回答道：“你是她的妈妈，这就足够了，难道不是吗？”

曹能笑道：“就是，如果你今后还像以前一样天天泡在派出所里面去管那么多的事情，一点儿不关心欣然，女儿今后就要叫你阿姨了。”

杨芳一下子就生气了：“你这是什么话呢？”这时候忽然注意到曹能不住地朝她使眼色，这才意识到今天的主要目的，同时也在这一瞬间触动了多年来内心的愧疚，禁不住动情地说道，“林医生说得对。欣然，从今往后妈妈一定经常陪着你。”

曹欣然的眼泪一下子就出来了："嗯。"

晚餐后林渐新将曹能拉到一旁嘀咕了几句，曹能点头，随即就叫上妻子出门去了。其实杨芳是极不情愿的，不过见丈夫的态度十分坚决，同时又想到女儿的病情，也就不好当着林渐新和孩子的面表示出太过反对。一出门杨芳就责怪丈夫道："这个人也太奇怪了，为什么不事先说清楚？现在他和欣然两个人在家里，欣然已经二十多岁了，这孤男寡女的……"

曹能严肃地说道："我们应该相信小林的人品，更何况你我都是警察，你这不是杞人忧天吗？"

杨芳急忙道："我不是那意思……"

曹能苦笑着说道："如果我们家欣然能够找到像小林这样的人，我高兴还来不及呢。可惜人家已经有女朋友了，我们家欣然没机会了啊。小林是专业的心理医生，他让我们出门是为了能够和欣然在没有任何干扰的情况下进行交流。小林对我说过，像欣然这样的情况首先必须找到她发病的根源，然后再进行有针对性的治疗。唉！我们可是有很长时间没有一起去逛商场了。小林说得对，其实工作再忙也是有时间去关心孩子、关心家庭的。我们现在不就是这样？"

杨芳这时候才想起吃饭前丈夫和女儿在房间里面的事情，问道："今天你对女儿都说了些什么？"

曹能回答道："我给孩子道了歉。这其实也是小林提醒我的，他告诉我说，孩子和我们应该是平等的，这些年来我们亏欠孩子太多，使孩子一直感受不到我们的温暖。唉！像这样的事情我们自己早就应该想到的，但愿现在补救还来得及。"

杨芳毕竟是女人，丈夫的话一下子就触动了她内心最柔软的地方，禁不住就流泪了："是啊……我们就这一个孩子，真不知道我们年轻的时候都在忙活些什么，好像太不值得了。"

曹能摇头道："不是值不值得的问题，而是有些事情我们自己没有处理好。不过我相信小林，相信他一定能够治好欣然的病。"说到这里，他叹息了一声，“可惜他不愿意当警察，否则的话，要不了几年他就会成为我们警界的一个传奇。”

杨芳诧异地问道：“他说为什么了吗？”

曹能郁郁地说道：“他说，他的病人更需要他。”

杨芳也禁不住赞叹：“想不到现在还有这样纯粹的人。这样看来，我们家欣然的病说不定还真的有希望治好。”

曹能夫妇离开后，作为这个家的主人，曹欣然反而显得拘谨起来。林渐新看着餐桌上那一片狼藉，笑着提议道：“欣然，我们一起把这残局收拾了吧。来，你把这些碗筷收拾到厨房里面去，我来洗碗，接下来你的任务就是抹桌子，扫地。”

曹能夫妇虽然平时工作繁忙，但很少让女儿做家务事，当然，其中也有曹欣然一回家就把自己关在屋子里面不想露面的原因。而此时林渐新的安排让曹欣然既感到有乐趣又不容她拒绝，竟然十分听话地行动起来。很快，两个人分工，完成了晚餐后的清理工作。

“很清爽，看上去顺眼多了。你说是不是？”林渐新一边撸下衣袖，一边笑着问曹欣然。

曹欣然已经不再像先前那样拘谨，她也笑了，点头道：“是比刚才看上去清爽多了。”

林渐新道：“做饭、吃饭、闲聊、洗碗收拾，然后一家人在一起看电视，这才是一个家应该有的生活气息。千万别忽略了这样的小事，这些可都是我们每个人生活的一部分。对了欣然，你们家的茶叶呢？现在我们泡一壶茶，坐下来好好聊聊。”

曹欣然有些尴尬：“林医生，我好像不知道家里的茶叶放在什么地方。”

林渐新笑了笑，说道：“那你去四处找找，要么是在茶几下面、电视柜旁边，要么在你爸爸的书房里面。茶叶容易串味，一般不会和食物类的东西放在一起。这也是生活常识。欣然，也许你一直在心里责怪父母从小到大没有怎么管你，但是你自己呢？你对他们的关心又有多少？这天底下没有不爱子女的父母，只不过每一个做父母的对孩子的爱所表现出来的方式不一样罢了。欣然，你能够明白我的意思吗？”

曹欣然已经二十多岁，以前一直浑浑噩噩，内心责怪父母，此时在林渐新的开导之下她也感到内疚起来，点头道：“林医生，我懂了。”

林渐新很高兴地说：“太好了。我已经看到茶叶了，就在电视柜那里。你先去烧一壶开水，然后我们一起来解决你的问题。”

茶很快就泡好了，客厅的空调暖风一直开着，空气中充满着绿茶的清香，林渐新朝曹欣然笑了笑，道：“欣然，从现在开始，你会把有关自己病情的一切都告诉我，是吧？”

曹欣然点头。

林渐新很高兴，又说：“太好了，那我们开始吧。欣然，你先说说自己的情况，你的强迫性动作是从什么时候开始的？主要有哪些症状？希望你能够尽量描述得详尽一些。”

曹欣然回答道：“大学毕业前夕的一天晚上，我第一次失眠，因为我总是能够听到自己放在枕头下的手表的声音，那声音特别清晰，它走动的每一秒都是那么清晰。后来我将手表放到了远处，但还是能够听见它发出的声音，于是我又将它放到了箱子里面，让我感到十分奇怪和愤怒的是，我居然还是能够听见它的声音。结果那天晚上我一点儿都没睡着。”

林渐新道：“现在很多年轻人都用手机看时间，似乎戴手表的已经不多了呀。”

曹欣然摇头道：“学生很多都要戴手表的，因为考试的时候需要。”

林渐新道：“可是那时候你们的毕业考试应该已经结束了吧？那天晚上你为什么没有把手表扔掉？扔得远远的。”

曹欣然回答道：“那是我考上大学的时候爸爸送我的，我舍不得扔掉。”

林渐新又问道：“你一直在内心里责怪你父母关心你太少，那么，你厌恶他们吗？”

曹欣然愣了一下，摇头：“不。”

林渐新微微一笑：“嗯，我知道了。从那天晚上之后呢？”

曹欣然道："第二天我就想到了一个办法，那就是白天的时候不给手表上发条，到晚上的时候手表就停下来了。可是我还是睡不着，因为我忽然发现自己能够听到寝室里面另外那个同学的手表的声音。"

林渐新问道："大学的时候你住的是两人间？你和你那同学的关系怎么样？"

曹欣然回答道："两人间是本科学生住的最好的宿舍。我和另外一个同学一起住了四年，关系一直都不错。"

从前面曹欣然的回答可以得出以下的结论：曹能夫妇对孩子其实是非常疼爱的，却被女儿忽略了，或许曹欣然认为那只不过是父母对他们多年来不尽责的一种补偿方式罢了；曹欣然的失眠似乎与她对父母的情感无关，有关系的或许是时间。时间……嗯，这个病例很有意思。林渐新又问道："既然你和同寝室的同学关系不错，想必后来也让她想办法将手表停下来了，是吧？"

曹欣然却摇头道："我不想让她知道我失眠的事情……更主要的是我觉得自己有些不大正常，手表那么小的声音……"说到这里，她顿时露出了欲言又止的表情。林渐新仿佛明白了她此时顾忌的是什么，温和地说道："是的，你说得很对，你这种状况确实不正常，所以，即使是你后来悄悄将她的手表扔掉了也可以理解。"

曹欣然愕然地看着他，脸一下子就红了，低声道："所以，一直到现在我都感到对她很愧疚，我和她在一起生活了四年……"

林渐新的声音更加柔和："心理或者精神性疾病引起的有些行为与道德无关，所以你千万不要有任何心理负担，等你情况好转后完全可以去向她当面说明并道歉嘛，你说是不是？"

曹欣然发现眼前的这位心理医生似乎真的可以看穿他人的内心，心里对他更加敬重起来，点头道："嗯。"

林渐新问道："关于你的病情，后来的情况呢？"

曹欣然回答道："后来就大学毕业了，我回到了这里，然后开始在电信局上班。我不能再戴那块手表了，可是每天晚上睡觉之前却总是能够听见客

厅里面石英钟发出的声音，于是就只好每天晚上在睡觉前将它里面的电池取下来，只有这样才能够安心睡觉。”

林渐新沉默了片刻，问道：“你谈过恋爱没有？”

曹欣然的脸红了一下，摇头。林渐新又问道：“在你的心里，是不是觉得男女之事很让人恶心？”

曹欣然的脸红得更厉害了，她不敢去看林渐新，不过还是点了点头，低声道：“嗯。”

还好，林渐新并没有继续就这个问题询问下去：“你的情况我已经基本了解了。现在我们将话题转回到你第一次因为手表的声音失眠之前。欣然，请你告诉我，在那之前，你曾经遭遇过什么事情？”

曹欣然想了想，摇头道：“没有遭遇过什么啊。”

林渐新又问道：“在那之前你是不是在外地实习？”

曹欣然点头。林渐新继续问道：“那么，在你实习期间发生过什么特别的事情吗？比如你和实习单位的某个人之间，或者你和同学之间，特别是有关性方面的。这个问题非常重要，你不要有任何顾虑，我只是想从中寻找到你的病因。”

这样的提示已经非常明确了，曹欣然这才突然想起一件事情来，讲述完毕后问道：“难道这件事情和我的病有关系？”

据曹欣然讲，她在外地实习将要结束的时候，实习单位组织了一次郊游，当时参加的除了几个实习生之外，还有单位的十来个人。一行人乘坐公交车到了一处山脚下，然后爬山。山上有一个小水库，活动组织者安排当天晚上在那水库附近露营。那天在爬山的时候遇到了一道近两米高的坎，实习单位里面一个叫钟松的年轻人就一直站在坎上面拉下面的几个女生。当时曹欣然走在最后，钟松用力将她拉上去的时候没有站稳，结果受惯性影响的曹欣然的身体一下子就紧贴在了钟松的身上。那一刻猝不及防，她脑子里面一片空白，等她终于清醒过来之后才发现钟松已经紧紧将她抱住。她急忙推开了钟松，快速朝前面那些人追赶上去。

林渐新沉默了片刻，问道：“那个叫钟松的，是一个什么样的人？”

曹欣然的脸红了一下，回答道：“他长得很帅，是我们实习单位的技术骨干，也是从我们学校毕业的师兄。”

林渐新又问道：“他有女朋友吗？”

曹欣然摇头，随即说了一句：“可是，和我一个寝室的那个女生特别喜欢他。”

林渐新似乎有些明白了，问道：“他紧紧抱住你的时候，你是不是感觉到他的身体有了那样的反应？”

曹欣然的脸更红了：“是的。”

林渐新继续问道：“那么，他喜欢你的那位室友吗？”

曹欣然点头：“他们两个人经常在一起。”

林渐新又问道：“你们去露营的那座山上是不是有一个寺庙？”

曹欣然惊讶地看着他：“你怎么知道？”

林渐新并没有回答她，紧接着又问道：“你那位室友的手表是不是钟松送给她的？而且她还在你面前炫耀过？”

曹欣然更惊讶了：“是呀。你……你……”

这一刻，林渐新的心里已经完全明了了：看来我一开始的推测是错误的，在曹欣然的潜意识中，钟代表的不仅仅是寺庙传来的钟声，同时也是钟松送给她室友的那个礼物，此外，还有钟松的名字。

一个人心理疾病的形成是多方面因素共同作用的结果。对于曹欣然来讲，由于童年时期缺少父母的关爱，所以性格一直比较内向甚至封闭，而曹能夫妻都是警察，对孩子的教育往往存在着简单粗暴的一面，与此同时，传统的观念也因此深入到了孩子的灵魂之中。很显然，曹欣然是从内心里面喜欢那个叫钟松的年轻人的，但是她知道自己不能去喜欢他，因为他是自己室友的男朋友。曹欣然在前面的叙述中不止一次提到她和室友一起生活了四年这句话，这说明她是一个非常在乎朋友情感的人。也许就在钟松紧抱着她的那一刻，寺庙的钟声传到了她的耳朵里面，由此才让她果断地做出了推开对方的动作。当然，究竟是在什么时候曹欣然听到了寺庙的钟声并不重要，重要的是那个钟声，以及那个叫钟松的男子曾经进入过她的灵魂。前者是警醒，后者是爱。

曹欣然从未谈过恋爱，但是钟松在紧抱她的时候却出现了生理反应，这让她的内心既害怕又反感——他明明和室友的关系那么好，怎么能这样呢？这个人太恶心了。是的，这也是她的潜意识。而正是由于这种潜意识的泛化，才使得她对父母的那件事情也感到了恶心，于是才做出了阻挠的行为。

曹欣然说“他长得很帅，是我们实习单位的技术骨干，也是从我们学校毕业的师长”，从她对钟松的评价中完全可以感觉到一种扑面而来的好感。于是，爱、友情、反感甚至恶心等情绪由此就交织在了一起，从一开始她寻找理由去扔掉室友的手表，到后来取掉家里石英钟的电池，这其实就是一个试图从室友手上夺取那个优秀男子到强迫自己忘记那个人的过程。

忘掉他，忘掉他，我就可以好好睡觉了。这就是曹欣然内心深处最后被固定下来的那个潜意识。

林渐新拿起电话打给曹能：“你们可以回来了。”

第五章

记忆催眠

当天晚上林渐新并没有继续对曹欣然实施治疗，一方面是因为身体的原因，另一方面是他觉得还需要对接下来的治疗方案斟酌权衡一番。在离开曹能家的时候他只是非常简单地说：“问题的根源找到了，等我考虑好了之后再进行治疗吧。”

后来曹能送他出来的时候林渐新才解释道：“具体的情况我不能对你讲，欣然虽然是你的女儿，但是我还得替她的个人隐私保密，这是心理医生最起码的职业素养。”

曹能倒是没有多说什么，而且第二天早上依然亲自陪同林渐新吃早餐，不过这一次和以前有所不同，以前仅仅是尊敬、客气，而现在却多了一份私人之间真挚的情感。

“小林，欣然似乎有了些变化。今天一大早她就起床了，熬好了粥，还到外面去买来了咸菜和包子。”曹能在早餐的时候对林渐新说道。

林渐新这才将昨天晚上和曹欣然一起做家务的情况对他讲了，微微一笑之后说道：“这才刚刚开始，她今后的变化会更大的。不过曹警官，你和嫂子也应该多抽时间陪陪她才是。孩子已经长大了，无论是在工作还是她个人感情的问题上，她都希望能够得到父母的关照，但与此同时却又非常反感父母介入太多，这个度你们必须得把握好。”

现在曹能对林渐新完全是言听计从了，急忙问道：“那么，你觉得应该如何把握好这个度呢？”

林渐新回答道：“就一个原则：不要试图去规划孩子的未来，把孩子当成你们的朋友。”

曹能叹息着说道：“你说得很对，可是做父母的要真正做到那样却非常难。毕竟骨肉连心，关心则乱啊。”

林渐新深以为然，道：“是的。夏丹妈妈的那些做法虽然可以理解，却实在是有些极端。”

曹能点头道：“是的。对了，我们按照你的建议，已经和北京警方在对外宣传上达成了一致。小林，你说孙家良真的会回来吗？”

林渐新道：“会的，一定会的，因为我相信自己已经找到了他最大的弱点。现在就等左辉那边的调查结果了。”

曹能好奇地问：“这个人最大的弱点究竟是什么？”

林渐新朝他神秘地笑了笑，道：“暂时保密。”

曹能苦笑着说道：“我根本就不该问你，你这人……”

林渐新笑道：“同样的一份个人档案，那么重要的东西为什么总是被你们忽略掉呢？这其中的原因很简单，因为你们并不是从人性的角度去看问题的。”

曹能顿时明白了：“你的意思是说，孙家良的弱点就在他的个人档案里面？我倒是很有兴趣，一会儿就回去研究一番。”

林渐新放下筷子：“曹警官，麻烦你将这起连环杀人案的案卷送过来，我仔细研究一下，接下来我可能要去几个作案现场看看情况。”

曹能有些为难的样子：“案卷的资料很多，你这么短的时间能看得完？”

林渐新想了想，道：“那就按照时间顺序，将第一、第四和最后一起案件的案卷送过来吧。”

曹能疑惑地问道：“这里面有什么讲究吗？”

林渐新回答道："从心理上讲，如果凶手确实是有计划地作案，那么他的第一起案件肯定会选择在距离他比较远的地方实施犯罪，后来随着一次次犯罪的顺利实施，或许这样的刻意就会有所松懈，选择作案的地点也许距离凶手的住地并不远；而最后一起案件又会变成刻意，这样做的目的是为了能够完美收官。"

曹能点头道："嗯，你这样的思维很有道理。我看这样，除了你要的这三份案卷之外，我再让人将九起案发现场的地点在地图上标注出来，然后一并送交给你。"

林渐新苦笑着说道："你看，其实我也有出现思维定式的时候。好吧，就这样。"

案卷和地图送来后林渐新很快就发现了一个问题：如果仅凭九起案件就想大致确定罪犯的住处范围，似乎不大可能。从统计学的角度上讲，样本太少是无法支撑起概率分析的。此外，林渐新还发现，凶手的作案地点似乎刻意选择在完全不同的方向，通过这样的方式去寻找出规律来根本就不可能。

林渐新花费了整整一个上午看完了几份案卷，他才忽然意识到自己的思路错了。是的，这是警察的思维模式，而这种模式恰恰是他的短板。当他正准备给曹能打电话的时候，左辉的消息来了："林医生，你的分析完全正确，我们找到了那个人。"

林渐新问道："调查的过程中没有惊动到当事人吧？"

左辉道："我们是按照你的建议，从孙家良的银行账户上查到线索的。当事人一点儿都没有被惊动。"

林渐新暗暗松了一口气，提醒道："接下来就按照我们的计划行事，不过这件事情你们警方最好不要出面，否则的话，到时候会被人非议的。"

左辉笑道："您放心吧，我已经安排好了一切。"

林渐新还是不大放心："火候一定要掌握好，同时对外宣传方面不要太过明晰，模棱两可最好，一定不要让对方将两件事情联系在一起……"

林渐新和左辉电话沟通交流完毕后才给曹能打去电话，要求他将其他几

份案卷都送到他的房间。

“我觉得还是应该从罪犯心理的角度去思考问题，第四、第五、第六起案件应该是罪犯最可能产生松懈的时候。”林渐新如此对曹能说道。

曹能问道：“从地图上所标注的案发地入手不就可以做出初步的分析吗？”

林渐新回答道：“分析不出来，因为无法确定究竟哪一起案件才是罪犯最随意做下的。所以我必须看全部的案卷，或许能够从中找到一些有用的线索。”

“好吧，我马上让人给你送过来。对了小林，孙家良的个人资料我已经看过了，你是不是想利用他父亲还在国内，而且马上就要过年的这个契机将他钓回来？孙家良不会那么愚蠢吧？”

林渐新回答道：“我从他的个人资料上注意到的并不仅仅是这个。曹警官，你注意看他的直系亲属关系那一栏，上面除了他父亲之外还有一个姑姑，除此之外就再无他人。后来我让左辉查看了他父亲的档案，发现孙家良已经是三代单传了。由此可见，孙家良将女儿和妻子送到国外并不仅仅是为了让孩子接受到更好的教育。”

曹能霍然明白了：“你的意思是说，孙家良在国内还有别的女人？而且还很可能有一个婚外的儿子？”

林渐新笑道：“不是可能，而是确实如此。如今左辉已经调查清楚了这件事。”

曹能问道：“其实从一开始你就已经分析到了是这样的结果吧？为什么？”

林渐新道：“翟清风对这个人的评价很高，说他从来没有过任何绯闻。可是我总是在想，这样的一个人为什么要去做那样的事情？他要那么多的钱来干什么？”

曹能叹息一声，道：“想不到这样的一个人，重男轻女的思想居然那么严重。”

林渐新道：“曹警官，假如你再年轻十岁，国家政策又允许你生二胎，你还会不会再要一个孩子？其实我们每个人多多少少都有这样的观念，包括你，只不过我们大多数人都不得不面对现实罢了。”

曹能唯有苦笑：这家伙，有时候说起话来一点儿面子都不给。他并没有继续询问林渐新接下来的计划，他知道，即使是问了，他也不一定会告诉自己。不过有一点是肯定的，林渐新的计划绝对是针对孙家良的那个孩子所制订的。由此看来，这个家伙确实是找到了孙家良最大的弱点。

他一定会回来的。曹能记得林渐新说过这样一句话。

“走吧，我们去第一起案发现场看看。”午餐后林渐新对季擎说道。林渐新认为这第一起案子是凶手有计划地远离住处所为，所以他很想搞清楚当时凶手的整个作案过程。

这起连环杀人案的第一位受害者名叫江心，毕业于本地的一家职业技术学院，后来在一家大型超市做管理，遇害的时候还不到二十三岁。江心的尸体是在遇害后的第二天被发现的，案发现场就在这座城市的中心公园里面，后来据法医推断，其死亡的时间大约是在当天的傍晚时分。

两年前的那个时候还是初春，林渐新查看了当时的天气情况：阴天，白天气温只有五摄氏度。中心公园临江，寒意想必较重。据江心的同事讲，那天江心一下班就急匆匆离开了超市，所以警方判断凶手在此之前应该与死者有过联系，可是在查看了死者的通讯记录后却并没有发现有用的线索。警方当时也调看过超市的监控录像，并未发现江心曾经与哪个陌生人接触过，熟人作案似乎也不大可能：有什么事情直接就当面讲了，干吗非要跑到公园里面去呢？

案发地在中心公园里面一个小亭子旁边。凶手直接扭断了死者的脖子，警方后来发现死者的处女膜撕裂，由此判断死者曾经被强奸过，而且施暴者应该戴着避孕套，以至于并没有留下任何证据。事后凶手切走了死者的右手，尸体上右手手腕处的创口看上去并不整齐。由于中心公园早已在多年前不再收费，市民沿着河堤随时都可以进入，里面也没有安装任何监控设备。很显然，凶手选择这个地方应该是早就计划好了的。

此时，林渐新和季擎就站在案发现场。小亭子旁边是一片树林，有一条小道进入，案发现场正在小道的拐弯处，如果矮下身去，从外边是看不见里面的情况的。

“我同意你们警方的分析。凶手应该是事先和死者约好了在这小亭子里见面，两个人说了几句话后就朝小道走了进去，这时候凶手忽然从死者的背后动手，然后进行奸尸并砍下了右手。”林渐新观察完周围的情况后说道。

季擎道：“问题是，凶手究竟是如何与江心取得联系的？”

林渐新回答道：“也许是通过江心办公室的电话，或者是通过其他办公室的电话。其实这没有什么意义，即使去查，最终也只能查到一个公用电话号码。”

季擎点头：“也就是说，凶手和死者是熟人？”

林渐新摇头：“如果真的是熟人，那么冷的天气为什么非要到这里来？也许，凶手掌握了死者最关心的某件事情。你想想，假如你是江心，究竟会在什么样的情况下毫无戒心地直接跑到这里来呢？”

季擎点头道：“嗯。有道理。”

林渐新道：“所以，接下来我们应该仔细调查江心的情况。”

季擎道：“案卷里面江心在大学期间的情况已经非常清楚了，似乎并没有什么特别的。”

林渐新摇头道：“我觉得你们当时的调查还不深入。一个就读于职业技术学院的学生，她的高考成绩肯定不好，像这样的大学也就是为了拿一个文凭，同时学到一门最基本的谋生技能罢了。现在我们必须搞清楚的是，江心最感兴趣的事情究竟是什么。走吧，我们先去一趟她曾经工作过的那家超市，然后再去她就读过的那所职业技术学院。”

江心遇害前工作的那家超市位于城南，距离中心花园非常远，乘坐地铁的话中途得换乘两次，季擎驾车也花费了近一个半小时的时间，由此也说明江心前往遇害地点必有原因。

这家超市规模非常大，是当地有名的企业，负责接待林渐新和季擎的是江心当时所在部门的负责人，如今她已经是这家超市的副经理了。在明白了二人的来意后，这位副经理诧异地问道："都两年前的事情了，你们还没找到凶手？这想起来也太可怕了。"

林渐新朝她摆手："这个案子非常复杂，警方一直在努力侦办。关于江心，你还记得她有什么特别的事情吗？"

副经理想了想，道："特别的事情？最特别的事情就是她很豪爽。"

林渐新愣了一下："豪爽？你为何这样评价她？"

副经理道："记得她刚上班不久，一位顾客在超市里面无理取闹，还殴打了我们的收银员，当时几个保安都制止不了那个人，后来江心站了出来，结果三两下就把那个人给打趴下了。这件事情两年前我就对警察讲过啊。"

林渐新点头。案卷里面确实有这样的内容，不过警方在调查了那个无理取闹的人之后却排除了其作案的可能。林渐新问道："难道江心会武术？"

副经理摇头："她并不会武术，当时她制服那个人完全是因为气势。现在很多人都是欺软怕硬，弱者越是忍让，肇事者反而越加凶狠。江心站出来之前，肇事者已经扇了我们那个收银员好几个耳光了，保安却只是站在一旁规劝，结果江心一出现就直接给了那个人几个耳光，嘴里同时大骂着：'你一个大男人就知道欺负女人？'又指着几个保安：'你们就这样看着他打人？！'那个肇事者当时就被她给打蒙了，这时候江心又给了他几耳光，随后恶狠狠地说道：'我最恨的就是你这种男人，不就是给你算错了几块钱吗？丁点儿大的事情就让你大打出手？一看你在家里、在单位就是一个窝囊废，只知道跑到外面来欺负女人！'"

林渐新问道："后来呢？后来她因此受到处分了吗？"

副经理摇头道："我们当时就报了案，警方对那个肇事者进行了批评，虽然警方要求我们对江心做出处理，不过这件事情我们并没有完全按照警方的意思去办，只是在会上对她进行了口头批评。顾客并不是我们的上帝，对那些不讲道理、动手打人的顾客，我们不需要去纵容他们。"

林渐新又问道："在江心遇害前的那一段时间，还发生过类似的事情吗？她和同事之间的关系怎么样？"

副经理回答道："毕竟不讲道理的顾客并不多，即使是我们的工作人员

出了错，大多数的人也都能够理解，其实像那样的情况很少发生。江心和同事之间的关系非常不错，她的性格豪爽，从不在小事情上面斤斤计较……”

林渐新微微一笑，问道：“其实她就是一个男孩子性格的女生，是吧？”

副经理也笑，点头道：“是的。”

接下来林渐新又问了几个问题，然后才和季擎一起离开了超市。上车后季擎问道：“现在我们就去那所职业技术学院吗？”

林渐新似乎正在思考着某个重要问题，问道：“小季，你说说这起案件中九个受害者的情况。”

季擎问道：“林医生，你还是想从中找到她们的共同点，对吧？”

林渐新缓缓道：“无论凶手是一个什么样的人，即使这个人的心理或者精神不正常，他所选择的对象也一定是符合凶手的心理逻辑的，只不过我们现在还不知道罢了。”

季擎点头：“第一名死者江心的情况你已经有所了解了，她的职业是超市管理员，遇害后被凶手砍下并拿走了右手；第二名受害者名叫曾珍，自己开了一家烧烤店，凶手取走了她的双手；第三名受害者是一家发廊的小姐，两只乳房被凶手切掉；第四名死者是一位大学老师，尸体上没有了鼻子；第五名死者是一家公司的财务人员，这是所有受害者当中年龄最大的一个，她遇害的时候三十一岁，被凶手割去了嘴唇；第六名死者是扫大街的清洁工，她的尸体没有了双脚；第七名受害者是一名在校大学生，凶手取走了她的心脏；第八名受害者是一位记者，被取走的是双眼眼球；最后一个受害者年龄最小，是一个高中生，凶手将她的整个面部都割掉了。”

林渐新一直眯缝着眼听着，又问道：“她们遇害的地点呢？有什么特别的没有？”

此时季擎才明白林渐新只不过是想通过他的概述，将案件重新梳理一遍，于是回答道：“除了江心是在市中心地带遇害的之外，其他的案发地点几乎遍布这座城市的东西南北。其中第二名受害者是唯一在自己住处遇害的，第八名受害者死于一家私人旅馆，最后一名死者是在郊外发现的，其他人的被害地点都是在偏僻的小巷、江边等。”

林渐新皱了皱眉头，继续问道："凶手作案的时间及时间间隔呢？"

季擎道："九起案件大多数都发生在晚上或者午夜过后，只有第一起和最后一起案件发生在傍晚。前面八起案件基本上都是每个月发生一起，而最后一起案件案发的时间间隔了接近一个月。"

林渐新忽然睁开了眼睛，无奈地说："看来试图走捷径是不大可能了，虽然我依然相信凶手有一个从刻意远离住处作案到随意作案的过程，但很难在一时间寻找到一个参照点，毕竟到目前为止我们对凶手还是一无所知。回去吧，我把剩下的案卷看完了再说。"

其实在一天之前林渐新就发现了自己内心正在涌动着的浮躁，以及因为夏明兰案件的顺利破获所带来的些许内心膨胀。直到这一刻他才忽然明白，这起连环杀人案的情况远比他最开始时以为的要复杂得多……是的，必须静下心来一一重新去调查这九起案子，只有这样才能够从中寻找到它们之间的关联。

下午晚一些时候，曹能来了，在询问了情况后问道："你认为这九起案件之间最可能的关联是什么？"

林渐新回答道："虽然目前还不是特别清楚，但有一点是肯定的：这其中隐藏着凶手内心的愤怒。既然你们已经调查出这九个受害人之间毫无关系，那么最可能的情况就是：这其中的大部分受害者每一个人都代表着凶手幻想中的仇恨对象。从凶手九次作案后就忽然终止，以及凶手带走死者某个器官或者组织的情况来看，似乎都是具有目的性的，绝非随意。"

这是一种全新的思维方向。曹能问道："那么，凶手究竟针对的是死者的模样还是她们的年龄或者是职业呢？"

林渐新想了想，道："这个问题提得非常好。这正是我们从现在开始需要搞清楚的问题……对了曹警官，你是来请我去你家里吃饭的吧？嗯，那件事情我已经考虑清楚了，不过还必须征得你女儿的同意才行。"

曹能大喜："太好了！可惜你不能喝酒，不然的话，我还真的想和你一醉方休。"

“要彻底解决你的问题，最好的方式就是催眠。”林渐新对曹欣然说道。

曹欣然疑惑地看着他：“可是，以前的医生也对我做过催眠啊，但是效果并不好。”

林渐新解释道：“以前你的那位医生只是在你被催眠的状态下暗示你停止强迫性动作，虽然具有一定的效果，但作用并不大，因为那位医生并没有寻找到你问题的根源。而我要做的事情不一样，目前我已经寻找到了你发病的病因，所以我会在催眠你之后抹去你的一部分记忆。”

曹欣然担忧地说道：“那样的话，会影响到我今后的工作和生活吗？”

林渐新笑着摇头道：“绝对不会，只会让你觉得生活更加美好。”

曹欣然看了曹能一眼，见父亲在朝她点头。曹欣然道：“那好吧，我同意你对我实施催眠。”

林渐新对曹能说：“你也一起来吧，如果在诊所里面，我给病人做催眠是必须有护士在场才可以的。”

就在曹欣然的房间里面，林渐新吩咐她平躺在床上，全身放松，随后，柔和的声音从林渐新的嘴里发出：“眼睛看着我。深呼吸。嗯，再来一次深呼吸，再来一次。闭上眼睛，再深呼吸……”他将手放在曹欣然面前，“睁开眼睛看着我的手，我将用两只手指头将你的眼皮闭上……”他的拇指和食指略略分开成V形，在曹欣然面前由上往下比画，随后推下她的眼皮，手指轻轻停放在她的眼皮上，“我要你放松在我手指下面的眼皮，全部放松。现在，我把手指放开，你的眼皮更放松，完全放松了，黏住了，麻痹了，完全睁不开。你越想睁开，越没有力气睁开，完全放松了……睡觉。彻底放松。”

就这样，曹欣然很快就进入了被催眠的状态。曹能是第一次亲眼见到一个人被催眠的过程，心里竟然有些不敢相信：难道欣然真的就这样被他给催眠了吗？而此时，林渐新那柔和动听的声音还在继续着：“很好，就这样。欣然，你能够听见我说话吗？”

曹欣然发出梦呓般的声音：“嗯。”

林渐新：“告诉我你在实习即将结束后那次郊游的过程。”

曹欣然：“那次郊游是实习单位组织的……”她开始细致地讲述，“到半山腰的时候我们遇到了一道坎，钟松将我前面的每一个人都拉了上去。”

这时候林渐新忽然说道：“当他来拉你的时候却被你拒绝了，你说你可以自己爬上去的。”

曹欣然：“不是这样……”

林渐新：“就是这样的，你记忆中的那个过程只不过是你的想象。记住，是你自己爬上去的。明白吗？”

曹欣然：“嗯，是我自己爬上去的。”

林渐新：“把你的想象忘掉，它从来就没有真正出现过。”

曹欣然：“是我自己爬上去的，然后……”

林渐新：“然后钟松就继续朝前面走了，你爬上去后很快就追赶上了队伍。那天你们在山上的水库旁露营，所有的人都很愉快。你也一样。”

曹欣然：“是的，那次的活动组织得非常好，我们在水库旁边烧烤、露营，还像少数民族那样围着篝火跳舞……”

林渐新：“回到学校后你失眠了？”

曹欣然：“是的。我睡不着觉，因为……”

林渐新：“因为你想到同学们马上就要分手了，从此后将天各一方，不知道今后什么时候才能够再次见面。”

曹欣然：“可是……”

林渐新：“没有什么可是。你的记忆是在做梦，你梦见自己的手表变成了一只大钟，它就在你的耳边。那只表是你爸爸送给你的，你很珍惜它，其实你很喜欢听到它发出的声音。”

曹欣然：“嗯，我喜欢爸爸送给我的这个礼物。”

林渐新：“你爸爸和妈妈都很爱你，以前他们的工作太忙，没那么多的时间去陪着你，他们对此也一直感到内疚。”

曹欣然：“我知道的，我也很爱他们。”

林渐新：“欣然，接下来我数三个数字，然后你就醒来。一、二、三……睁开眼睛。”

曹欣然的双眼缓缓睁开，一下子就看到了林渐新那双明亮的眼睛，还有正在流泪的父亲。她惊讶地问道："爸，您怎么了？"

林渐新朝她微微一笑，说道："刚才你在梦中说你很爱他和你妈妈，他被你的话感动了。"

曹欣然愕然："我说过吗？"

林渐新点头："说过，而且你的话是发自肺腑的。"

一个人在被催眠的情况下是没有自主思维的，林渐新就是通过这样的方式抹去了曹欣然的那部分记忆，由此也就从根本上切断了造成她强迫性行为的心理动因。也是直到这个时候，曹能才大致明白了女儿疾病的根源所在，不过他的心里依然担忧着：这样的治疗方式真的有效果吗？

在经历了每天必须去面对的痛苦与挣扎之后，林渐新给苏文拨打了电话。从北京分手后的当天晚上开始都是如此。这样的美好让林渐新眷念而痴迷，也曾让他不止一次在心里真挚地感谢着上苍，感谢着苏文。

刚刚在电话中与苏文在无尽的缠绵后道别，曹能的电话就进来了："小林，你的治疗效果确实不错，欣然今天晚上没有取下石英钟的电池。"

林渐新心想，这不是很自然的事情吗？病根都没有了，她的强迫性行为也就没有了产生的基础。随后林渐新吩咐了一句："这件事情已经过去了，从今往后千万不要在欣然的面前提起，多给她一些关爱吧，这对巩固治疗有帮助。"

曹能衷心地说道："谢谢你，林医生。现在我终于有些懂你了，是的，你的病人更需要你。"

林渐新笑道："你能够理解就好，不过我的费用还是需要报销的。"

曹能也禁不住笑了起来："那是当然。对了小林，我们还有一个方案，那就是聘请你做我们的顾问，你不需要在我们这里上班，只是在我们遇到特殊案件的时候请你过来帮帮忙。这样的话，你的费用报销也就有了一个合理的名目。"

林渐新想了想，问道："你们不会时不时就把我叫来吧？"

曹能大笑："怎么可能？特殊的案件本来就不多，我们也不是那么无能。你说是吧？”

林渐新却依然没有即刻答应：“我考虑一下，等手上的这个案子解决后再说吧。”

第六章

贩童夫妇

第二个受害人曾珍曾经住过的出租屋现在还空着，房东在林渐新面前叫苦不迭，说自从屋子里面死了人之后就再也租不出去了。林渐新当然不会理会这样的事情，问道：“这套房子以前就曾珍一个人住吗？”

房东回答道：“具体的情况不是很清楚，好像有时候她有乡下的亲戚要来住几天，还带着孩子。”

林渐新又问道：“这房子当时的租金是多少？”

房东道：“两室一厅呢，虽然旧了点，最开始说好的是一年一万二，可是她不愿一次性交完一年的钱，所以每个月就加了两百块。”

林渐新觉得有些奇怪：“难道她都是每个月交房租吗？一个月多两百块的话，一年下来岂不是要多交两千四？”

房东道：“她的烧烤摊生意不大好，看样子家里也没有多少钱，估计选择每个月交钱也是没办法的事情吧。”

那你还忍心让她多交那么多？你那样做岂不是乘人之危？林渐新在心里腹诽着这位房东，又问道：“那么，她每个月交钱都按时吗？”

房东回答道：“基本上都能够按时。她租了我这房子一年多，好像还从来没有拖欠过房租。”

林渐新又问了她几个问题，出来后对季擎说道：“这个曾珍有些奇怪，她家里是什么样的情况？”

季擎回答道：“她已经结婚，丈夫和孩子都在乡下。一年前她来到这里后就在楼下不远处开了个烧烤摊，大致就是这样的情况。”

林渐新又问道：“曾珍遇害后你们和她丈夫见过面吗？”

季擎点头：“他当时很伤心，不过并没有向我们提供什么有用的情况。”

林渐新心里一动：“你们有她丈夫的照片吗？”

季擎道：“从曾珍的个人档案里面可以找到他们的结婚照。林医生，你的意思是？”

林渐新吩咐道：“你打个电话，让人马上把她丈夫的照片传到你的手机上来。”

警方办事的效率还是很高的，照片很快就传到了季擎的手机上面。随后林渐新去找了曾珍以前的邻居，让他们辨认季擎手机上面的照片：“你们认识这个人吗？”

也许是时间过得太久，他们只是说好像见过，林渐新提示说这是曾珍的丈夫，邻居这才忽然想了起来：“就是了，他以前好像经常来的。”

林渐新问道：“他和曾珍一起卖烧烤吗？”

一个邻居想了想，道：“好像很少去帮她，他到这里后就关着门睡觉。”

林渐新又问：“这个人是不是经常带着小孩来？”

邻居摇头道：“这个不大清楚，不过曾珍这里有时候会有乡下的人带小孩来玩，晚上哭闹得厉害，我们向她提了意见后他们就来得少了。”

林渐新的眼睛亮了一下，问季擎道：“曾珍的家距离这里多远？”

季擎惊愕地看着他：“你准备去一趟？高速路加乡村公路，起码得五个小时。”

林渐新喃喃自语：“没有证据，只能通过测谎和心理突破解决问题，所以我必须去一趟。”

季擎不明白：“林医生，你究竟在怀疑什么？”

林渐新仿佛忽然清醒了过来，看着季擎笑了笑：“难道你对曾珍夫妇的行为一点都不觉得奇怪吗？开着一个不赚钱的烧烤摊，一年花费上万块钱租房子，这地方时常有乡下的人来，还有孩子……”

季擎吃惊地看着他：“你在怀疑曾珍拐卖儿童？”

林渐新再一次喃喃自语：“如果真是这样，那么凶手杀害她的目的究竟是什么呢？凶手的孩子曾经被曾珍夫妇拐卖掉了？还是替社会除害？可是，江心的死又如何解释呢？”

季擎和林渐新还在路途中的时候就已经接到消息：曾珍的丈夫已经被当地警方控制住了。林渐新对季擎说道：“曹警官做事一点儿都不拖泥带水，看来下面的人对他也很尊重。”

季擎道：“那是当然的了，他可是从基层一步步上去的。”

林渐新看着他笑了笑：“你今后的前途也是不可限量的，不过我觉得还是应该提醒你一句：结婚后一定要多关心家庭的事情，特别是要多关心孩子。你要知道，父亲在孩子的成长过程中扮演着非常重要的角色。”

季擎已经知道曹能女儿的事情，最近两天也时常在心里感叹。他点了点头：“我一定会注意的。对了林医生，最近我买了些有关心理学方面的书籍，可是有些看不懂。”

林渐新道：“等今后有空了，我可以对你们进行一些培训。不过最重要的是要转变思维方式，这个过程才是最困难的。”

曾珍的家位于这个省西部的贫困山区，警车下了高速公路后就被当地警方的人接上，然后一起驶向崇山峻岭之中。警车一直蜿蜒上山，一路上的风景奇特，南方的冬天山上依然郁郁葱葱，但是土地的贫瘠却是一目了然。

曾珍的家就在山上乡村公路的旁边，一栋漂亮的乡式别墅矗立在那里，与周围那些破旧的砖瓦房比较起来是那么显眼，反倒给人以格格不入之感。此时，乡式别墅外边已经停着好几辆警车，住在周围的村民也都聚集在附近，指指点点着，不知道在说些什么。这样的情况让林渐新感受到了一种压力：如果自己的分析错了，对这个残破的家庭就是进一步的伤害。

当地警方的负责人朝林渐新和季擎迎了过来，在进行简单的相互介绍后，林渐新问道：“人呢？”

当地警方的负责人朝里面指了指：“在里面呢。”

林渐新点了点头，朝里面走去。山上寒冷，村民的家里都有火塘，进去后发现火塘里面的火烧得正旺，一个三十来岁的男人佝偻着坐在那里，他的怀里依偎着一个四五岁的小女孩。

曾珍的丈夫名叫李东生，此时的他虽然看上去可怜巴巴的，但林渐新还是从他的面相和眼神中看到了一丝狡黠。人的面相可以有美和丑，但凶和恶、敦厚与善良、真挚与狡黠却是来自心底。“相由心生”的说法就是源于此。作为心理医生，林渐新当然非常关注并致力于研究相貌与心理之间的关系，当此时面对李东生的时候，心里也就一下子有了初步的印象与感觉。

“孩子多大了？”林渐新坐了下来，问道。

李东生的身体战栗了一下，低声回答道：“五岁了。”

林渐新诧异地再次看了孩子一眼：“这孩子的发育有些问题啊，平时都是谁在带她？”

李东生回答道：“我父母在带她。”

林渐新又问道：“是不是因为她是女孩，所以你和曾珍就没有亲自带她？”

李东生摇头。林渐新直勾勾地看着他：“为了赚钱？”

李东生点头。林渐新依然在盯着他：“如果有人把你的孩子带出去卖掉了，你心里会怎么想？”

李东生道：“不会。”

林渐新愣了一下：“为什么不会？”

李东生回答道：“这大山里面的孩子带不走。周围的人都看着呢。”

林渐新又愣了一下：“我刚才问你，如果你的孩子被人带走卖掉了，我说的是如果，你心里会是一种什么样的感受？”

李东生摇头：“不知道，我从来没有想过。”

林渐新看向他的目光变得凌厉起来：“也就是说，你从来都没有去想过别的孩子的父母的感受？其他人的孩子在你的眼里就只是一件值钱的

东西？”

李东生霍然一惊，结结巴巴地说道：“你……你在说什么？我……我怎么听不懂？”

林渐新指了指外面：“你以为这些警察没事跑到这里来玩了？你想过没有，你这孩子的妈妈究竟是因为什么被人杀害的？你想过没有，如果有一天杀害曾珍的凶手忽然出现在你和孩子的面前，剁掉你这双一次次伸向那些孩子的手，挖去你的眼睛……难道你从来都没有想到过自己会被现世报？”

李东生的脸色一下子就变得惨白，全身也开始哆嗦不已。林渐新站了起来：“你现在主动向警察自首还来得及，我的话就说到这里，你自己考虑吧。”他快速扫视了屋子四周一圈，“难道那些孩子的哭声从来都没有唤醒过你的良知吗？”

从屋子里出来，林渐新对当地警方的负责人说道：“基本上可以确定，李东生和妻子一直都在进行着拐卖儿童的勾当，你们抓紧时间对他进行审讯吧。希望你们尽快找到那些孩子的下落，让他们能够回家过年。还有，有什么情况麻烦你们直接报告给曹警官。”

当地警方的负责人问道：“你们马上要回去？那样太辛苦了，不如就在县城里面住一晚上再说。”

林渐新问季擎：“你能坚持开车回去吗？”

季擎笑道：“我没问题。”

林渐新拍了拍他的肩膀：“那就辛苦你啦。我也想尽快破案，希望能够好好过个年。”

在回去的路上，季擎问了一句：“林医生，你为什么不留下来呢？说不定这起连环杀人案的凶手就是被曾珍夫妇拐卖的某个儿童的父亲呢。”

林渐新回答道：“即使是这样，凶手也应该是在省城里面。而且我总觉得这起案件不会那么简单，否则其他八个人的遇害又如何解释？所以，我们接下来只能继续去调查其他受害者的情况，同时等待这边调查的结果。只有这样，才能够做到两不耽误。”

这一去一回近千里的转战就是十个多小时，林渐新知道季擎的疲惫，所以在返回的路上也就没有闭目休息，而是对季擎提出的一些问题进行详细解答。季擎虽然觉得劳累，但同时却收获良多。

进入城区的时候天色已暗，夜晚很快来临，黑沉沉的天空下城市璀璨夺目。林渐新忽然想到两年前的这个时候，当时那起连环杀人案的第九起案件发生后不久，整座城市正处于恐惧与惶惶不安之中。夜幕下的城市就像是滋生罪恶的土壤，各种人类的丑行往往都是在这个时候开始上演的。思及此，林渐新感到不寒而栗。是的，警察和心理医生的目标从某个角度上讲是一致的，只不过所针对的目标有群体与个体之别。社会是由人组成的，当然一样会生病。

第二天下午，在多地警方的协作联动和连夜奔波奋战之下，被李东生和曾珍夫妇拐卖的十多名儿童全部被找到了。据李东生供述，三年前，曾珍听到一位村民说起过拐卖孩子很赚钱的事情，于是就和丈夫开始谋划这项“生意”。曾珍是高中毕业，有些文化，她想到了进城去开一家烧烤店作为掩护的点子，于是夫妻俩便分工协作。烧烤店晚上开业，白天曾珍四处物色目标；李东生负责联系买主；曾珍拐骗到孩子后就带回住处，买主很快就会上门。如果有人问起，就说是村里的人带着孩子到城里来玩，于是买主带走孩子的时候也就不容易引起他人的怀疑。

曾珍的模样漂亮，笑容好看，很容易赢得孩子的信任，在不到一年的时间内竟然连续作案十多次，而且从来没有遇到过任何麻烦。一直到她后来被杀害，李东生才吓得躲回了家里，不敢再去做以前的“生意”。

那些被拐卖的孩子估计得一天后才能全部返回本地，警方也正在对那些孩子的父母进行走访调查。

消息传来的时候林渐新和季擎正在调查第三个死者的情况。林渐新叹息着说道：“我不希望凶手就在那些孩子的父母当中，而且我觉得也不大可能。如果凶手知道曾珍就是拐卖孩子的罪犯，首先应该做的就是马上报警，然后尽快去找回孩子，而不是直接杀害她。所以，我们不能等着警方的调查结果，那样毫无意义，而且更耽搁时间。”

第三个受害者秦敏敏生前是一家发廊的小姐，遇害的地点在中心公园对面的江边堤岸之下。此时，林渐新就站在江边的这个案发地点，他对季擎说道：“晚上这样的地方应该很少有人来，不过案发的时候天气已经不再那么寒冷；很显然，死者是被金钱所诱惑。”

季擎点头道：“据当时的发廊老板讲，那天晚上秦敏敏是以身体不舒服为由离开发廊的，后来我们从死者的手机上查到了一个电话号码，发现那个电话号码是一个鸡头的。现在不是有人到处散发招嫖名片吗？秦敏敏就是那个鸡头下面的小姐之一。由于招嫖名片上面的小姐都被冠以大学生、白领或者空姐的身份，所以要价特别贵。对秦敏敏来讲，那也算是一份不错的兼职。据那位鸡头讲，秦敏敏出事那天，有人直接给他的账户上打了五千块钱，要求叫一个漂亮的小姐去江边。在一般情况下，鸡头都是要陪同小姐去和嫖客见面，并当面结清嫖资的，但是那人却说自己的身份特殊，坚决要求只能和小姐直接见面。这样的价格可是比常规的高一倍都不止，于是鸡头就让秦敏敏直接去了。”

林渐新上午的时候已经看过案卷，后来警方查找到了当时打款的那个人——一个农民工。据那位农民工供述，当时有一个全身包裹在一件大衣服里面的人以沙哑的声音让他去柜员机做一件事情：“这是六千块，多的一千块是你的报酬。”虽然那位农民工觉得此人有些怪异，但经不住金钱的诱惑还是去做了。而那个人与鸡头联系的电话却是公用电话，线索在这里一下子就断了。不过警方也从这一起案件中掌握了罪犯非常有限的特征：男性，身高一米八。仅此而已。

季擎又道：“当年的发廊老板和鸡头也因为这起案子被拘留，现在一时间还没有得到这两个人的消息，不过我们的人正在寻找。”

林渐新朝他摆手道：“不用找了，找到了我们能够得到的信息也差不多。不过从这件事情上倒是可以分析出凶手另外的一些信息：身高一米八的男性外形应该不差，这样的人很容易获取女性的好感；此人的生活条件不错，让人帮忙转几千块钱就是一千块的报酬；凶手的杀人欲望非常强烈，非常善于掌控与执行计划。这样的人想必有过与众不同的个人经历。”

季擎皱眉道："可是到目前为止，我们对凶手的情况还是知之甚少，接下来我们应该做些什么呢？"

林渐新一下子就笑了起来："很简单，继续调查后面死者的情况。凶手也是人，或许我们可以从死者的身上寻找到凶手真正的杀人动机。很显然，这个凶手具备非常强的反侦查能力，说不定他对警方的侦查模式有过深入的研究，如果我们试图通过凶手的作案过程去寻找出线索，估计难度特别大，这一点你们警方已经尝试过了，而且也证明了确实如此。所以，我们必须从其他方面入手去破解罪犯的作案心理与动机才行。"

说到这里，林渐新俯下身去洗了下手，江水寒沁入骨，让他禁不住打了个寒战，不过很快就感觉到有一股热气从手心处泛起。他起身站起，看了看对岸的中心公园，继续说道："发廊老板和鸡头的供述还可以说明一点：秦敏敏这个人其实并不是凶手选择的，凶手要的是一个长得漂亮的小姐。小季，你想想，这说明了什么？"

季擎心里一动："林医生，你的意思是说，凶手针对的其实是小姐这个职业？"

林渐新点头，道："除此之外还有别的解释吗？由此我们就可以对其他所有的案件进行同样的归纳与推理。超市管理员、烧烤店老板、小姐、大学教师、财务人员、记者、清洁工、大学生、中学生……好像有些不大对劲，超市管理员被割去右手，烧烤店老板的尸体没有了双手，小姐被拿走了乳房，大学老师的鼻子、财务人员的嘴唇、记者的眼睛、大学生的心脏都被割掉了，还有最后那个中学生，她失去的是整个面部……"

林渐新一下子就陷入沉思之中。江水流动得非常缓慢，他的目光随着一个点不知不觉地开始移动，忽然间感到一阵眩晕，身体竟然无法自控，朝着江面跌倒下去。季擎大惊，急忙伸出手去用力拉住了他，这才免于变成落汤鸡。季擎急忙对他说道："林医生，你太累了，得多休息才是。"

林渐新摇头道："我不是累，是刚才失神了。也好，我先回去休息一下，这脑子都变成糨糊了。"

其实林渐新知道，自己的劳累并不完全是肉体上的，更多的是心力交瘁。自从介入夏丹的案子之后，几乎所有的精力都放在了案子上面。也许在人们的眼里他就是一个天才，面对那几起案件的时候都是那么举重若轻，谈笑间真相就得以显露，其实只有林渐新自己知道，所有真相的背后都是他一次次去触碰他人灵魂、拷问人性的结果。

回到招待所后林渐新直接就躺在了床上，睡意汹涌而至，但是他却很快就醒来了，不住咳嗽。他隐隐记得自己刚才好像睡着了，似乎还做了一个梦。潜意识中他感觉到刚才的那个梦有些重要，于是就开始冥想……可是梦中的场景并没有出现，因为他发现自己根本就静不下心来。

电话在响，是苏文打来的："渐新，你打开电脑，我要和你视频。"

她的声音是如此动听，可以柔软到一个人的心底。林渐新笑道："开着呢。"

苏文很快就出现在了电脑屏幕上，甜美的笑容带着一丝调皮："渐新，你猜猜我接下来会给你一个什么样的惊喜？"

林渐新微微一笑，说道："不用猜，肯定是你已经找到了一处最合适做心理诊所的地方。"

苏文嘟着嘴道："你一点儿都不好玩……"忽然就又笑了起来，"那你要不要看看？"

林渐新并不是一个情商低下的人，即刻露出很感兴趣的样子："好啊，我看看。"

想不到苏文还用手机录了像，她将手机放到屏幕前，一边播放一边介绍道："地方距离我们公司不远，就在写字楼的二楼，不足一百平方米，可以隔成里外两间，外边供病人候诊休息，里面作为咨询治疗室。"

林渐新看了后摇头道："这地方不行，周围都是公司，病人的私密性无法得到保证。"

苏文朝他嫣然一笑，说道："果然你不满意。那你再看看这个地方……"

林渐新急忙问道："什么叫果然我不满意？"

苏文笑道："你看了下一个地方后，我再告诉你。"说着就打开了手机里面的另外一个视频，“这是一个小型的四合院，环境幽雅。我问了一下，根本就不需要装修，只需要添加一些专业性的家具以及进行光线设计就可以了。”

林渐新的眼睛睁得大大的：“这……这地方看上去怎么……这不就是简立钦的那套四合院的第二进吗？”

苏文不住地笑，点头道：“你的眼睛果然厉害。是这样的，简立钦知道了我正在帮你找地方做心理诊所的事情后，就主动提出将四合院的第二进提供给你。四合院是有后门的，到时候直接将后门改成大门，然后和前面隔开，成为一个独立的空间。简立钦说，他的公司工作人员并不多，他一个人在后面办公感觉空空荡荡的，而且也太浪费了。”

林渐新很是动心，问道：“租金呢？”

苏文道：“简立钦说，如果你觉得那地方可以，租金的事情你自己去和他谈。”

也不知道是怎么了，林渐新忽然感到有些惶恐：“简立钦不会免费让我使用吧？我可不想随便欠人家那么大的人情。”

苏文古怪地看着他：“免费使用不是更好吗？就算是简立钦为我们国家的心理学事业做贡献好啦。这样吧，如果你觉得可以就先回复他，看情况再说吧。”

这时候林渐新忽然明白了，问道：“觉得第一个地方不合适的也是简立钦吧？”

苏文笑道：“果然瞒不过你，是他说的。他说你是一个非常敬业的人，一定会考虑到病人的隐私问题。”

林渐新忽然有些感动：想不到这个人如此懂我。点头道：“那好吧，我主动和他联系一下。”

与苏文的视频结束后，林渐新思索了片刻，拿起电话给简立钦打过去。林渐新知道，无论是自己还是简立钦，其实从某种角度上讲都是一类人：孤独、骄傲、渴望友情，所以在内心深处也就特别在乎真挚的情感，而这些东西都与金钱似乎没有多少关系。

林渐新的电话让简立钦很是高兴：“林大哥，你千万别误会啊，并不是我故意要让你主动给我打这个电话的。我知道你这个人，如果我主动说出将四合院的一半让你使用，说不定就会被你直接拒绝了。你这人有时候自尊心太强了。”

林渐新心想，好像自己还真是那么回事，不仅仅是自尊，而且疑心病也比较重，苦笑着说道：“好像我还真有那样的毛病，你说得太好听了，其实我这就是不知好歹。”说到这里，禁不住哈哈一笑，“说实话，如果不影响你现在公司的运作，你那地方还真是不错，不过租金太贵的话我可用不起。”

简立钦大笑道：“林大哥，我本来就没准备收你的钱，不过我知道你这人不愿意随便拿人家的好处，我看这样吧，一个月一百块，意思意思就行了。”

林渐新有些不好意思：“这也太便宜了吧？”

简立钦问道：“那就一万？”

林渐新顿时觉得自己确实有些矫情了，急忙道：“一万的价格我可租不起，不过一百也太占你便宜了。”

简立钦道：“林大哥，你怎么对自己那么没有信心呢？我看这样吧，我占你这个心理诊所百分之十的股份，房租也就不要再谈了，装修的事情由我来办。当然，设计图必须由你先审核。你看这样如何？”

林渐新问他：“你真的这么看好我？”

简立钦热情洋溢地说道：“当然。我相信，今后你的病人都是有身份地位的人，他们绝不会少了你看病的费用的，而且今后我还想利用你的那些关系呢。”

林渐新立刻提醒他道：“我可不会利用病人的关系去牟利……”

简立钦急忙道：“我知道，刚才我的话说得不准确，到时候我利用一下你的影响力总可以吧？”

林渐新哂然一笑，说道：“我的影响力？你把我的能力也想象得太高了吧。”

简立钦正色道：“林大哥，我感觉得到，你的能力到目前为止还没发挥出十分之一来，至于影响力，今后也就更是不可限量了。你一定要相信我的话，林大哥。”

林渐新苦笑：“好吧好吧，这件事情就这样吧，我同意了。不过还是要谢谢你。”

挂断电话后林渐新感觉心情好极了，脸上也禁不住露出了笑容。有爱情，有友谊，这样的生活真美好啊。这时候他忽然想起一件事情来，一种惴惴不安的感觉一下子就涌上了心头，他急忙拿起电话给左辉拨过去：“那件事情……”

话未说完，就听左辉说道：“林医生，我也正想和你沟通一下。我越来越觉得那样的方式不大好，对我来讲是知法犯法，对你而言也是有违职业道德，我觉得还是换一种方式为好。”

按照林渐新的初步方案，在确定了孙家良有情妇和私生子的情况下，让左辉的人去将那个孩子绑架，以此逼迫孙家良返回国内。林渐新叹息了一声，说道：“是啊。而且最关键的是这样的方式很可能让孩子产生心理阴影，这件事情是我太急切了，幸好你那边还没有开始实施，否则的话，我会因此一辈子都难以心安的。”

左辉道：“开始的时候我也想到不过是演一场戏而已，不过现在我越来越觉得那样的方式太过简单粗暴了，效果或许会不错，但是……林医生，你说得对，我们不能为了达到目的而不择手段。”

林渐新想了想：“那就暂时放一下吧，我们再好好想想。”

接下来他又思考了好几种方案，但是都觉得会因此对孩子或者周围的人造成太大的影响而不得不放弃。比如在孙家良情妇的家里制造出阴森恐怖的声音，或者制造谣言：最近拐卖儿童的犯罪非常严重等。孙家良的事情让林渐新再一次警醒：有些事情千万不能性急，否则极有可能酿成大错。

第七章

黑暗面

这天晚上林渐新没有休息好。从孙家良的事情上他意识到了自己内心的浮躁与焦虑，他也因此发现自己在这起连环杀人案的调查过程中并不细致和有始有终。比如关于第一个死者江心的情况，当时他就只是调查到了超市为止。

一个人被杀害总是有原因的，从罪犯的心理上讲，他杀害的对象总有必死的理由。正是在这样的理论基础之上，林渐新才从一开始接触案件就创建了从死者身上寻找答案的模式。而现在，他所放弃的恰恰也是这个。

“今天我们开始调查第四个死者的情况吗？”吃早餐的时候季擎问道。

林渐新摇头：“不，我们重新开始去调查江心的情况。”

季擎诧异地问：“为什么？”

林渐新道：“昨天晚上我没有休息好，因为我一直在思考这样一个问题：这个凶手在一年的时间内连续作案九起，难道他作案的对象都是随机的吗？不，不应该是这样的。前面的八起案件都是一个月发生一次，这说明了什么？这说明凶手在作案之前都是有着详细计划的，也就是说，凶手对作案对象的选择是明确的。”

季擎点头道："应该是这样。"

林渐新继续道："杀人是人类动物属性的复苏，无论是复仇还是幻想中仇恨的发泄，凶手对作案对象的选择都是有他独特的动机和心理逻辑的。就这种连环杀人案而言，至少凶手对前面几起案件的受害者的选择应该是有明确目标的，至于后面的受害者，也许是仇恨泛化的结果。所以，我觉得我们还是应该将主要的精力花在最前面几起案件的受害者身上，从中寻找出罪犯作案的心理动机以及他特有的心理逻辑关系。"

季擎赞同林渐新的观点："不过林医生，有关江心的情况我们不是已经调查得非常清楚了吗？"

林渐新看着他："那么我问你，凶手为什么要选择江心作为第一个杀害的对象？"

季擎怔了一下，摇头道："我不知道。"

林渐新笑了笑："所以，我们的调查距离真相还差得很远。也许当我们寻找出江心被害真相的时候，所有的问题也就迎刃而解了。走吧，我们先去江心的家里。"

江心的父母都是某事业单位的普通职工，住在单位的集资房里面，两室一厅的房子，风格倒也雅致。林渐新暗暗扫视了一下眼前的这个空间，竟然没有发现有关江心的任何物品，连照片都没有一张。林渐新忽然明白了，这对夫妻早已将悲痛深藏于心底，唯恐有关女儿的一丝一毫撩动起他们对生活最后的那一丝信心。

"我们是为了江心的事情而来。对不起，我知道你们非常害怕再提起这件事情，但凶手到目前为止还没有归案，我希望能够得到你们的帮助，尽快让罪犯伏法。"林渐新字斟句酌、抱歉地对江心的父母说道。

江心的母亲瞬间泪如雨下，快速起身，将自己关到了一个房间里面，即使是这样，在客厅依然能够听见从里面传来的悲切哭声。悲伤的情感压抑得太久了，发泄的欲望当然也就更加强烈。林渐新在心里伤感，叹息。

江心的父亲倒是能够做到最起码的沉稳，毕竟他是男人。不过悲伤早已堆满了他的脸庞。林渐新继续说道："我完全能够理解你们内心的伤痛，不过有些问题我还是必须得当面问你。"

江心的父亲点头："你问吧，我还能够承受得住。"

林渐新问道："对于女儿的遇害，你有什么看法吗？"

江心的父亲愣了一下，随即苦笑着说道："看法？我能有什么看法？命呗，谁让孩子的命不好，遇到了那样的事情？那样的事情就如同车祸一样，谁也无法预料。"

对这样的说法，林渐新肯定是不以为然的："难道你就从来没有想过凶手为什么选择你女儿？对不起，这个问题确实有些残忍，但是我不得不问。"

江心的父亲还是激动了起来："你的意思是说，江心是因为惹到了什么人才遭此惨祸？"

林渐新摇头道："我并没有这样说。不过据我所知，你的女儿江心性格豪爽，喜好打抱不平，那么在你的记忆中，她究竟得罪过什么人没有？"

江心的父亲摇头道："她从小就是那样的性格，喜欢替人出头，从小到大打过的架多了去了，但是那也不至于和他人结下那么深的仇恨吧？"

林渐新看着他："你们从小就把她当成男孩子在养。对吧？"

江心的父亲不说话，不过林渐新已经知道了答案。男尊女卑、传宗接代的思想也是一种文化基因传承，有些人把女儿当成男孩养大，那只不过是一种自我麻痹与自我满足的心理在作祟，其实他们根本就不曾想过那其实是一种极度的自私——那样做虽然可以满足自己一部分的心理需要，但最终扭曲的还是孩子的心灵。

从江心父母家里出来的时候季擎也开始浮躁了："林医生，这样下去可不行啊，什么线索都没有找到。"

林渐新摇头道："谁说什么线索都没有？到目前为止，我至少明白了一点：江心敢于独自去中心花园，这和她从小到大的男孩子性格有关系，因为她根本就没有把自己当成女孩子，从来都不知道什么叫害怕。此外，我还认为江心长期以来喜好打抱不平的性格，很可能就是她遇害的根源。"

季擎道："那么我们接下来还是去江心就读过的那所职业技术学院继续

调查？”

林渐新点头，叹息着说道：“唉！这个当父亲的竟然不知道女儿的朋友都有哪些，这说到底是他已经后悔和厌烦了女儿的这种性格啊，可是他还能怎么办？孩子的性格已经形成，想要改变已经不可能了啊。也许她的大学老师知道一些情况，接下来我们就沿着这条线继续调查下去吧。”

江心曾经就读的这所职业技术学院位于城郊，红砖碧瓦，其建筑风格有些暴发户的味道。近年来高校扩招，民营资本也蜂拥而入，招收国家普通高校录取后剩余的生源，从中获取丰厚的利润，差生也因此可以拿到大学文凭，皆大欢喜。

江心曾经的班主任姓冯，是一个三十岁不到的年轻人，见到林渐新和季擎的时候还有些腼腆，紧张。林渐新随意问了一句：“冯老师来这学校前在哪个单位上班？”

冯老师回答道：“我是研究生毕业后应聘到这里来的，学的专业是哲学，所以就当了辅导员。”

林渐新讶然：“谁说哲学这个专业不好？我看过一份资料，哲学类专业是最好就业的，哲学可是很多专业的基础。”

冯老师愕然：“是吗？”

这是一个书呆子，首先就没有对自己的未来进行定位，就连研究生毕业后也没有认识到自己这个专业的优势。林渐新很快就对眼前这个人做出了评判，同时心里很是感叹：有人讲，人生的成败固然需要机遇，而自身的定位才是最重要的。浑浑噩噩，最终只能沦为平庸者。由此可见确实是这样的。当然，林渐新并不是为了眼前这个人而来，随即说道：“我们这次来是想找你了解一下江心的情况。”

冯老师愣了一下：“江心？她不是已经遇害了吗？都好几年的事情了啊。”

林渐新看着他：“看来你对她的印象还很深的。那就麻烦你说说她在校时候的情况吧。”

冯老师忽然笑了一下，说道："她的性格比较特别。当时她是班上的班长。"

林渐新以为他还会继续说下去，想不到对方说到这里后就戛然而止了，于是问道："就这样？"

冯老师又开始紧张起来："总之，她很有性格，班上的同学都听她的。"

林渐新似乎有些明白了，问道："其实你并不喜欢她，不过为了班上的工作，却又不得不用她，是吧？"

冯老师尴尬地笑了笑。林渐新的目光很温和："我并没有丝毫责怪你的意思，毕竟这个社会大多数的人都是遵循着主流思想的，其中当然也包括男性对女性的审美标准。冯老师，我们不需要讨论这方面的问题，现在我只想知道，江心在上大学期间是否打过架？是否和某个人结过大的仇怨？"

冯老师回答道："她刚进校的时候倒是经常打架。高年级的学生欺负新生，她总是替同学出头，不过这样一来也让她在同学中有了很高的威信，于是我就让她当了班长。她其实很聪明，自从当了班长之后就基本上不打架了，每一次发生纠纷都是她出面去协调，后来我们就让她当了学生会的副主席。"

学哲学的就是不一样，懂得量才用人。可惜此人懵懵懂懂，如果能够有一个更加合适的平台，说不定会发挥出让人难以想象的能量。林渐新点了点头，说道："你的意思是说，其实她和别人结怨的可能性很小？"

冯老师皱眉想了想，道："说实话，虽然我并不喜欢她那种男孩子性格，但她确实是一个不错的学生干部，遇到事情从来不缩头，处理问题也还算公平公正，我觉得还不至于有人痛恨她到那样的程度。"

嗯，这一点我早就感觉到了，你连她的名字都不愿意称呼。林渐新在心里如此想道，又问："那么，平日里和江心关系特别好的同学大概有哪些呢？"

冯老师道："她这个人很奇怪，并不喜欢男生，反而特别喜欢长得漂亮的女同学。我曾经私底下调查过，却没有发现她的性取向有什么问题。她的同学中有一个叫刘欣的，她们俩是中学同学，两个人的关系特别好。"

林渐新问道："刘欣现在在什么地方上班？"

冯老师想了想，说道："我得去查一下她毕业时候填报的去向。很快的，我电脑里面就有。"

林渐新点头，问了一句："冯老师，你们学校开展了针对学生的心理咨询吗？"

冯老师摇头："我们没有那方面的师资。"

林渐新叹息了一声，道："冯老师，我觉得你可以向校方提出这方面的建议。如今很多高校都开始关注学生心理方面的问题了，如果这方面的工作不做好，今后很可能会出大问题的。"

冯老师点头道："其实我们早就意识到这一点了，现在在校学生的心理问题很严重，每年都有因各种原因自杀的。可是……慢慢来吧，我也只能尽量呼吁。"

林渐新忽然对眼前这个人多了些好感：此人虽然懵懵懂懂，但在工作上还算得上是尽职尽责。想到这里，禁不住在心里苦笑了一下：我有什么资格去评判他人？每个人都有自己的命运与选择，福与祸岂是那么容易说得清楚的？

江心的那个同学大学毕业后考上了公务员，如今是一名社区的工作人员。正如冯老师所说的那样，这个叫刘欣的女孩子长得确实很漂亮，唯一的缺点就是双眉的中间断掉了，虽然用眉笔补上了，但依然逃不过林渐新的眼睛。

林渐新对面相学有过研究，他并不认为这种东西全然就是迷信。在林渐新看来，其实面相学和中医理论是一致的，而中医理论秉承的是中国传统文化中的阴阳学说以及天人合一的观念，也就是说，人的身体是一个整体，缩小了就是一粒尘埃，放大后就可以囊括整个宇宙。从人体是一个整体出发，某些部位的特征完全可以反映出这个人的特定疾病。此外，面相学还结合了统计学规律，比如厚嘴唇的人往往敦厚讷言等。

刘欣并不像林渐新开始以为的那样羞涩、内向，给人的感觉反而是落落

大方，热情周到。她看了季擎的警官证后就即刻笑吟吟地请他们坐下，然后快速泡来了热茶。

“我们是为了江心的事情而来。”待她坐下之后，林渐新才这样说道。

刘欣脸上的笑容一下子就收敛了起来，双手也瞬间僵在了那里。林渐新看着她：“怎么？你觉得很意外？”

刘欣勉强笑了笑，轻声道：“她……她不是在两年前……”

林渐新点头：“是的，可是一直到现在警方都还没有找到凶手。听说你和她的关系一直都不错，那么关于她的遇害，你能够为我们提供一些线索吗？”

刘欣怔了一下，摇头道：“大学毕业后我就再也没有和她联系过了，所以她遇害的事情我都是听说的。”

林渐新惊讶地问道：“你们的关系不是一直都很好吗？为什么不再联系了？”

刘欣似乎有些犹豫，嘴唇动了好几下之后才说道：“是我不想和她再联系了。”

林渐新依然在看着她：“为什么？”

刘欣的手捏着衣角，低声道：“我太忙了。”

林渐新哂然一笑：“你在撒谎，你觉得我们会相信你这样的理由吗？小刘，你现在可是社区的工作人员，更应该懂得作为公民的义务和责任。我们希望你能够把你所知道的都讲出来，可以吗？”

刘欣的脸一下子就红了，点头道：“对不起……确实是我不想再见到她了。她太强势，总是要求我什么都要听她的，从小学的时候就这样。”

林渐新神色一动：“哦？你们从小学的时候就是同学了？我明白了，她一直都在你面前充当着保护你的角色，而且那时候你也需要她的保护，因为在你很小的时候就失去了母亲。是这样的吧？”

刘欣惊讶地看着他：“你怎么知道的？”

林渐新笑了笑，说道：“因为我看过你的档案。小刘，那你说说，江心究竟是一个什么样的人？她和你在一起的时候，对你提出过其他非分的要求吗？听说她从小都是男孩子性格，你应该明白我刚才这个问题的意思，是吧？”

刘欣的脸更红了，摇头道：“她并不是有些人以为的那样，不过我也听说过这样的谣言，正因如此，我才不愿意继续和她来往下去了。”

林渐新看着她：“除了那样的谣言，以及她要求你事事都要听她的之外，还有别的什么原因吗？”

刘欣急忙道：“没有了。我说的是真话。因为我不想继续生活在她的阴影之下，我应该有自己独立的生活，今后我还要恋爱、结婚。”

林渐新问道：“她反对你谈恋爱？”

刘欣摇头：“不是的，是因为她那样的性格，还有谣言，没有男孩子敢来追求我。”

林渐新这才明白了：“原来是这样。那么，你认为她的被害最可能的原因是什么呢？”

刘欣抬起头来看着他：“我真的不知道。像她那样的性格，经常得罪人也很正常。”

这可是和其他人不一样的说法。林渐新看着她：“哦？那你知道她和谁的仇怨最深吗？”

刘欣微微摇头：“我的意思是她那种性格……她从小都那样，从来都不肯吃亏。她不爱学习，也不允许我成绩好，还有我们班上其他几个同学也被她管着。后来那几个同学的父母都不准他们和她来往了，我是没父母关心，不然的话也不至于最终考上那样一所学校。”

林渐新问道：“其实你的心里一直以来都有些恨她，是这样的吗？”

刘欣点头：“是的。我也恨我父亲。我妈妈当年是被入室抢劫的罪犯杀害的，后来父亲又和别人结了婚，不多久就生了个儿子，他的心思也就不再放在我的身上了。从那时候开始我就跟着江心一起到处玩，还经常逃课，到了上中学的时候江心开始欺负低年级的学生，就是后来人们说的‘下暴’。虽然我不敢像她那样去做，不过还是一直跟着她。她通过‘下暴’低年级的学生得到了不少钱，我跟着她可以吃零食，打游戏，看电影。”

“下暴”？这可和超市的工作人员以及大学老师对江心的评价截然不同

啊。“下暴”……喜欢打抱不平……嗯，这其中肯定有一个转变的过程。林渐新问道：“后来呢？学校难道一直不知道她‘下暴’低年级学生的事情？”

刘欣道：“怎么会不知道？学校差点儿就开除她，后来她父亲去找了一些关系，这才把她的学籍给保留了下来。从此以后她就再也没去干那样的事情了，不过当遇到有人欺负我的时候，她还是会去揍人家。这样的事情学校也就没法管了，毕竟她是替别人打抱不平。也许是她尝到了甜头，后来就一直那样了，上了大学后还因此当上了班长、学生会的副主席。”

“江心这个人有意思啊。”从刘欣那里出来后林渐新对季擎说道。

季擎也禁不住点头：“是啊，想不到她还有那样的过去。不过这些信息对我们破案有帮助吗？”

林渐新微微一笑，说道：“说实话，现在我对江心这个人很感兴趣。我是心理医生，研究这样的案例可是比破案有趣多了。”

季擎顿时着急了：“林医生，这可不行……”

林渐新朝他摆手道：“你听我的没错。走吧，我们去一趟江心曾经就读的那所中学。”

江心曾经就读的这所中学看上去还不错，不过据季擎讲，这所学校属于非重点。由于成绩好的学生都被重点中学录取了，剩下的差生也就只好进入像这样的非重点学校就读。一直以来林渐新对这种教育资源布局都深恶痛绝，他认为，强行将学校分为重点和非重点，对正在成长中的孩子的心理发育是极为不利的：当孩子被冠以差生之名后，自暴自弃或者彰显自己的与众不同就会成为一种潜意识的对抗，其实江心的所作所为正是如此。

“这些学生太调皮了，很难管理。”一见面，校长就叹息着说道。

林渐新知道，在这样的教育体制下，一所中学的校长也是无能为力的。各种规章制度或许能够控制住学生的部分行为，却根本无法左右他们的内心，而我们每个人的行为都是受内心控制的。所以，林渐新完全能够理解眼前这位校长的无奈与身心俱疲，说道：“说说江心的情况吧，我们想对她了解得更加深入一些。”

校长将林渐新拉到办公室的窗户前，指着下面操场上的那些学生问道："你认为他们都是些坏孩子吗？"

林渐新仿佛明白了这位校长心里想要表达的意思，摇头道："不，他们都是好孩子。"

校长点头："江心曾经也和他们一样，只不过因为学习成绩不好才到这里就读。这些孩子渴望被公平看待，渴望像重点学校的学生一样被重视、呵护，但是他们得不到那样的待遇。这一点，不管是我这个校长还是我们学校所有老师，无论如何努力都做不到；因为自从他们进入这所学校的那一刻起，差生的概念就已经被强行灌注到了他们的灵魂之中。"

林渐新看着他："所以，当初江心没有被开除不仅仅是因为她父亲去找了关系？"

校长摇头："开除一个学生很容易，可是像江心那样的学生一旦离开了校园，就很可能变得更加糟糕，说不定就会因此成为社会的毒瘤。我一直相信我们的这些学生本质上是好的，他们只是在成长的过程中暂时迷失了方向。他们都还是孩子，可塑性极强，我们应该尽力将他们塑造成一个对社会有用的人。"

林渐新顿时对他肃然起敬：这才是一位真正的教育家，可惜的是深陷于无奈的现状之中。校长继续说道："江心的情况比较复杂，她的家庭教育有问题，她从小就被父母当成男孩子养大；她父亲又特别喜欢看武侠小说，孩子本来就没有多少辨别能力，耳濡目染之下，产生一些过激行为也就成为必然。所以，虽然当时我们承受着被'下暴'的孩子的家长所带来的巨大压力，即使是没有上面的人打招呼，也是不会开除她的。"

校长的话说得很真诚，林渐新完全相信，点头道："后来江心上了大学后当上了班长、学生会的副主席，看来她的变化和你们的教育有着很大的关系。可是，那些被她'下暴'过的孩子的家长都能够理解你们做出的决定吗？"

校长道："当然不能理解。当时我们花费了不少时间去和他们沟通，江心的父亲也带着孩子一一去他们的家里道歉，这件事情才最终平息了下来。"

林渐新在心里感叹着，问道："就这种现状而言，你觉得应该如何解决？或者说，你们有能力去改变这样的现状吗？"

校长叹息了一声："会改变的。"他随即指了指天花板，"我们国家人口太多了，教育的投入不但是一个系统工程，更与国家的综合实力密切相关。不管怎么说，现在的教育资源配置可是要比十年、二十年前丰富、科学多了，所以，这一切迟早会改变的。"

林渐新点头。此时他才忽然明白自己一直以来都对这个问题存在着狭隘与偏颇的认识，就如同不少人对心理性疾病的误解一样。

接下来林渐新发现再也问不出自己想要的东西了，可是在心里隐隐觉得有什么地方不大对劲。这一刻，他就感觉自己和真相只隔了一层窗户纸似的，看似已经靠近却又一时无法揭开它。

问题究竟出在什么地方？

林渐新又一次来到江心遇害的中心公园。

在公园大门外边的时候林渐新就下车了，吩咐季擎在车上等着他。下车后林渐新看了看四周，马路对面是一片商品房，毕竟有着"江景房"的概念，房价想必不低。他仰头看了看那一排排商品房的上面，差点儿冲动地朝马路对面跑过去，不过心里面忽然有一个声音在告诉他：不对，不应该是那样的。

他随即转身去看了看公园里面。是的，不应该是那样的。案发现场树木茂密，从商品房的楼上根本就看不清楚里面的状况，所以凶手不一定非得跑到商品房的楼上去观察以确保自己作案过程的安全。

林渐新沿着马路的人行道朝着案发处亭子的方向一路走去，人行道上随处都可以进入到公园里面，相隔的仅仅是一排低矮的万年青。虽然明明知道事隔两年多不可能还留存着任何痕迹，但是他依然在仔细观察着——如果我是那个凶手，肯定不会从大门进入的。有计划的谋杀会从心理上刻意要求自己去避开任何一种被他人发现的可能。凶手的潜意识会要求他这样做。

林渐新一直朝前面走着，大约行走了近五百米看到有一处缺口，缺口处的万年青已经连根部都没有了，其形成的时间应该不短。林渐新朝马路对面看去，并没有发现任何特别之处，很显然，这就是一种叫破窗效应的心理效应造成的结果——一处被损坏的地方往往更容易遭到更多的人去破坏。于是这个地方就形成了一条人为践踏出来的小道。

林渐新心里一动，直接从这个缺口处进入。前行不远，离案发处不远的那个亭子就进入视线之中。这一刻，林渐新几乎可以肯定凶手当时就是沿着这条路线进入的……然后，他坐到了亭子里面。这是凶手第一次作案，当时他是一种什么样的心境？紧张、不安还是期待？

在想象之下，江心来到了这个地方……凶手和江心不应该是特别熟悉的人，否则的话，为什么要约到这样一个距离她上班很远的地方？江心是男孩子性格，不但不怕事，打架斗殴也是常事，可是她当时为什么没有丝毫的防备与反抗？所以，凶手和江心之间一定存在着某种不为人知的特别关系。

思考了许久，林渐新却依然想不明白。这时候季擎匆匆跑来了，气喘吁吁地说道："曹警官请你马上回去一趟，他说……"

林渐新用手势打断了他的话："估计是那些被拐卖的孩子都已经回来了，孩子的家长们也都到了刑警总队。凶手不大可能在他们当中，这不符合常理。任何一起连环杀人案背后的凶手多多少少都存在着心理上的问题，而心理的问题绝不是一两天就形成的；而且这起孩子拐卖案只是从第二起案件中挖掘出来的，并不能解释其他八起案件受害者为什么遇害。"

季擎为难地看着他："林医生，那你的意思是……"

林渐新叹息了一声，说道："现在我也是一筹莫展。好吧，去看看也行。"

刑警总队的接待室里面，孩子和父母抱成一团，哭声一片。曹能对林渐新说，本来是想等他回来后先和孩子的父母见面的，但是这些孩子的家长太激动了。林渐新感叹道："你是一个好警察。刚才我看了一下里面的情况，没发现有什么特别的，现在就让他们回家吧。"

曹能提醒道："孩子的家长中有两个是和凶手的身高相符合的，需不

需要……”

林渐新朝他摆手道：“如果是凶手，他到了这样的地方肯定会随时保持警觉，这是一种无法自控的潜意识反应。刚才我进去的时候特别观察了一下，那两位家长完全沉浸在与孩子相会的惊喜与激动之中。不需要调查他们的情况了。曹警官，想不到你们警方的动作这么快，这才多长的时间呀！由此可见，你们警方的效率还是很高的。”

林渐新的话让曹能惭愧得脸红，急忙道：“这是特事特办。说起来这件事情还得感谢你，既然你发现了线索，我们就必须连夜行动，万一走漏了消息就麻烦了。还有就是，马上就年终了，我们的工作也需要大力宣传一下。”

这绝对是大实话，由此也说明了曹能对他充分信任。林渐新的目光移向警方的接待室，叹息着说道：“对这些家长来讲，这一次让他们真切地感受到了骨肉分离的可怕滋味。在丢失孩子的事情上他们肯定是有责任的，但愿他们今后不要走向反面，对孩子太过溺爱。”说到这里，他忽然想到了什么，“曹警官，我还是决定去和他们谈谈。”

曹能诧异地看了他一眼，不过还是点了点头。他带着林渐新一起进入到接待室，对着哭成一片的家长和孩子大声咳嗽了两声：“请大家安静一下……接下来请妈妈们带着孩子去办一下相关手续，孩子们的爸爸请留下来。”

在警察的引导下，妈妈们带着孩子离开了接待室，里面一下子就变得安静下来。曹能的态度很是和蔼，招呼着大家都坐下，然后才介绍道：“这是一位心理学方面的专家，如今是我们警方的特聘顾问。这次孩子们的获救全部都是他的功劳，是他发现了这起拐卖儿童案的罪犯的线索，在这个基础上才有了我们和其他数省警方的联动，孩子们也因此被快速解救出来。”

这时候好几个孩子的父亲已经站了起来，不住向林渐新和曹能鞠躬，口里说着感激的话。林渐新客气地请他们都坐下，说道：“刚才让各位的妻子和孩子离开，是因为我有些话想对大家讲。这些孩子在两年多前不幸被拐卖，现在他们能够被解救回来却又是一件十分幸运的事情。我是一名心理医生，如今最担心的是在座各位今后对孩子的教育方式。孩子被拐卖的经历今后很可能会让他们产生心理阴影，不过他们的年龄还小，可塑性也特别强，所以我希望大家今后在对孩子的教育中一定要把握好分寸。多给他们一些温暖与关爱，而不是处处溺爱；让他们随时可以看到生活中的阳光，而不是在他们面前宣扬阴暗。这对孩子们今后的成长非常重要……"

林渐新有些激动，一直讲了一个多小时，中途还列举了一些有关儿童时期心理阴影造成的病例，在座的父亲们听后都耸然动容，心存感激。曹能在一旁听了后也在心里感叹：真是医者父母心啊，看来他确实更适合做一名心理医生，他的心里面永远都装着病人，此时他所做的一切都是为了防患于未然。

林渐新最后问道："我还没有结婚，虽然我能够知晓父母对自己孩子的情感，却无法真正感受并懂得。所以在这里我想问大家一个问题：如果我现在告诉你们究竟是谁拐卖了你们的孩子，你们接下来会怎么做呢？大家不要有任何的顾忌，我特别希望大家能够如实回答我的这个问题。拜托大家了。"

一个家长即刻就回答道："还有什么说的？我们联名请求法院重判，最好是判他们死刑。"

也许是这个话题激起了父亲们的愤怒，他们一下子变得激动起来，不过还能够保持着最起码的理智，因为他们的回答都是一致的——要求法院重判罪犯。这时候林渐新又提出了下一个问题："如果是你们自己发现了那名罪犯，接下来你们会如何去做呢？"

一个家长回答道："狠狠揍他一顿，然后报警。"

另一个家长道："打人可是犯法的，我不会因为愤怒而去干那样的傻事，当然是直接报警了。"

其他的家长几乎都是这两种方式，有几个人还为此争吵了起来。林渐新微微一笑，又问道："接下来我想问大家最后一个问题：如果有机会……我说的这个机会指的是不被他人发现的情况下，在座的各位会不会动手将拐卖自己孩子的罪犯杀掉呢？这只是一个心理测试，我希望你们能够如实回答。"

一个家长说道："心里肯定是恨不得杀了他，可是真正要那样去做的话……我做不到，除非是我的孩子死在了他的手上。"

另一个家长也说道："是啊。杀人的事情，说起来容易，真正要下手的话……"

这时候林渐新的心里猛然一动，急忙问前面那个家长："你的意思是说，如果你的孩子死在罪犯手上，你就一定能够下得去手？"

这个家长愣了一下，苦笑着摇头道："我不知道。但心里肯定是恨不得要他去死。"

是啊，人是有理智的动物，即使是在战场上，第一次杀人的时候也很难立即适应。这也是文明基因的传承。不过此时此刻，林渐新已经有些明白自己内心隔着的那层纸究竟是什么了。他朝在座的各位道了声谢之后就直接走出了接待室，朝着站在不远处的季擎大声叫喊了一声："走，我们得再去那所中学一次。"

第八章

暴力名单

理论与现实永远都是存在差距的。正如林渐新自己所说的那样，他还没有做过父亲，所以并不能真正懂得和明白一个父亲对孩子的情感究竟可以深厚到什么程度。对于这样的问题，如果只凭借想象是很难得到确切的答案的。从刚才那些孩子的父亲那里林渐新知道了，如果孩子遇害，这就足以让一个正常人最终失去理智，意图去杀人报复。

这是正常人的反应。如果凶手的心理不正常呢？那就很可能出现以下两种情况：其一，一旦他萌发出杀人的念头，也就同时失去了理智和底线，内心不再有任何法律与伦理的概念；其二，孩子受到伤害的程度，也同样可能激发出杀人的冲动。

再一次和那位校长见面之后，林渐新直接问了这样一个问题："在那些曾经被江心'下暴'的学生当中，有没有受到伤害特别严重的？"

校长想了想，摇头道："据我所知，她就是找那些学生要钱，主要还是以威胁为主。江心在学校的时候名气比较大，因为她敢和高年级的男生打架，所以她在'下暴'低年级学生的时候根本就不需要动手。"

林渐新点头："我需要一份当年被她'下暴'过的学生名单，不知道校长能不能提供？”

校长道：“当时虽然没有开除她，却是给了处分的。你需要的这份名单应该可以查到。”

不得不说这位校长的管理水平还是非常不错的，至少历届学生的基本情况都在电脑里保存了下来，所以林渐新也就非常容易地拿到了那份名单。他将名单递给季擎：“麻烦你们调查一下这些人当年被‘下暴’的具体情况。”

季擎发现名单上面有数十人的名字，皱眉道：“林医生，这样的调查真的有用吗？”

林渐新反问道：“除此之外，你还有别的办法去寻找真相吗？”

季擎苦笑了一下：“好吧。”

林渐新看着他：“工作量应该不算太大吧？找到这些学生的父母，一一打电话去询问当年孩子被‘下暴’的情况，如果有什么特别的情况就马上上报给我们，我们再进行重点调查。”

季擎问道：“林医生，你所说的特别情况指的是什么？”

林渐新回答道：“只要是曾经受到过严重的伤害都算。”这时候他的目光看向了天空，叹息了一声，“又要天黑了。这一天的时间怎么这么短呢？”

季擎笑了笑没说话。经过这几天的接触，他发现林渐新是一个彻彻底底的工作狂，这几天下来连他自己都有些受不了了，可是眼前这位身材瘦削、面色苍白的心理医生依然精神十足，恨不能一天当成两天来用。

苏文在电话上告诉林渐新，简立钦已经去找了一家专门的装修设计机构，还特别要求对方多参考其他心理诊所的设计。“简立钦让我问问你，关于装修方面你还有哪些具体的要求？”

林渐新笑道：“我和他连合同都还没有签呢，这就开始设计了？”

苏文也笑：“简立钦说了，大家是朋友，口头上说好了就行，合同什么的等你到了北京后再补签就是。他还说，你是一个天才，估计你现在手上的案子花费不了多少时间，很快就会回北京的，而且你是一个闲不住的人；所以得尽快把你的心理诊所装修好才可以。”

林渐新感叹道：“他还真是懂我。苏文，你对他的印象好像发生了很大的变化啊。”

苏文笑道：“他对你好，所以我就觉得他这个人很不错了啊。”

林渐新的内心一下子被彻底温暖了，幸福的美好瞬间弥漫全身。两个人在电话上说了许久的话，林渐新感觉她仿佛就在自己的面前，笑靥迷人，两杯咖啡正在散发出沁人心脾的芳香……他对自己说，或许这就是他内心深处所向往的天堂。

“我手机马上没电了。渐新，你早点儿来北京啊，我天天都在等着你呢。”苏文终于开启了这一次告别的程序。

林渐新的心里有些不舍：“我尽量快点儿结束这边的事情吧。”

苏文道：“你一定要抓住那个凶手，他杀害了那么多的女人，太可恨了。”

林渐新点头道：“我一定会抓住他的。我已经有了一种感觉，他就在我前面不远的地方。”

苏文很高兴：“我相信你。对了，还有一件事情，公司决定让我去给沈诺做助理。”

林渐新茫然地问道：“沈诺是谁？”

苏文不住地笑：“看来你还真是很少关心我们这一行。沈诺是一位正当红的女明星啊，她对以前的那位助理不满意，公司就决定派我去接替。”

林渐新这才明白了：“你一定会和她处得很好的，我对你这方面的能力也完全相信。”

苏文幽幽问道：“你不介意我做这份工作？说到底我就是服侍人的。”

林渐新笑道：“要不，咱们也去做一下大明星试试？”

苏文禁不住扑哧一笑：“讨厌！”

林渐新这才开导道：“一个人做什么样的工作并不重要，重要的是对自己的定位。你究竟喜欢干什么？你干这份工作是否有成就感和幸福感？如果你觉得这份工作让你感到痛苦不堪，那马上换一份工作就是了。你说是不是？”

苏文笑道："为什么你说的话总是那么有道理呢？"

林渐新得意地说道："因为真理总是掌握在我手上啊。"

这一刻，苏文也忽然间感觉自己被幸福所包裹。有人说，婚姻其实是一场赌博。现在看来，自己的选择应该是对的。嗯，就是他了，我们在一起肯定会非常幸福的。

"林医生，你的电话可真是热线啊，我打了一个多小时硬是一直占线。是在和女朋友煲电话粥吧？"和苏文的电话刚刚挂断，左辉的电话就进来了。

林渐新笑道："是啊，你谈恋爱没有？"

左辉道："我？孩子都一岁了。"

林渐新开玩笑道："要不你再谈一次恋爱试试？很甜蜜的。"

左辉想不到林渐新竟然还有如此幽默的一面，哈哈大笑道："算了，下辈子吧。林医生，我想到了一个办法，不知道你觉得可不可以。"

林渐新很感兴趣地问道："哦？说来听听。"

左辉道："我们可以想办法让那家幼儿园所有孩子的妈妈最近一段时间接不了孩子，比如让她们加班或者做别的，这样的话，孙家良的儿子肯定就会想起他的爸爸……"

林渐新却即刻否决了他的这个办法："这样的话也一样会让孩子产生心理阴影的，毕竟那个孩子是孙家良的私生子，现在他还太小，有些事情知道多了会对他的心理发育产生不好的影响。左警官，我觉得我们的思维太过定式了，为什么非得使用阴谋诡计呢？"

左辉心里一动，急忙问道："你的意思是？"

林渐新道："我在反复思考这件事情，觉得还是采用光明正大的方式最好。阴谋和阳谋都是计谋，目的都是为了攻其必救，既然如此，我们为什么不堂堂正正地直接去找孙家良的父亲谈谈呢？"

左辉瞠目结舌："这……林医生，人都是自私的，在这样的事情上孙家良的父亲不会配合我们吧？毕竟那是他的儿子。"

林渐新不以为然地说道："让儿子回来自首，还是牺牲掉孙子今后的一生，这个选择题应该留给孙家良的父亲去做。你说是不是应该这样？”

左辉即刻说道：“等等……林医生，我怎么听不明白你的话呢？怎么会牺牲掉他孙子的一生呢？”

林渐新解释道：“如今孙家良是犯罪嫌疑人，那孩子是他的私生子，如果孙家良一天不回来，孩子的户口、身份都不可能解决得了。这一点你们警方完全可以对孙家良的父亲讲清楚嘛。”

左辉这才恍然大悟：“即使是孙家良已经解决了孩子的这些问题，我们还是可以重新进行调查。当然，这只是我们用来威胁孙家良父亲的借口。孩子今后别说出国，就是上学都会存在问题。如此一来，孙家良的父亲就不得不做出选择了。林医生真不愧是心理学方面的专家，果然深谙人心，好阳谋，好计策！”

林渐新被他说得有些不好意思了：“哪是深谙人心，只不过很多时候我都是把自己放在对方的位置思考问题罢了。左警官，接下来的事情还得你去做，分寸的拿捏可得控制好才行。”

左辉笑道：“你放心吧，心理学我还是知道一些的，什么察言观色、欲擒故纵，我都懂。”

“案子的调查有进展吗？”第二天早上，邓长治跑来陪林渐新吃早餐，充满期待地问道。

林渐新摇头：“在目标真正出现之前，所有的工作都只能说是按部就班，不过我认为自己的方向和方式都没有错，也许真相就在眼前。”随即就将目前调查到的情况大致对他讲述了一遍。邓长治听后皱眉道：“好像还是一片迷茫啊……”

林渐新笑了笑，说道：“也许就差那么一点点就可以把凶手的心理逻辑串联起来了，现在需要寻找的是更深的那个点。”

邓长治问道：“什么意思？”

林渐新解释道：“有句话叫快刀斩乱麻，不过针对这样的案子，快刀斩乱麻肯定是不行的，斩下去了麻依然还是乱的。那么应该怎么办呢？当然只

有沿着线头一步步清理下去。清理得越深入，主线也就越明确。这起案件的关键就在于凶手的心理变态程度并不是十分严重，他有着正常人的思维逻辑，同时又和正常人不大一样，否则他就不会只做这九起案子了。正因如此，我们对罪犯的作案动机才很难把握得准确，不过我相信，凶手所选择的前面几个对象应该是有着他明确的目的性的，而现在我们需要搞清楚的就是凶手究竟是因为什么才选择了她们。对我们来讲，现在唯一的办法就是从死者的身上去寻找答案。”

这下邓长治听明白了，点头道：“你的思维方式和警方完全不一样，也许只有通过这样的方式才可以尽快寻找到答案。”

林渐新眯缝着眼，缓缓说道：“说实话，现在我对这个凶手非常感兴趣。他究竟是一个什么样的人呢？这九起杀人案件的心理逻辑又是什么呢？这真是令人费解同时又让人痴迷啊……”这时候他忽然想起了什么，“老邓，最近两天是不是又发生了什么大案子？”

邓长治点头，忽然惊讶地看着他：“不会是曹大队告诉你的吧？”

林渐新笑道：“这还需要他告诉我吗？连环杀人案的事情就你们几个人参与，你对这个案子又非常感兴趣，可是这两天你和孙警官都没有露面，看来案子不小啊，连你这位资深法医都出动了。”

邓长治笑眯眯地看着他：“小林，真不知道你这脑袋里面装的是什么，好像这个世界上就没有你不知道的事情。”

林渐新苦笑：“手上的这个案子都还没搞清楚呢，我有那么厉害吗？”

邓长治摇头道：“那是迟早的事情。小林，你说对了。孙支队辖区出了一起杀人分尸案，两天前的事情，尸块用麻布口袋装着，被埋在郊区的地里，结果被野狗刨出来了，这才被发现。如今城市人口流动特别大，到目前为止还没有确定受害者的具体身份，不过经过 DNA 检测已经确定死者是男性，年龄不详。尸块被煮过，现在又是冬天，所以暂时无法判断受害者具体的死亡时间。”

林渐新问道：“你刚才说尸体是被野狗刨出来的，这是臆想还是有人看见的？”

邓长治回答道：“有人看见的。报案的那个人发现那条野狗在地里刨着什么东西，跑过去看了才发现情况不对，这才报了案。”

林渐新笑了笑，说道：“如此说来，案发的时间应该是在被发现的前一天晚上。这样的季节野狗很难找到食物，正是煮熟的尸块气味吸引了它。凶手作案后心里总是害怕被人发现，白天掩埋尸体的可能性不大。所以我建议你们查看一下尸块被发现当天凌晨以后出城方向的监控录像，说不定会发现一些有用的线索。”

邓长治猛地一拍桌子：“对呀，我们怎么没有想到？小林，凶案的第一现场为什么不可能本来就在郊区呢？”

林渐新朝他摆手道：“城市里面抛尸不容易，垃圾桶、下水道都容易被人发现。此外，既然尸块能够被野狗嗅闻出来，那就说明那个麻布口袋埋得比较浅，很显然，凶手当时非常慌张。如果第一案发现场是在郊区的某个农户家里，凶手完全可以将尸块埋得更深一些，不用那么急匆匆离开。当然，如果在那个时间段出城的方向没有任何发现，再去查看郊区的公路也不会耽误事情。”

邓长治点头道：“你说得很有道理，我这就给孙支队打电话。”

林渐新若有所思地看着他：“你就是为了这个案子而来的吧？”

邓长治不好意思地笑了：“曹大队说你正在调查连环杀人的案子，最好不要来打搅你。可是孙支队对这起案子一筹莫展，就让我来听听你的看法，想不到我还没有开始说就被你猜出了来意。小林，你真是神了！我相信你很快就会找到连环杀人案的凶手。”

林渐新叹息了一声，道：“像这样的案子，凶手往往是激情杀人，事前并没有任何的计划，所以呈现出来的漏洞也就比较多。然而这起连环杀人案不一样，我们必须去揣测一个高智商同时心理又有问题的罪犯的心理逻辑，这其中的难度可想而知。”

邓长治点头，问道：“那么接下来你准备怎么办？”

林渐新苦笑着说道：“还能怎么办？继续调查下去呗。”

我们国家公安系统的派出所机构具有强大的功能，由于它紧贴普通民众，在案件的走访、排查中起到了极其重要的作用。仅仅一夜的工夫，那位校长提供的名单上面的所有人的情况都被基层民警全部调查清楚了。然而结果却让林渐新感到非常失望，从当年那些被江心“下暴”的学生家长那里并没有得到有用的线索。从警方提供的材料上看，名单上面所有学生的情况都非常清楚，要么正在大学就读，要么已经参加工作，并没有任何人因为当年江心的“下暴”而受到太大的伤害。

林渐新看完了资料，沉思半晌后问季擎道：“那所中学附近还有别的学校没有？”

季擎想了想，又查看了地图，回答道：“有一所小学。”

林渐新道：“走吧，我们再去问问刘欣。”

季擎问道：“林医生，你怀疑江心曾经‘下暴’过那所小学里面的学生？”

林渐新点头，道：“钱来得太容易了，难免就会想到要扩张地盘。江心在本校里面名声很大，采用威胁的方式就可以了，如果她真的对其他学校的学生也‘下暴’过，采用暴力的方式也就难免。”

季擎皱眉道：“可是，似乎并没有外校的学生家长报案啊。”

林渐新分析道：“首先我们要确定有没有那样的事情发生过，如果真的发生过，但是后来学生家长又没有报案，那么唯一的解释就是江心的父母通过其他方式解决了问题，比如赔偿。可怜天下父母心，江心的父母也许就是在那个时候才真正意识到多年来对孩子的教育出现了问题，不过错已铸成，一时间难以矫正，也就只能自食其果了。”

林渐新的再一次拜访让刘欣更加紧张：“你们怎么又来了啊？上次我说的可都是实话……”

林渐新笑了笑，将那份名单递了过去：“你看看。”

刘欣看了一下，疑惑地问道：“这是什么？”

林渐新道：“嗯，你记不起来了也很正常，当时你和江心在欺负他们的时候根本就没问过人家的名字。”

刘欣急忙道：“我可没欺负过他们，都是江心干的。”

林渐新看着她："我问你，人活在这个世界上最重要的是什么？"

刘欣怔了一下，红着脸微微摇头。林渐新轻轻叹息了一声，道："最重要的是要懂得感恩，还有忏悔。如今你已经是一名公务员了，如果内心的一些问题一直得不到解决，今后就很难再取得进步。在你的心里，一直都认为曾经那些不好的事情都是江心做的，你只不过是跟着她，反正你没有动过手，也不曾去威胁过他人。可是你想过没有，江心通过那样的方式得到的钱其中也有你的那一份，你不反对她的那种做法其实就是纵容，就是她的同伙。也许你曾经因此有过不安，但是一次次被你用'那些事情与我无关'替自己开脱了。"

刘欣更加紧张了，而且还带着委屈的表情："我……"

林渐新的声音却更加柔和："我知道，那时候你还很小，不懂事，所以现在要让你完全认识到自己曾经的错误很难。可是你想过没有，其实那时候的江心也是和你一样的，她当时也还很小，也不懂事，不过后来她改了，她不再去欺负弱者，而是去帮助他们。可是你却慢慢远离了她，因为你害怕她，甚至从内心里瞧不起她——她一个超市里面的工作人员，凭什么还要继续控制你？刘欣，你是不是这样想的？"

刘欣沉默了片刻，微微点头。林渐新朝她温和地一笑，继续说道："刚才我说的都是题外话，其实我是想帮助你，希望你今后能够生活得更加阳光一些。好了，现在我们回到正题上来。那些被江心和你'下暴'过的学生中有其他学校的吗？"

很显然，刘欣依然不能接受她也参与过"下暴"的事实，于是试图争辩："我……我没有……"

林渐新朝她微微一笑："好吧，有些问题你静下来的时候多想想。那你现在回答我，有外校的吗？"

刘欣点头："有。"

林渐新问道："大概有几个学生被江心'下暴'过？"

刘欣回答道："没几个。就是旁边那所小学里面的学生，他们大多数都有家长接送，下手的对象也就是独自上下学的学生，不过他们身上的钱不

多，几次过后就没有再去那里了。”

林渐新又问道：“那么，江心打过那几个学生吗？”

刘欣摇头：“好像没有……”

林渐新又问道：“她‘下暴’学生的时候你都在场吗？”

刘欣回答道：“大多数时候在，有时候生病没去上学，就不知道她一个人在的时候做没做那样的事情了。”

林渐新站了起来：“谢谢你告诉了我们这么多情况。小刘，祝你工作顺利。”

刘欣却看着他，欲言又止。林渐新朝她微微一笑，说道：“我知道你想问我什么。只要你把前面我说的事情想明白了，内心的阴影也就可以因此消除，也只有这样你才能够真正去面对自己今后的生活。你明白我的意思吗？”

刘欣若有所思地说：“我明白了，谢谢你……”

这一次江心的父亲是在单位的外边接待的林渐新和季擎，他抱歉地说道：“在开会，我不能待得太久，有什么事情你们就直接问吧。”

林渐新点头，直接说道：“我们已经去江心曾经就读的中学了解过情况，江心曾经有过‘下暴’行为，而且这样的事情还不只限于本校……”

江心父亲的脸色一下子就变了，怒道：“你们搞清楚没有，我女儿才是受害者呢。你们不去抓凶手，老是调查我女儿的过去干什么？简直是岂有此理！”说完后转身就朝单位里面走去。林渐新对着他的背影大声说道：“如果这样的事情和你女儿的遇害有关系呢？”

江心的父亲一下子就止住了脚步。林渐新继续道：“我们根本就没有想要去翻你女儿旧账的意思，但是我们必须要搞清楚凶手为什么要选择她。”

江心的父亲缓缓转身，看着林渐新，问道：“你确定我女儿的死与这件事情有关？”

林渐新当然不能保证：“也许。我始终相信一点，除非是穷凶极恶、彻底丧失了理智的罪犯，不然他们选择作案的对象都应该是有原因的。你想想，当时凶手把江心约到那么远的一个地方，然后加以杀害，其中肯定是有原因的。在今天之前，我们一直在调查你女儿和他人结怨的情况，其目的正是想从其中寻找到罪犯真正的杀人动机。所以，关于江心曾经‘下暴’的事情我们必须搞清楚，至少可以让我们排除一些可能。老江，如今孩子已经不在了，然而有些事情我们都不能回避，就目前而言，尽快抓到凶手才是最重要的，你认为呢？”

江心的父亲犹豫了一下，这才朝着林渐新走了过去：“说吧，你们究竟想知道些什么？”

林渐新问道：“江心是不是曾经‘下暴’过附近那所小学的学生？后来那个孩子的家长找上了门来，为了息事宁人，你花了一笔钱才化解了麻烦？”

江心的父亲点头，道：“是有那么一回事情。当时学校正准备处理江心，我通过教委的关系找到了学校的校长，江心这才没被开除。这时候附近那所小学的一个学生家长找上门来，说江心打了她的孩子，还拿走了她孩子身上所有的钱。我害怕江心被开除，只好拿出一笔钱来了结此事。”

林渐新问道：“那是什么时候的事情？”

江心的父亲想了想，回答道：“八九年前了吧。”

林渐新又问道：“那个学生家长是一个什么样的人？”

江心的父亲回答道：“是那个孩子的母亲，脾气不大好，当时她一进我家就开始砸东西，后来我好说歹说，花了两万元才把事情给解决了。那也是我第一次打孩子……”说到这里，他叹息了一声，“当时我气得想把孩子打死算了，太不听话了。后来她上了大学，还当上了学生干部，大学毕业后又顺利找到了一份不错的工作，我正为孩子越来越懂事感到高兴的时候，谁知道……唉！”

林渐新当然理解他的心境，拍了拍他的胳膊：“节哀……对了，那个学生的父亲来找过你没有？”

江心的父亲摇头：“当时出面的就只有那个孩子的妈妈。”

林渐新问道：“你还记得那个孩子的名字吗？”

江心的父亲仰头想了想，摇头道："记不得了。时间太久了，实在记不得了。"

林渐新觉得他的话存在着很大的漏洞，问道："难道你当时就不怀疑那是一场骗局？"

江心的父亲摇头道："我让江心当面认了人，她自己也承认欺负了那个孩子。"

林渐新这才明白了是怎么回事。很显然，那个孩子的母亲找到江心家里来就是为了钱。他又问道："那个被'下暴'的孩子当时几岁了？"

江心的父亲回忆了一下："十来岁吧，一个女孩子，看上去有些瘦弱。"

林渐新看着他："你再想想，那个孩子究竟叫什么名字。"

江心的父亲又回忆了一会儿，苦笑着说道："实在想不起来了。好像当时我也没有问那孩子叫什么名字，只是那个学生家长离开我家的时候叫了她一声。真的想不起来了。那个学生家长不会是凶手吧？据说凶手是个男的。"

林渐新道："我们会尽快把情况搞清楚的，如果你记起了什么，请你马上与我们联系。"

江心的父亲点头道："上次你们留了名片，我也尽量回忆回忆。"

一上车林渐新就瘫软在了座位上，右手的大拇指摁在太阳穴上，其他手指放在前额，嘀咕着："真是让人头痛啊，那个被'下暴'的孩子究竟是谁呢？"

季擎不理解他为什么非要搞清楚这件事情："林医生，这件事情真的就那么重要吗？"

林渐新闭目长叹了一口气，说道："我一直在试图靠近罪犯的心理，很想搞明白他选择作案对象的心理逻辑究竟是什么。你看，假如是这样：第一起案件，因为江心的'下暴'给孩子造成了很大的心理阴影，于是孩子就离家出走；接下来就是第二起案件，死者是一个人贩子。如果江心曾经'下暴'的对象中出现了被拐卖的情况，那么凶手选择这两个被害者也就能够解释得通了。"

季擎想了想，说道："我怎么觉得很牵强呢？真的会是那样的情况吗？"

林渐新道："所以才需要去证实，至少得排除那样的可能。"

季擎又问道："那后面的七个遇害者又如何解释？"

林渐新叹息道："是啊，这也是一个问题。不过这一连串的问题很可能就像一道数学推理题一样，总得一步步做下去才可以。如果前面的两个案子中，凶手的心理逻辑得到了证实，那么接下来的问题也应该越来越容易破解了；因为那个时候我们已经基本上对凶手有了一个明确的指向，只需要进一步了解他的过去，答案也就必然存在于其中。"

季擎不得不赞叹他的这种说法，点头道："我明白了，就像你说的破解一道数学题那样，只要方法和公式对了，接下来也就比较简单了。是这样的吧？"

林渐新点头道："是的，我就是这个意思。"

季擎皱眉道："可是，我们接下来应该如何去找到那个被'下暴'的学生？据江心的父亲刚才所说，当时那个学生十来岁，这样的范围也太大了，一个学校那么多的人，如何才能够筛选出来呢？"

林渐新思索着说道："还有几条线索：第一，那是一个女孩子；第二，孩子的父母很可能已经离婚，而且孩子跟着母亲；第三，孩子的母亲生活比较艰难。"

季擎问道："第一和第三点我能够理解，第二点是如何判断出来的呢？"

林渐新回答道："据刘欣讲，大多数的孩子上下学都有父母接送，所以江心'下暴'的对象只能选择独自上下学的学生，这就说明孩子的父母很可能是离异的状态，而且母亲的工作繁忙，不能接送孩子。此外，孩子被'下暴'对家长来讲是大事，不大可能当父亲的不出面。还有，据江心的父亲讲，那个被'下暴'的孩子的母亲一进他的家门就开始砸东西，那是她心里明白，能不能拿到那笔钱只能靠她自己，所以才那么不顾一切，做出极端行为。"

季擎感到有些羞愧、颓丧："这么简单的道理，我怎么就想不到呢？"

林渐新笑道："还是思维方式的问题。在遇到任何事情的时候，我习惯

于站在对方的角度去思考，去揣摩对方的内心，而你到目前为止还没有这个职业习惯。这样的思维方式是一种自然而然的过程，越是刻意反而越会漏掉更多的东西。”这时候他忽然睁开了眼睛，看着季擎微微一笑，“别着急，你慢慢就会习惯这样的思维方式的。”

此时此刻，季擎看向林渐新的目光中多了许多敬仰之情。最近几天，他发现自己从林渐新那里学到了许多以前从来不曾了解过的东西。其实他也知道，自己已经在不知不觉中逐渐靠近这位心理学家的思维模式，只不过到目前为止还没有完全形成自然罢了。他已经知道，所谓林渐新的模式，说到底就是走进被调查对象的心里，去触碰、感受对方的内心世界，而真相往往就在其中。

季擎想了想，问道：“接下来是不是还要请派出所的人去走访一下，了解情况？”

林渐新摇头道：“不可以，我们不能再那样去做了。”

季擎惊讶地问道：“为什么？”

林渐新又闭上了眼睛，让自己的身体完全放松，说道：“我担心会因此惊动了罪犯。如果我前面的分析都是正确的，那么就说明现在我们已经非常接近罪犯了，在这样的情况下罪犯是特别敏感的。而问题的关键在于，即使我的分析是完全正确的，但是我们并没有掌握罪犯犯罪的证据，在这样的情况下警方也就不能随意去拘捕他。但愿上次派出所的调查没有引起罪犯的警觉，不然的话今后的事情就很难办了。嗯，应该还不至于，他们联系的是那所中学的学生家长。但愿如此吧。”

季擎明白了：“也就是说，如果最终证明你的分析是正确的，而且一旦我们锁定了罪犯，接下来你还有后续的计划？”

林渐新点头道：“是的。从一开始就有计划，你是知道的，只不过当时觉得风险太大。不过只要确定了目标，接下来就好控制局势了。你说是不是？”

季擎顿时跃跃欲试：“林医生，到时候就让我来做那个诱饵吧。”

林渐新再一次睁开了眼睛，看着他：“你不怕遇到危险？”

季擎嘿嘿一笑，说道："哪有警察害怕罪犯的道理？你说是不是？"

林渐新没有再多说什么："我累了，回去休息吧，明天我们继续。"

此时，又一个夜晚即将来临。季擎已经知道了林渐新身体的问题，心里感叹、唏嘘着，说道："你先闭目养会儿神，我开慢点儿，回去吃了晚餐后您再继续休息。"

林渐新缓缓闭上了双目。刚才，他已经注意到了季擎对他改换的尊称，心里不由得泛起一丝感动，嘴里含含糊糊说了句什么，季擎没有听清楚。警车驶入主干道，缓缓汇入如织的车流中。就在那一刻，季擎注意到这座城市的路灯一瞬间全部亮了。

晚餐的时候曹能、孙挺坚和邓长治竟然都在。肯定是曹能打了招呼，饭堂特地多加了几个特色菜，还有酒。林渐新一见这阵势一下子就笑了："找到凶手了是吧？准备庆祝一下？"

孙挺坚站了起来，恭敬地说道："这起案件的侦破最关键的就是确定案发时间。林医生，谢谢你，不然我们根本不可能这么快就抓到凶手。"

林渐新问道："激情杀人？"

孙挺坚点头道："应该算是吧。丈夫嗜好赌博，孩子吵闹着要去吃肯德基都拿不出钱来，妻子将睡梦中的丈夫给杀害了，然后分尸煮过之后，蹬着三轮车将尸块埋在了那里……"

即便林渐新是学医的，此时也忍不住感到恶心欲吐，放下筷子责怪道："干吗描述得那么清楚？你这还让不让人吃东西了？"

孙挺坚怔了一下，急忙道歉："对不起，我们是习惯了。"

林渐新笑了笑，说道："大学我学的是医学，上解剖课的时候一边吃饭一边用勺子的那一头去戳尸体标本。想不到现在……心理的影响对我们感官的作用太大了。好了，我们不说这个了，正好大家都在，我们一起来讨论下连环杀人案的案情。"

接下来林渐新就将最近两天所调查到的情况以及自己的分析跟大家讲了，最后问道："各位对此有别的见解吗？"

孙挺坚皱眉道："林医生，你真的觉得凶手和江心'下暴'的事情有关系？"

林渐新点头，解释道："是的。这样的结论看似牵强和不可思议，不过从'一个人的被害总是有原因的'这样的论点去分析的话，这样的结论也就是一种必然。除非你们认为这个论点是错误的。"

孙挺坚沉默了，不过心里还是有些不以为然。邓长治说道："我倒是赞同小林的观点和思路，除了自然灾害等不可控因素以及凶手激情状态下随机杀人，任何一个人的遇害确实都应该是有原因的，而这起连环杀人案的凶手很显然是有针对性目标的；所以，小林从死者身上去寻找凶手作案的心理动机，在方向上应该是正确的。"

曹能点头："我也同意小林的分析，至少我们得排除那样的可能。那么接下来需要我们协助你做些什么呢？"

林渐新道："我想了一下，最好的方式还是我和小季去那所小学一趟。那个被'下暴'的学生当时十岁左右，也就是说，她大概是三年级或者四年级的学生。只要列举出足够的筛选条件，学生的班主任老师应该能够给我们提供相关的线索。现在最关键的事情就是要注意保密，千万不能惊动凶手，否则就会对我们下一步的工作造成很大的困难。"

曹能说道："如今仅仅是在学校班主任老师的范围内调查，保密工作应该问题不大。而且这起连环杀人案已经时隔两年多了，想必凶手早已松懈，而且他也万万预料不到你会从学校那边打开缺口。就这样吧，如果有什么情况，我们及时沟通。"

然而，接下来的情况却远比林渐新所预料的要复杂、难办得多，当然，这也是因为林渐新对目前学校的现状太不了解——他没有想到一所小学每一个年级竟然有十多个小班，而且每个班的学生人数都在四十人以上。也就是说，现在他面临的是两个年级二十多位班主任老师，这样一来，他不想把事情搞得太大都不行了。不，不能那样去做，一旦凶手被惊动，他就很可能提前逃逸，或者变得警觉，后面的计划也就很可能会失败。

坐在校长办公室里面的林渐新沉默了半晌之后才问道："当时主要是哪

几个班招收择校生？”

校长有些尴尬，不知道该如何回答他的这个问题：“这个……”

林渐新这才明白了这位校长的顾虑，微微一笑，说道：“我知道小学属于国家的义务教育阶段，不过现阶段的情况特殊嘛。你们是本地的重点小学，教学质量高，学生家长当然得首先选择你们学校了。我们今天是来调查案件的，你千万不要有任何顾虑。”

校长这才说道：“我们每个年级就只有一个班招收择校生。我们也是没办法……”

林渐新即刻打住了他的话：“你不用向我们解释这方面的事情。那就麻烦你将当时三到五年级择校生班的班主任请来吧。对了，这件事情一定得保密，案情重大，请你理解。”

校长点头。季擎低声问道：“这样的话，调查的范围是不是太窄了？”

林渐新道：“我刚才在想，那个被‘下暴’的孩子的母亲没有选择报案而是上门去要求赔偿，她与江心的父母讨价还价才终于拿到了两万块，这说明她确实需要那笔钱。按理说，一个上小学的孩子是花费不了多少钱的，除非是比较特殊的情况，比如家里有人生病，择校花费了家里所有的钱等。唉！我没有想到这样的小学一个年级会有那么多的小班，现在的人太喜欢八卦了，到时候想保密都控制不了。先这样试试吧，实在不行的话就只好去做江心父母的工作，看他们在被催眠的状态下能不能回忆起一些事情来。”

季擎好奇地问道：“催眠还可以帮助回忆？”

林渐新笑了笑，点头道：“当然。人的大脑就如同电脑的硬盘，文件即使是被删除了，硬盘里面的数据依然还存在，而催眠是恢复记忆的最好方式。不过催眠毕竟是陌生人进入到他人灵魂的渠道，事涉隐私，而且也具有一定的风险，所以不到万不得已，一定尽量少去使用。”

原来他还有备用方案。季擎本来还想问一个问题的，这时候校长进来了，告诉他们三位班主任老师马上就到。

三位班主任老师两男一女，都是三十多岁。林渐新发现，随着社会的发展，某些特殊职业中的男性越来越超越女性而显示出更大的优势，比如妇产

科、教育学、服务业等。林渐新研究过这种现象的根源，他认为这是人类文明进步的必然结果。人类的文明越向前发展，男性的彪悍基因就越会慢慢减弱，因为科技的进步已经不再需要原始的力量。而女性也随着文明的进步越来越独立，她们在职场上叱咤风云，温柔的基因也会慢慢退化。

三位班主任老师坐下后，林渐新客气地说道："我知道你们都很忙，小学生正处于叛逆期前夕的年龄，活泼好动，而且也正处于可塑性极强的时期，你们有大量的工作需要去做。不过我们不得不耽误你们一点儿时间，因为我们必须要尽快寻找到这样一个孩子：八九年前，她正就读于你们学校，可能是三到五年级的学生。目前我们能够提供的资料大概如下：女孩；当时十来岁；父母离异或者关系紧张，孩子跟着母亲；母亲的工作待遇不高，父亲相对来讲要好一些；这个女孩的性格比较内向，因为离家出走而失踪。"

林渐新的话音刚落下，其中一个老师即刻就说道："你说的不就是当时我班上的冷丁丁吗？"

林渐新心里顿时一阵激动，即刻问另外两位老师道："你们当时的班上有这样的一个学生吗？"

两位老师想了想，都摇头。林渐新客气地对他们说道："那你们二位就先回去忙吧。对了，这件事情很可能牵涉一起重大案件，希望两位老师务必保密。"

亲自将两位老师送到门外后林渐新转身回到刚才的座位坐下。这一刻，他忽然感到心里有些忐忑，同时也充满着期望："朱老师，请你说说这个学生的情况。"

朱老师说道："主要是你刚才最后那句话提醒了我。当时我班上有个学生叫冷丁丁，四年级的时候有一天忽然离家出走，然后就失踪了。她性格内向，家庭情况和你刚才讲的差不多。"

林渐新问道："这个学生的父母是做什么工作的？"

朱老师摇头道："时间太久了，记不清楚了。"

林渐新又问道："冷丁丁曾经遭受过附近那所中学某个学生的'下暴'，这件事情你知道吗？"

朱老师惊讶地问道："'下暴'？我不知道。不过我记得冷丁丁上下学的时候很少有人接送，这样看来倒是很有可能。"

接下来林渐新又问了朱老师几个问题，但是由于时间太过久远，他都记不起来了。最后林渐新问道："学校里面应该保存有这个学生的基本资料吧？"

朱老师点头道："应该有的，我们每学期都要在电脑里录入学生的成绩。"

林渐新这才暗暗放下心来：这就好办了。

冷丁丁，女，入学时七岁，父亲冷国华，母亲罗冬梅。备注：择校生。学校的档案里面就这样简单的一行。校长解释道："学生在校期间，每个人手上都有一个考评本，每学期结束后由班主任亲笔填写，然后交给家长过目，填写的主要内容包括学生德、智、体等方面的基本情况。由于学校设备的限制，那部分内容也就没有保存在电脑里面。"

林渐新并不需要那方面的资料，能够有这一行基本情况就已经足够了，他再次提醒校长要对这件事情保密，然后才和季擎一起离开了学校。

"接下来马上查阅冷国华的情况。"上车后林渐新对季擎说道。

季擎也有些激动："冷国华真的就是这起连环杀人案的凶手吗？"

其实此时林渐新的内心也依然忐忑："不知道，查看了他的资料后再说吧。"

"倒也是。"季擎道，脚下踩油门的力量一下子就加大了一些。

林渐新还是第一次到曹能的办公室来。很显然，曹能是一个比较粗犷的人，办公室里面乱糟糟的，空气中弥漫着香烟的气味。林渐新将窗户全部打开，外面清新的空气裹挟着寒冷扑面而来，让他禁不住打了个喷嚏。

"外面冷，还是关上吧，别感冒了。"曹能正诧异于他刚才的举动，急忙提醒道。

林渐新一屁股坐到了沙发里面："感冒了也比吸你的二手烟好。曹警官，我要的资料什么时候可以送来？”

曹能笑道：“已经送来了，这个人的情况有点意思。”说着，就从办公桌上拿了一个卷宗朝林渐新递了过去，“你看看。”

林渐新接过卷宗，顿时闻到一股淡淡的油墨味。很显然，这份卷宗是刚刚才打印出来的。性格粗犷的人办事虽然不大精细，但速度一定很快，大多是雷厉风行的作风。林渐新打开卷宗，然后细细阅读了起来，看了不一会儿，忽然惊讶地抬起头来问道：“他坐过牢？”

曹能点头，道：“你继续慢慢看吧。”

故意伤害罪，被判刑三年。林渐新问道：“这究竟是怎么回事？”

曹能道：“那是二十多年前的事情了，他拿刀砍伤了一个富豪的儿子，当场被抓获。事后他供述说是看不惯那个富二代嚣张跋扈的样子，所以一气之下就做了那样的事情。”

林渐新继续看下去，案卷里面的情况与曹能刚才所讲的差不多。当时受害人被砍伤了胳膊，幸好衣服穿得厚，身边还带着保镖，只是负了轻伤。

“三年？这判得也太重了吧？”林渐新皱眉道。

曹能摇头：“故意伤害罪一旦成立，如果是轻伤，就处三年以下有期徒刑。当时正是社会转型时期，我们鼓励一部分人先富起来，这个人因为仇富心理而故意伤害他人，当然得重判了。”

林渐新心里不以为然，但也没有再多说什么。接下来他又花费了近半个小时才看完了全部的案卷。在浏览案卷的过程中林渐新不时在那里啧啧有声：“学物理专业的，还是中学老师，这样的人怎么存在着那么重的仇富心理？啊……真厉害，坐了三年的牢，竟然将一本厚厚的牛津词典给背了下来，出狱后还当上了翻译。这个人真是奇葩。”

曹能道：“他确实厉害。三年的牢狱生活竟然让他精通了一门语言。”

林渐新将身体靠在沙发背上闭目说道：“到目前为止，我们依然不能证明这个人就是那起连环杀人案的凶手。除非能够解释清楚这九起案件的心理动机都符合这个人的心理逻辑。”

曹能提醒道：“第六个死者是一名清洁工，而冷国华的妻子也是从事这个职业的，只不过他们多年前已经离婚。”

林渐新点头：“到目前为止，或许我们可以解释凶手选择第一、第二、第六个受害者的缘由。而且从一开始我就认为凶手对作案地方的选择是由刻意到随意，最后又变得刻意这样一个过程，现在看来确实如此。第四起案件就在他家不远处的一条小巷里面。此外，曹警官，你发现没有，如果说第一个死者是凶手直接仇恨的对象，那么第二个呢？要知道，那时候曾珍还在乡下没有进城。所以，凶手很可能在第一次杀人之后就将仇恨泛化到了某个职业上面。对于凶手来讲，他杀害某个与他无关却有着明确职业指向的人，一样可以获取到泄愤的快感。比如他杀害曾珍就可以幻想成杀害了当年拐走他女儿的那个人，杀害那个清洁工也一样可以发泄对前妻的仇恨。或许，这就是凶手的心理逻辑关系。”

曹能猛地一拍茶几：“我真想马上就把这个冷国华抓起来……”

林渐新急忙道：“不行。目前我们还没有掌握任何有关凶手的证据，而且对于心理或者精神异常的人来讲，测谎的难度也要比常人大得多。现在我们决不能轻举妄动，最好是内紧外松，暂时将这个人监控起来，不过前提是千万不能让他发现。”

曹能问道：“那接下来你准备怎么办？”

林渐新笑了笑：“从现在开始，我得好好研究一下这个人。”

第九章

天才嫌疑犯

到目前为止，虽然林渐新已经基本上能够认定冷国华就是这起连环杀人案的凶手，但是如今他更感兴趣的却是这个人本身。作为心理医生，有一点他是知道的，真正的冷国华绝不是卷宗里面描述的那样。

这是一个心理甚至精神上都存在着异常的人，同时却又具备高智商。像这样的一个人，无论是心理还是精神的变态都应该有一个过程。难道仅仅是因为牢狱之灾？不，当他举起那把刀砍向那个富豪的儿子的时候就已经不正常了。

林渐新一直盯着照片上的这个人看。他今年四十六岁，一米八一的身高，面孔棱角分明，确实是一个美男子。二十年前，当时他只有二十六岁。一个二十六岁的中学物理教师竟然因为仇富挥刀伤害他人？林渐新微微摇了摇头，觉得这件事情实在是有些不可思议。

“我还需要罗冬梅的个人资料，麻烦你让人送到我房间来。”林渐新起身，拿着冷国华的资料一边往外面走一边对曹能说。

曹能急忙叫住了他：“这几天你太劳累了，是不是需要休息一下？千万别累趴下了，不然到时候我不好向苏文交代。”

林渐新朝他摆手："我还想尽快结案，然后办自己的事情呢。夏丹的案子也还没有了结。就这样吧。"

曹能看着他离去的背影摇头苦笑。

左辉打来电话说他已经亲自找孙家良的父亲谈过了："效果还不错，接下来就看他如何抉择了。我觉得他肯定会选择让儿子回来的。通风报信最多可以算是协助杀人，还有知情不报，判不了几年徒刑。这与他孙子一辈子的前途比起来根本就算不了什么。"

林渐新忽然叹息了一声，说道："这也很难说，那就得看孙家良卷入这个案子究竟有多深了。"

左辉的声音一凝："你的意思是夏丹的死很可能和他有直接的关系？"

林渐新回答道："翟清风的前妻不大可能认识那么高明的催眠师，这个孙家良也许在其中起了很大的作用。不过我也相信他会回来的，只不过到时候我们要面对的情况或许不会那么简单。再说吧，现在我们猜测太多也没有多大用处不是？"

左辉笑道："你越这样说，我倒是越期盼他回来后的情况了。对了林医生，我想问你一个问题：一个做了多年慈善的企业家，有一天忽然自杀身亡，遗嘱上只是提到了财产分配，但是对他为什么自杀却一字未提。林医生，这从心理学的角度如何解释？"

林渐新问道："他的身体有什么问题吗？"

左辉道："身体还算比较健康，不过患有轻度糖尿病。"

林渐新问道："他看过心理医生吗？"

左辉道："没有发现有过相关记录。"

林渐新又问道："在他的财产分配中，还有慈善方面的安排吗？"

左辉怔了一下，回答道："好像没有。"

林渐新道："心理学认为，任何人的自杀行为都是不正常的，因为对死亡的恐惧是我们人类的本能。我怀疑这个人患有比较严重的抑郁症。要证实这一点并不难，问问他的家人他生前是否长期晚上失眠。如果确实如此，那就基本上可以明确诊断了。”

左辉问道：“你刚才问及他的财产分配，这和他的疾病有关系吗？”

林渐新回答道：“当然有关系。中国人做慈善和西方人做慈善的文化根源是完全不同的。西方人相信人是有原罪的，也就是人性本恶，所以西方人做慈善的文化根源是忏悔。而中国人相信人性本善，同时秉承着厚德载物的中国传统文化思想。所以，我们国家很多人做慈善的文化根源在于担心自己的德行不够，不足以承受那么多的财富，于是就以行善的方式积德。刚才你提到这个人是一位慈善家，但是他在遗嘱中却没有安排慈善方面的事宜，这就说明他对自己多年来的积德深感失望，虽然在他的遗嘱上并未提及，但其中包含的付出没有得到回报的心理已经跃然纸上。这其中当然是有原因的，或许是身体的原因，也可能是因为他的善行被人误解。你们再深入调查一下就知道了。”

左辉道：“嗯。有道理。”

这时候林渐新忽然笑了起来：“这件事情忽然让我想起了自己的奶奶。老太太一辈子信佛，而且非常虔诚，八十多岁高龄了还天天跑到寺庙去礼佛。后来，就在她九十岁的那年，她在去礼佛的路上摔了一跤，从此卧床不起，从那以后她就再也不信佛了，天天吃荤。其实这也是同样的心理。”

左辉也笑，问道：“老太太后来呢？”

林渐新道：“虽然她从来不说自己不再信佛，但她内心的失望却表露得一览无余。后来她走了，我们在她的遗物中没有发现任何与佛有关的东西。左警官，其实你手上所有的案子都可以进一步做心理分析，这是一件非常有意思和有意义的事情。”

左辉笑道：“正是在你的影响下，我已经开始做这方面的工作了。林医生，也许你自己并没有意识到，你的这种全新的思维模式今后必将在刑事侦查史上留下重要的一笔，如果写成小说，你的地位堪比福尔摩斯。”

林渐新直感到脸上发烫，急忙道：“千万别这样说，刑事侦查是随着科学的发展而发展的，遍布街头的摄像头以及庞大的指纹和基因库等，这些东西才是让罪犯无处隐藏的天罗地网。”

左辉道："但是人性永远都不会变，各种技术手段最多起到辅助的作用罢了。"

林渐新还是感到惶恐："好了好了，我们不说这个了。我只是一名普通的心理医生，我工作的对象是我的那些病人。左警官，你那边有消息后请马上告诉我，夏丹的案子还没有了结呢。"

这一刻，左辉隐隐明白了：这个人对破案其实没有多少兴趣，他感兴趣的是人的心理。所以，这是一个执着于自己事业的人，而他最害怕失去的也正是他的事业。因此，他刚才语气中的惶恐也就很好解释了。

可是他天生就是当警察的料啊……可惜了。左辉在心里叹息了一声。

在阅读罗冬梅资料的过程中，林渐新发现了一个不可思议的地方：资料显示，罗冬梅的家庭户口上竟然依然有着冷丁丁的名字，而且是大学在读。冷丁丁不是失踪了吗？这究竟是怎么回事？

看来必须去找罗冬梅了解一下具体的情况了。可是，如果冷国华杀害第六个受害者的愤怒指向就是罗冬梅，那就不应该存在什么可是了。

此时，林渐新禁不住想起了第六个受害者遇害时的场景。

第六个受害者姓高，是一名环卫工人。城市街道的清洁由环保局管辖，而那些环卫工人并不是环保局的正式职工。多年前，在精简机构的大环境下，环保局将城市清洁的工作承包给了个人，所以，城市的清洁工不过就是承包者招聘来的临时工而已。这些环卫工人的工作非常辛苦，每天早上三点去往自己负责的街道，完成了当天的工作后才回家休息。死者高某就是在凌晨四点多，在她负责的某段街道的角落处被人杀害，而那个地段恰恰处于城市摄像头的盲区。警方在周围的监控录像中没有发现凶手的踪迹，所以认为凶手应该是从下水道进出的，因为在作案现场正好有一处下水道的井口。

林渐新总觉得那样的方式似乎不大可能。城市的下水道网络交错，从远处进入，然后准确出现在某个井口的难度并不小，即使如今有了GPS定位系统，但民用的依然存在着一定的误差。此外，城市的下水道有齐腰深的污水，而案发现场却是干干净净的，而且以凶手的高智商来讲，他也未必会选择那样的方式。

林渐新决定第二天凌晨去一趟案发地，然后再去和罗冬梅谈谈。所以在晚餐的时候他特意提醒季擎："今天晚上早点睡，凌晨三点钟的时候来接我。"

季擎问道："一定要那么早去吗？"

林渐新回答道："如果你想进一步了解罪犯，那就把自己也置身于那样的环境之中。他为什么要选择那样的时间和地点？他究竟是如何逃脱警方视线的？这些问题都值得我们好好去研究。"

南方的冬季，午夜过后气温比较低，呼吸之间鼻腔深处隐隐作痛，那是寒冷的空气刺激了鼻腔黏膜。除此之外，林渐新还很困乏，脑子里面糨糊似的，感觉都变得有些麻木起来。他的心里却更加感慨：那些清洁工天天都是这时候起床的，无论是寒冬还是酷暑。生而为人，每个人却拥有完全不同的生活。

两个人到达那条街道的时候就已经看到有两个孤独的身影正在清扫着大街，手上的扫帚一次次发出清晰可闻的唰唰声。也许是因为这条街道上曾经有清洁工遇害，这才出现了两个人相伴工作的场景。林渐新让季擎将警车远远停下，然后两个人步行去往案发现场。不过即使是这样，还是引起了那两位清洁工的注意。他们停下了手上的动作，惊疑而警惕地看着林渐新他们。

林渐新故意将声音放大了些："又输了！"

这句话还真是起了作用，两个清洁工以为他们是半夜输光了钱后回家的赌鬼，于是也不再注意他们，继续自己的工作。林渐新和季擎拐了弯就到了案发的地方。"就是这里。"季擎指了指前面几米处小商场的橱窗外边，说道。

林渐新点头。在案卷中他看过相关的记录。当时死者的尸体就半卧在橱窗旁边，失去了双脚。尸检后发现，凶手应该是从正面一刀刺入被害者心脏致其死亡。此外，还在死者脚踝上方发现了勒痕，那是凶手为了防止在取走死者双脚的过程中流血太多，以至于可能留下线索所为。这些细节其实都只能说明一点：凶手的计划很细致，很完美。林渐新的视线很快就从橱窗转向了前方不远处的那个井盖，对季擎说道：“去把它提起来看看。”

季擎虽然年轻力壮，不过井盖周围的缝隙实在太小，好不容易才将它拿了起来，这时候就听林渐新忽然说道：“要是这时候忽然从下面冒出一个人来……”

季擎被他的话吓了一跳，手上的井盖差点儿滑落：“林医生，没你这么吓人的。”

林渐新用手电筒朝井盖下面照去，说道：“我不是要吓你，是觉得你应该有最起码的防备。里面的污水比较深，井口很小，冷国华那身材想要从这里进出难度比较大。从这九起作案的计划和实施来看，此人对自己的智商非常自信，所以他不大可能采用这样的笨办法，会认为那样做有辱智商。放回原处吧，那两个清洁工人马上就要过来了，别被他们发现了。”说着，他自顾自朝前面跑过去，跑了大约二十米就看到一个小巷，直通对面的街道。

这时候季擎已经过来了。林渐新问他道：“刚才那个地方是摄像头的盲区？”

季擎点头：“当时是。那时候还不能做到每一条街道都安装上监控摄像头，首先考虑的是主要街道，而且完全是为了城市交通的管理。最近两年国家对这一块的投入加大了，这才将监控摄像头延伸到了更多的地方。”

“其实依然存在着监控死角。是吧？”林渐新问了一句，然后快速进入到小巷里面。季擎连忙跟上，回答道：“是的。”

小巷不到五十米长，里面有几盏昏暗的路灯，穿过小巷后就是另一条街道。林渐新去看了看，说道：“所以，这个世界总有阳光照射不到的地方。嗯，我大致明白凶手是如何做的了。”他指了指小巷，“头天晚上伪装成乞丐躲在这条小巷里，一觉睡醒后听到扫地的声音就直接出去，这时候他已经脱去伪装，假装去问路，在被害人没有防范的情况下一刀致命。由于当时凶手没有立即拔出凶器，所以在现场并没有看到多少血迹，随后凶手将尸体拖到橱窗边，借着路灯的灯光取走了死者的双脚。当做完这一切之后，凶手再次回到小巷里面，恢复乞丐的装扮。随后，这座城市的人们醒来，小贩开始上街叫卖。这时候有人发现了死者的尸体，而凶手此时才从案发现场对面的街道消失在了人群之中。当时没有人注意到这样一个乞丐，因为这类人是最容易被城市忽略的对象，你们警方在后来的调查中也是如此。”

他说得很对，就是这话太难听了。季擎苦笑。

林渐新看了看时间：“走吧，我们去见一见罗冬梅。”

这个时候城市是不会堵车的，因为它正处于沉睡当中。在这个时间段，鸟儿也不会早起，醒来的只有为了养家糊口的人。警车在宁静的城市轰鸣着，不到二十分钟就跨越这座城市的桥梁，进入到罗冬梅工作的那个城区。进入到城市的这一端后，林渐新才发现眼前的街道已经被一层薄雾所笼罩，一个孤独的身影就在前方不远处的大街上，“唰，唰，唰”，她手里的扫帚发出一次次有节律的声音。

“是她吗？”林渐新问。

季擎点头：“应该是。她负责这附近的两条街道，除非生病了才会被别人替代。”

林渐新打开车门：“直接把车开到她旁边，开慢一点儿，别吓到她。”

警车缓缓地朝着罗冬梅所在的方向开了过去。其实罗冬梅已经注意到这辆车的存在了，她抬起头来，满眼的疑惑：“你们……”

这一瞬，林渐新惊讶地发现了她的美丽。资料显示，如今的罗冬梅已经是四十多岁的女人了，但是此时的她看上去是那么的年轻，而且还有着一张精致的脸和一副健康的身体。林渐新问道：“你叫罗冬梅，是吧？”

她点点头，眼神中的疑惑更重了。林渐新朝着她温和地笑了笑：“上车吧，我们想问你几个问题。对了小季，把你的警官证给她看一下。”

罗冬梅放下了手上的扫帚，上了警车。刚才林渐新已经注意到，这个女人的眉毛看上去有些直硬，嘴角处暗纹显露，一般来讲，像这样的女性性格倔强，脾气也不大好，而且做事决绝。此时的她虽然看上去有些忐忑不安，却能保持着最起码的沉稳。

这样的一个女人，当年的她究竟是如何与冷国华在一起，然后又和他分开的呢？

“你别紧张，我们只是想问你几个问题，不会耽误你太多的时间。”即使是面对着这个女人，此时的林渐新依然觉得她有些神秘，所以在询问之前很是谨慎地字斟句酌着，“据我们所知，你女儿好像是多年前失踪过一段时间，后来她究竟是如何又回到家里的呢？”

也许罗冬梅完全没有想到林渐新要问的是这件事情，一下子就紧张起来：“你干吗问我这件事情？”

林渐新早已准备好了托词：“我们最近破获了一起拐卖人口的大案，其中可能与你女儿当年的失踪有关系，我们需要更多的证词和证人。”

罗冬梅这才松了一口气，回答道：“她自己跑回来的。”

林渐新很是好奇地问：“哦？能告诉我具体的情况吗？”

罗冬梅道：“这孩子从小就比较内向，也不知道她心里是怎么想的，有一天她离家出走了，结果就碰到了人贩子。这孩子开始的时候相信了那个骗她的女人，后来才发觉不大对劲，不过她还是装出一副很听话的样子，趁那个女人不注意的时候就偷偷跑了出去，然后就直接找到了警察。”

这个孩子竟然如此不简单。林渐新问道：“她失踪了多久？”

罗冬梅回答道：“一年多。当时我已经觉得完全没有希望了，结果想不到她竟然回来了，真是菩萨保佑。”

林渐新似乎明白了：“就因为孩子的失踪，所以你才和丈夫离了婚？”

罗冬梅摇头：“那只是其中的一个原因……”她忽然警觉了起来，“你干吗问我这个？”

林渐新道：“孩子的成长总是和父母有着很大关系，你说是不是？”

罗冬梅点头：“都是我和孩子命苦，遇到了那样一个男人。当年我家里穷，又是农村的，虽然知道他坐过牢，不过看上去不像坏人，所以就答应了嫁给他。谁知道这个人在家里什么事情都不做，有了孩子后还是那样，天天不是看书就是出去溜达，我和他结婚那么多年，他从来没有买过一回菜，做过一次饭，孩子上托儿所后他也从来没有接送过孩子。我知道，他是从心底里看不起我，也因此不喜欢我和他生的这个女儿。后来孩子失踪了，他倒是出去找过两次，然后就再也不闻不问了。当时我心里面绝望得要死，于是就在一气之下和他离了婚。”

“你是经人介绍才和他认识的？既然他当时同意和你结婚，后来怎么又那样？”林渐新问道。

罗冬梅撇了一下嘴，说道：“那是他觉得自己应该结婚了，年轻的时候我长得又不差，他一个从监狱里面出来的人，还能够有多少选择？想不到这个人就是一坨冰，我怎么焐也焐不热他。后来我终于想明白了，像他那样的人，根本就不应该结婚。”

林渐新又问道：“人都是有感情的嘛，是不是他在你之前曾经喜欢过别的女人，所以才因此一直放不下？”

罗冬梅愤怒地说道：“谁知道呢？他就像是一根木头，在家里什么话都不说，把什么事情都闷在心里。”

此时此刻，林渐新已经明显感觉到眼前这个女人对冷国华并不是彻底失望，在她愤怒的情绪中，或许依然包含着曾经对冷国华的那份情感。从她与冷国华离婚后一直单身或许就可以说明这一点。其实这也是传统文化的基因在起作用，也就是人们常常说到的“嫁鸡随鸡，嫁狗随狗”。而冷国华的情况却截然不同，他一直单身，很可能是对婚姻真正失望，或者还因为他的内心早已出于某些原因而被怨念所充满。

于是，林渐新也就不再继续问下去了，他叹息了一声，说道：“也许你当初选择和他离婚是正确的，这样的一个男人，无论是做丈夫还是父亲，他都太不合格。”

这是一种心理暗示。林渐新担心她最近旧情萌生，如果真的发生了那样的事情，那么对于罗冬梅来讲，将是一场更大的灾难。对于现在的罗冬梅来讲，她的显意识中只有对冷国华的恨，而对自己深藏于内心之中的那一份情感却并不自知。在这样的状况下，心理暗示应该是非常有作用的。因为心理暗示正好是作用于一个人内心深处的潜意识，林渐新刚才的话所起到的作用就是加固罗冬梅对冷国华的恨与失望。

罗冬梅诧异地看着他：“我怎么会？”

林渐新笑了笑，说道：“你当然不会。对了，你女儿什么时候放假回来？”

罗冬梅问道：“你们还要找她？”

林渐新微笑着点头：“就随便聊聊。到时候我们到你家里来，可以吗？”

罗冬梅想了想：“她明天晚上到，我准备去火车站接她。”

“那就后天吧。你先不要告诉她这件事情……告诉她也无所谓，等我们见面后再说吧。”林渐新道。

“冷国华……”季擎将警车开出了好长一段后，林渐新才忽然叹息着说道，“现在这个人很麻烦，碰又碰不得，却必须要进一步去了解有关他的更多的东西。”

季擎问道：“林医生，我们是不是太小心了些？这个人不会那么敏感吧？”

林渐新微微摇头道：“你要知道，越是聪明的人越多疑……”忽然发现季擎看自己的眼神有些奇怪，禁不住就笑了，“我也多疑。聪明的人想法太多，因为多疑而敏感。有句话不是这样说的吗？天才与疯子只差一步之遥。这句话说的就是这个道理。所以，我们必须在冷国华的事情上小心翼翼，如果前面的事情做得太粗糙，后面的事情也就难办了。”

季擎点头，问道：“那，我们接下来应该怎么办？既然已经基本上确定凶手就是这个人，那我们为什么不能直接给他下诱饵呢？”

林渐新沉思着说道：“是啊，我也在思考这个问题。可是，如今我们认为的一切都是建立在冷国华是凶手这个前提之下的，可是万一这个前提是错误的呢？那样的话岂不是前功尽弃了？好吧，即使是我们现在认为的一切都是正确的，那么我们究竟应该如何下饵才能够钓到这条大鱼呢？”

季擎道：“不就是采用相同的作案手法吗？”

林渐新正色道：“小季，你一定要记住，任何时候都不能小瞧了自己的对手，否则的话，最终失败的就一定是你自己。你想想，假如你就是那条鱼，会不会轻易就去上别人的钩？所以，我们必须进一步去了解凶手，从中找出他最大的弱点，否则的话，绝不要轻易采取行动。”

“我明白了。”季擎点头道，“对了林医生，我们为什么不明天直接去火车站接冷丁丁呢？这样的话，岂不是就可以直接和她交谈了？”

林渐新看着他：“万一冷国华也知道了她明天要回来的事情呢？俗话说，父女连心，有些事情可不好轻易做出判断。对了小季，记住明天我们也去火车站一趟，我想看看冷国华究竟会不会出现在那个地方。”

回到招待所后林渐新将自己关在屋子里面看案卷，一直到现在他都搞不明白凶手为什么会选择这样几个人：大学教师、财务人员、记者、在校大学生、高中生。这几个人在凶手的心理上究竟是一种什么样的逻辑关系呢？

嗯，在校大学生，这个对象很可能代表的是他的女儿。是的，这是一种非常复杂的情感。凶手痛恨拐卖儿童的那个女人毁掉了他的家庭和婚姻，同时也无法原谅妻子对他的抛弃，此外，他还不能忍受女儿对他的恶言相向……这是一种仇恨情绪的漫射与放大，对于一个心理不正常的人来讲，这一切都能够想象与理解，因为在这类人的内心世界中，所有的仇恨无不可以用幻想中的复仇方式得到发泄和满足。

可是，他的内心深处依然爱着自己的女儿，那是一种任何人都无法分割的血肉关系。其实在这个世界上，从来都没有那么容易说清楚的爱和恨。很多时候它们都存在于人们的内心深处，交织，缠绕，而并非每一次都会像自己以为的那样痛彻心扉，反而大多时候这种复杂的情感会萦绕于内心，沉淀、积聚，一直到最终爆发。

那么，其他几个人在凶手的心理上又有什么样的逻辑关系呢？嗯，那个发廊小姐的死，或许就是凶手心理上开始发生变化的一个重要节点。

一个上午过去了，林渐新还是寻找不到一丝一毫的灵感，不过他也由此感觉到了一点：自己对这个凶手的了解或许只是停留在表面。想到这里，林渐新顿时精神大振——他是一位心理医生，他真正关注的并不是案件本身，而是案件背后那些形形色色的人，更何况，现在所面对的是一位心理或者精神上很可能存在着异常的凶手。

不过即便是如此，他最终还是没能抗拒住身体上的疲惫。午餐后躺在床上，他顿时感觉到全身乏力，右侧胸部的肋间传来一阵阵刺痛。糟糕了，这是感冒的前兆，这样的症状是感冒病毒引起的应激性胸膜炎所致。不行，千万不能在这个时候卧病不起……他奋力地让自己从床上爬了起来，出门去外边的药店买了抗病毒的感冒药，服用后再次躺倒在床上，心里暗暗对自己说道：千万别生病，千万别……

其实他也不知道这样的自我心理暗示对感冒病毒究竟有没有用，不过他依然相信精神的力量。

没想到这一睡就是整整一个下午，醒来的时候他感觉到全身的肌肉都在疼痛。曹能从季擎那里知道了林渐新的异常，晚餐的时候特地前来看望，一见之下，顿时大吃一惊："你这脸色怎么这么难看？是不是生病了？得马上去医院才可以。"

林渐新朝他摆手："这一天的时间就这样白白过去了，我正沮丧呢。"

曹能劝说道："身体才是最重要的，如果像这样继续下去，可能耽误的事情更多……"

话未说完就被林渐新打断了："我以前是学医的，这感冒病毒是没有办法用药物治疗的，全靠身体的抵抗力。我没事，晚上洗个热水澡就好了。"

曹能劝说不了他，只好罢了。林渐新吃了饭后就回到了房间，曹能这才详细询问季擎具体的情况。季擎将两个人午夜后的事情对他讲了，曹能叹息着说道："这家伙比我还工作狂，真是不要命了。不过他说得对，既然两年多的时间都已经过去了，现在终于有了罪犯的线索，那我们就不要急，让他慢慢去调查，我相信他最终一定能把这个案子办得漂漂亮亮的。"

季擎问道："我们的人是不是已经把这个人监控起来了？"

曹能点头，道："我安排了几个最能干的人监控他，从目前的情况来看，他还没有丝毫的察觉，不过我们也没有发现这个人有任何异动。小季，跟着林医生好好学习，这可是一次非常难得的机会。对了，我们监控的人一旦发现对方有什么异常情况，会马上与你取得联系的，到时候你提醒一下林医生，然后见机行事。"

季擎点头："林医生说明天晚上要去火车站……"

曹能听完后说道："这样吧，到时候我和火车站联系一下，你们直接去看监控就可以了，免得不小心惊动了犯罪嫌疑人。"

这天晚上，林渐新经历了他有史以来最痛苦的一个夜晚。也许是因为感冒病毒的原因，他的幻觉被剧烈放大了，以至于视线中的一切都变得扭曲恐怖起来。这样的过程常人是很难体会到的，而陷入幻觉中的他仿佛置身于地狱一般，周围所有的恐怖都是那么真实，让人完全无法分清现实与虚幻。恐怖拉扯着他的灵魂，接近咫尺的死亡感觉扑面而来，他挣扎着、号叫着，试图挣脱，却又一次次陷入……

季擎被林渐新发出的惊恐哀号声吓得心惊胆战。虽然每天晚上他都能听见从林渐新的房间里面所传来的奇怪声音，但这天晚上却是最为清晰、最令人不寒而栗的一次。他几次想要敲门，却强迫自己停止那样的冲动，在给曹能打过电话后，就一直站在林渐新的房间外面守护着。

曹能赶来的时候林渐新的痛苦还没有停止，房间里面传来的声音让曹能也感到心惊胆战，他不住地在那里踱步："怎么办，怎么办呢？"

这时候邓长治也赶来了，侧耳听了一小会儿之后说道："他还有力气号叫，这说明他的身体还能够承受，千万别去打搅他。等等吧。"

时间过得非常缓慢，外面的三个人都能够感受到此时此刻林渐新所承受的巨大痛苦。许久之后，当屋子里面的声音慢慢低落下来的时候，三个人这才终于松了一口气。又过了大约五分钟，林渐新的房门忽然被打开了，眼前是那张苍白得让人不忍直视的脸。这张脸朝外面的几个人笑了笑："进来吧。对不起，让你们担心了。"

曹能急忙问道："小林，你没事吧？"

林渐新忽然间笑了，露出洁白的牙齿，说道："感冒好像彻底好了。现在我更懂得女人生孩子的滋味了，刚才我就好像经历了那样的过程。"

曹能想不到刚刚经历了巨大痛苦的他竟然还会开这样的玩笑，指了指他："你呀……"

林渐新低声告诉他道："今天我的药量少用了一半，因为我想多出点儿汗。”

曹能和邓长治一下子都目瞪口呆起来，曹能叹息着说道：“你真是不要命了……小林，你这样下去可不行，我还是建议你过段时间去戒毒，这件事情让我来安排。可以吗？”

林渐新摇头道：“真的不需要。我相信自己能够扛得住，否则的话，这些年我的痛苦就白遭受了。”

邓长治拍了拍他的肩膀：“我觉得曹大队的建议是对的，现在你已经不是一个人了，也许你还应该多想想你女朋友的感受才是啊。”

林渐新依然在摇头：“她是支持我的。我也给了自己一个时间段，到时候不行就采用别的办法。”

邓长治在心里叹息：你虽然是一位心理医生，但是对两个人的情感却知之甚少……也罢，既然他非得要如此选择，那就随他好了。

这天晚上，林渐新没有主动给苏文打电话，他实在是太累了。然而女人的想法却完全不一样，苏文在那边一直等到午夜时分，终于忍不住给林渐新打了电话：“你还好吧？”

林渐新隐隐感到不妙：“嗯，差点儿感冒了，不过现在没事了。”

“为什么不给我打电话？我一直在等着呢。”苏文说，语气中带着明显的哀怨。这时候林渐新才忽然想起邓长治的话来，问道：“我一个人在这边，有些情况你不清楚，难道非得给你打电话才可以吗？”

苏文怔了一下：“你开始厌烦我了？”

林渐新发现她的思维和自己完全不在一个频道上面：“我不是这个意思，我的意思是说，有时候我很累，所以就不想给你打电话了。这种情况你应该理解。”

苏文道：“我当然会理解，即使你再忙、再累，发一条短信总可以吧？”

这一刻，林渐新才发现自己所有的理由在她面前都不成立了：“对不起，我知道了。”

苏文却不休不止：“你是不是觉得我很烦？”

林渐新终于忍不住问道：“苏文，你觉得我是不是应该马上去戒毒？”

苏文也怔了一下："我说的和你现在讲的事情完全不一样好不好？你还是心理医生呢，这都不明白？"

林渐新苦笑："说实话，我还真是不明白。现在我才发现自己根本就不了解你，在你面前我总是小心翼翼，生怕你不高兴。"

想不到苏文并没有因为他刚才的话不高兴，反而笑了起来："这样好，我还担心自己的想法都被你知道了呢。原来你这个心理医生也有不明白的事情啊！"

这一刻，林渐新的心里真切地感觉到了一种甜蜜的温暖，笑着说道："我明白了，因为我喜欢你，所以一直不想去研究你，所以在你面前就像是一个傻瓜一样。"

苏文笑道："你可以研究我呀。"

林渐新道："不，我永远不会研究你，我会慢慢去感受你对我的那份情感，就像是阅读一本书一样，一页一页慢慢翻过去，一直翻到我们俩都变老为止。"

他说得真好。苏文的声音也变得柔和了起来："渐新，如果你是明星，我根本就不会相信你的这些话，但你不是，所以我很喜欢听。我说过，我愿意陪着你，陪你一辈子。"

林渐新笑道："我怎么觉得牙酸得厉害呢？别说了，再说我们俩都成文艺青年了。"

苏文扑哧一笑："讨厌！"

老邓，你并不知道我和苏文的感情是什么样的。林渐新在心里得意地想着。这一刻，他似乎有些明白了：男人和女人之间真正的爱情并不需要轰轰烈烈，其中的真谛或许就在"我愿意"这三个字里面。

第十章

潜意识里的真相

为了慎重起见，冷国华曾经工作过的那所中学的校长被一个电话叫到了刑警总队来，曹能亲自接见了他，首先和他谈的就是保密。

“冷国华可能涉及一起重大案件，现在我只能告诉你这么多。这件事情你不要多问，也不能对其他任何人讲，包括你的家人。”曹能非常严肃地对这位姓欧的校长说道。

欧校长已经近五十岁了，人生阅历可谓十分丰富，此时怎么会不明白自己被叫到这里来的原因，急忙点头道：“我知道轻重的，你们放心好了。”

于是，接下来林渐新才开始和他交谈：“在你的印象中，冷国华是一个什么样的人？”

欧校长思索了片刻，回答道：“二十年前我还只是一名普通教师，不过当时他的那件事情影响极大，所以现在我对他还有些印象。这个人当时在学校教初中物理，学生对他的评价还不错，毕竟是名牌师范大学毕业的嘛，人又长得帅，还经常代表学校去参加省里的篮球比赛，女生喜欢他，男生崇拜他，谁知道这样一个人会干出那样的事情来呢？”

林渐新问道：“当时他谈恋爱没有？”

欧校长回忆了一会儿，回答道：“好像没有。别的年轻人大学毕业后不多久就恋爱结婚了，他好像一直就是一个人。按理说，像他那样的条件要找女朋友并不困难，估计是他自身的要求太高了。”

林渐新点了点头，问道：“他出事之后，学校方面是怎么看待那件事情的？”

欧校长道：“很多人都觉得奇怪啊，也有人说他是酒喝多了，可是后来据说他当时根本就没有喝酒，就是一时冲动。”

林渐新继续问道：“他从监狱里面出来后，还和学校方面有过联系没有？”

欧校长摇头道：“他入狱之前学校就对他做出了开除公职的处分，从此以后我就再也没有见到过他了。我估计学校其他的人也很少与他联系，因为从那以后我就再也没有听到有人说起过他。”

“冷国华从监狱里面出来后就开始从事翻译方面的工作？具体的情况你们知道吗？”欧校长离开后，林渐新问曹能道。

曹能回答道：“这方面我们还没有来得及去调查。”

林渐新苦笑着说道：“我知道了，你们是把这个案子全部都交给我了。算了，这件事情暂时放一下，不过刚才那位校长还是给我们提供了一个非常重要的信息，接下来我得去冷国华曾经就读过的那所大学一趟。”

曹能不明白：“去那里干什么？”

林渐新解释道：“刚才那位欧校长说，冷国华当时一直没有谈恋爱，估计是他要求太高。我倒是觉得还有另外一种可能，那就是他已经心有所属。嗯，一会儿我得先去拜访一下当年的那位富二代，如果能够从他那里得到这个问题的答案，也就不需要再去冷国华的母校了。”

曹能似乎明白了：“你的意思是，或许是因为那位富二代横刀夺爱，于是冷国华才对他做出了那样的事情？”

林渐新看着他：“难道这不是当时对他那种怪异行为最好的解释吗？这个世界绝没有无缘无故的爱与恨，即使是仇富，当时这座城市的富二代又不止他一个，冷国华为什么偏偏只是对他动手？”

曹能说道：“你说得很有道理，不过这件事情要慎重。这样吧，我先打个电话联系一下对方，在得到他的同意之后你再去拜访。”

林渐新腹诽：这个世界已经变了，如今的有钱人也有了特别尊贵的身份。

省城中心有一座标志性的建筑，高达一百多米，这里就是浩星集团的总部。二十年前，浩星集团还没有上市，冷国华因为故意伤害浩星集团老板的儿子鲁伟被判入狱三年。如今鲁伟已经接替了父亲董事会主席的职务，成为这家业务涉及海内外、资产高达数百亿的庞大企业的真正掌控者。

林渐新认为，冷国华当年伤害鲁伟或许是有原因的。仇富心理很多人都有，但像他那样竟然提着把刀直接对一个富二代行凶的人实在是少见。一般来讲，一个人的仇恨目标都是有着明确矛盾交集的，除非那时候的冷国华就已经存在心理或者精神上的问题，以至于将内心的愤怒泛化并指向与自己毫无关联的某个人。

鲁伟已经派人在楼下等候，接到林渐新和季擎后就直接去了后面的董事长专用电梯。电梯直达顶楼，速度极快，但是站在里面却几乎没有什么感觉。从电梯里面一出来，眼前就是一处宽敞的会客区，会客区里面摆放着一套样式简单的沙发，从这个地方可以透过宽大的落地玻璃窗俯瞰到这座城市的一部分。林渐新知道，越是这样简单的布置，反而需要更高超的设计水平。

“真漂亮。”此时就连季擎也禁不住惊叹。

不仅仅是漂亮，坐在这里还会让人很快放松。数百平方米的空间只放这样一套样式简单的沙发，这份大胆可不是一般的设计师能够具备的。林渐新在心里如此评价道。

两个人坐了不一会儿，鲁伟就出现了。此人身高一米八以上，留着寸头，西装革履，看上去气质不凡。他快步朝林渐新所在的方向走去，嘴里同时说道：“曹大队给我打了电话，其实不用这样，只要是有警察点名说要见我，我都会接待的。”

林渐新对他的第一印象一下子就很好了，急忙站起身来：“打搅了。鲁先生曾经当过兵？”

鲁伟愣了一下，呵呵笑道：“是的。”

林渐新又问道：“而且还不是普通的士兵。鲁先生举手投足之间的军人气质毫发毕现，却又是如此挥洒自如……嗯，我明白了，鲁先生当年高中毕业后所上的应该是一所军事院校，后来转业后才继承了你父亲的产业。”

鲁伟这才明白林渐新很可能并没有看过他的资料，他将疑惑的目光投向了站在林渐新旁边的季擎。季擎这才介绍道：“这位是林医生，是我们警方特聘的顾问。”

鲁伟更加疑惑了：“医生？”

林渐新微微一笑，说道：“我是一名心理医生。警方有一些特殊的案件需要我做一些工作。”

鲁伟这才恍然大悟：“像你这样的心理医生可不多见啊，除非是应用心理学方面的专家。我明白了，原来林医生是一位善于观察他人表情和动作细节、极具天赋的心理学家。这可是传说中的人物啊。幸会，幸会！”

林渐新诧异地看着他：“鲁先生对这方面也有研究？”

鲁伟朝他摆手：“这方面的学问博大精深，而且需要极好的天赋。多年前我看过一部美剧，从中了解到这个世界上竟然还有像你这样的特殊人才。林医生，请坐。”随即转身吩咐助理道：“将昨天刚刚送来的峨眉野生茶泡一壶来。”

林渐新微微一笑：“鲁先生如果感兴趣，我们可以探讨一下这方面的问题。”过了一会儿鲁伟的助理将泡好的茶端了过来，一缕清香在空气中飘散，“鲁先生，这茶好像很不一般啊。”

鲁伟笑道：“这茶的价格倒不是特别贵，不过最难得的是生长于天然环境，纯野生。遗憾的是现在喝它稍微陈了些。我也是前不久才第一次喝到这茶，所以让人送了点来。如果林医生也喜欢，明年春茶出来的时候我让人也给你送点？”

林渐新摆手道："我喝它就太浪费了，无论是酒还是茶，无论是什么品牌风格的，我喝起来都是一个味道。"

鲁伟正色道："我觉得林医生还是应该学会品茶，这东西可是大自然给我们的最好馈赠，一旦你品尝出了其中的三味，也许对很多事情的看法都会因此发生一些改变。"

林渐新端起茶杯喝了一小口，果然两颊生津，馥香满鼻，点头道："果然与众不同。好吧，从今往后我也开始研究一下茶道，再也不像以前那样牛饮了。"

鲁伟大笑："看来林医生也是性情中人。林医生，有什么事情你尽管问好了，我一定知无不言。"

林渐新转身对季擎道："你先下楼等我，我想和鲁先生单独交谈一下。"

季擎点头，站了起来。鲁伟似乎明白了，即刻吩咐助理道："你陪着这位警官去喝会儿茶。"

看着两个人离开，林渐新笑了笑，说道："其实刚才我判断鲁先生曾经是军官，更多的是从你的这位助理身上看出来的。"

鲁伟这才恍然大悟："他在楼下接你的时候，你就看出他当过兵了，是吧？"

林渐新点头道："是的。当时我就想，一个喜欢用男性助理的老板，而且这位助理以前还是一位军人，这很特别。当我一见到你的时候就全然明白了，也许你以前曾经是一位职级不低的军官，虽然如今置身于商界，但还是改不了雷厉风行的工作作风。选择一位曾经的军人做自己的助理，那是因为你认为只有军人才能够做到百分之百的执行，除此之外，还因为你深爱着自己的妻子。"

鲁伟怔了一下，摇头道："林医生，这一点你可能说错了，我家里的那位可是从来都不会来管我公司的事情的。"

林渐新微微一笑，说道："正因如此，你才越发看重她，不用女秘书，也是为了让她更放心一些，毕竟女人老在耳边唠叨也是一件令人烦心的事情。既然让一位曾经的军人做助手更顺心应手，又能够让家里的那位少一些

唠叨，即使别的老板身边都是漂亮的女秘书，这样显得你有些格格不入，那也无所谓了。”

鲁伟点头道：“嗯，我好像以前是这样想过。”

林渐新笑了笑：“接下来我们还是谈正事吧。二十年前，一位中学老师持刀伤害过你，这件事情你还记得吗？”

鲁伟点头道：“当然记得。林医生，为什么你现在来问我这样一件事情呢？”

林渐新没有回答他，继续问道：“那你还能回忆起当时的具体情况吗？”

鲁伟想了想，道：“那天我刚刚从车上下来，那个人就冲了上来，疯了似的朝着我大吼：我要杀了你！幸好当时我身边的司机眼疾手快挡了他一下，他那一刀才只是砍在了我的胳膊上。”

林渐新道：“我可以看看你的伤口吗？”

鲁伟撩起右边的衣袖，林渐新看到他的小臂处有一道醒目的疤痕，问道：“当时伤得不轻吧？”

鲁伟点头：“那一刀砍进去了五厘米多，整块肌肉被砍断了。不过并没有损伤到神经，所以后来恢复得还不错。”

林渐新问道：“当时你对这件事情怎么看？”

鲁伟皱眉道：“警方不是早就有结论了吗？那个人招供说他痛恨有钱人，所以才一时冲动，对我动了手。”

林渐新看着他：“你相信这样的说法吗？”

鲁伟道：“我根本就不认识这个人，而且我自认为还算比较低调，很少在外面惹事，否则还能有别的什么解释？”

林渐新又问道：“那件事情发生的时候距离你结婚多久？”

鲁伟想了想，回答道：“好像就在我结婚几天之后吧。”这时候他若有所思地看着林渐新，“你认为这个人行凶是因为我妻子？不，不可能。我和我妻子从小就认识，后来我上了军校，她比我低两个年级，在她上大学后我们俩就确定了关系，而且感情一直都很好。她在我之前根本就没有谈过恋爱，这一点我非常清楚，所以不大可能是你以为的那种情况。”

林渐新又问道："这件事情发生后，你有问过你妻子认不认识这个人吗？"

鲁伟摇头，道："我为什么要问她那样的事情？我从来都没有怀疑过她对我的感情，即使是到了现在，也依然如此。"说到这里，他再也忍不住问道："林医生，是不是当时伤害我的那个人涉及什么大案子了？"

从刚才短暂的接触中，林渐新就已经感觉到了眼前这个人特有的人格魅力，而且现在看来此人还很有智慧，由此可见，他能够坐上今天的这个位子并不仅仅是因为他的出身。林渐新点头道："鲁先生，我可以告诉你今天我们为什么来找你，但请你务必要保密。"

鲁伟道："我曾经是一名军人，当然知道其中的轻重。"

林渐新点头，说道："我相信你。两年前，这座城市发生了一起连环杀人案，不到一年的时间内就有九个人遇害，而且遇害的全部都是年轻漂亮的女性。想必鲁先生还记得这起案件吧？"

鲁伟的双眼一下子就亮了："林医生，难道你们现在怀疑那个伤害我的人就是凶手？"

林渐新点头道："据我目前所掌握的情况来看，这个人很可能就是那起连环杀人案的真凶。不过到现在为止，我们还没有任何有关他作案的证据，所以，现在我们首先要确定罪犯就是他，然后再想办法获取证据。"

鲁伟的神色一下子就紧张了起来："你真的怀疑他和我妻子……"

林渐新摆手道："我相信真实的情况并不是那样的，因为我完全相信你刚才所讲述的情况，而且我更相信你妻子对你的感情。所以，我觉得很可能是另外的某种情况，比如，你妻子一直以来都是他单相思的对象。"

鲁伟更紧张了："那我得马上安排人去家里……"

这样的紧张也是一种爱的表现。林渐新笑了笑，摇头道："鲁先生，你用不着那么紧张，请你先听我把话说完。从我对遇害者所有情况的分析来看，除了第一个被害对象和凶手曾经的生活确实有关之外，其他的人都只不过是他幻想中的复仇对象。这说明凶手其实是一个懦夫，他的内心极度怯弱，但是又不得不将心中的愤怒发泄出来。所以，他不会去伤害你的妻子。

而现在我需要搞清楚的是，凶手在选择作案对象时的心理逻辑，以及两年前触发他作案的那个点究竟是什么。鲁先生，接下来我还要问你几个问题，希望你能够继续如实回答我。此外，接下来我可能还要去拜访一下你的妻子，也务必请你安排一下。”

鲁伟感激地说道：“林医生，谢谢你的如实相告，你问吧，我都会如实回答的，和我妻子见面的事情我也一定安排好。”

这也正是林渐新和他坦诚相对的目的，对于眼前的这个人，真诚更能够获取他的信任。林渐新问道：“你妻子是做什么工作的？”

鲁伟回答道：“她是一名大学教师。大学毕业后她就回到了这座城市，在师范大学做辅导员，现在是学校的宣传部部长。”

果然对应上了。林渐新又问道：“你家里有做财务工作的人吗？”

鲁伟想了想，摇头道：“好像没有……我想起来了，我岳母以前是一家单位财务科的工作人员。”

林渐新的心里更踏实了些，继续问道：“你们家有做记者的吗？”

鲁伟摇头道：“这个绝对没有。”

林渐新皱眉，又问道：“你孩子多大了？男孩还是女孩？”

鲁伟回答道：“十八岁了，是儿子，如今在美国上大学。”

林渐新皱眉思索了片刻，这才展颜笑了笑，起身对鲁伟道：“鲁先生，耽搁了你这么长时间，实在是抱歉。刚才你提供的这些情况十分重要，非常感谢。接下来我可能会去拜访你的妻子，麻烦你安排一下。”

鲁伟也即刻站了起来，真挚地说道：“林医生这么客气干什么？我还想交你这个朋友呢。这是我的名片，今后有什么事情的话你直接给我打电话好了。”

林渐新也将自己的电话号码给了他，这才与他握手告辞。

一个小时后林渐新接到了鲁伟打来的电话：“在我办公室的时候，我没有对你讲，我们家那位在学校放假后就去了香港，刚才我和她联系上了，估计她赶回来得今天晚上了。”

林渐新心里更是充满歉意，说道：“想必你并没有告诉她马上赶回来的缘由，这样不会耽误了她的事情吧？”

鲁伟笑道：“我就说有一位非常重要的客人要见她。她去香港也没什么事情，就是和几个闺蜜一起去玩。”

林渐新再次道谢，问道：“你岳母住在这座城市吗？我去拜访她的话应该没什么问题吧？”

鲁伟沉思了片刻，邀请道：“林医生，如果你觉得可以，晚上就到我家里去吃顿饭，到时候我把岳母也叫过来。你看这样可以吗？”

林渐新心里很是感激，不过想到冷丁丁晚上到达的时间，他抱歉地说道：“晚上已经安排了别的事情，如果方便，最好现在就能够去拜访她。”

鲁伟倒是很豁达，笑道：“那行，我这就给她打电话。”

“想不到这个鲁老板并不是传说中的那样傲气。”林渐新挂断电话后，季擎如此对他说道。

林渐新笑了笑：“传说中的他很可能就是那样的。这个人出身富豪家庭，高中毕业后考上军校，以他的才能，在军队里面的升迁也应该非常顺利，后来转业接替父亲执掌这么大一个企业，他的人生几乎从来没有遭遇过任何失败。这样的人没有傲气才怪了。不过即便如此，他还是有着自己的准则，那就是尽量不得罪权力。我们过去是曹警官打了招呼的，他不得不出面接待。而最关键的是我们在和他谈正事之前一定要找到他的兴趣点，并且一定要给他最好的第一印象。这就是谈话与沟通的技巧。”

季擎这才明白了，苦笑着说道：“那也得有你这样的能力才行。”

林渐新并没有谦虚的意思，点头道：“是的。所以，当你和强势人物交往的时候一定要放低姿态，除非你有足够的能力被他认可。而且，如果不是特别需要，就要尽量避免去和那样的人接触。你要知道，人际关系往往是以身份和地位划分圈子的。”这时候林渐新忽然想起那个叫陈阳的混混来，“如果自己的身份和能力不相当，即使你混进了一个级别很高的圈子，那也是自取其辱。‘要赢得别人的尊重，首先就要让自己变得强大’，这句话说的就是这个道理。”

季擎问道：“林医生，你懂得真多。这和心理学有关系吗？”

林渐新笑道："当然有关系。人类的精神需求分成五个层次：生理需要、安全需要、社会需要、尊重需要以及自我实现。其中的生理需要和安全需要是人的本能，生活在社会最底层的人，他们所做的一切都是为了这两种需求，比如食物、传宗接代，等等。而当一个人的生活和安全都有了基本的保障之后，才可能去追求后面三种高层次的需要，比如爱和尊重、理想与抱负等。也就是说，其实我们生活的这个社会，人际交往的圈子也基本上是按照这样的层次区分和构成的，假如你让鲁伟去和一位清洁工谈国际贸易的事情，这肯定是不现实的。这其中的道理你仔细想想就明白了。"

这时候鲁伟的电话进来了："林医生，我岳母在家里，你直接去好了。我马上把具体的地址发给你。"

"高档小区啊。"季擎看了林渐新手机上的短信后啧啧感叹道。

"女婿那么有钱，怎么可能让岳母住贫民小区？"林渐新笑道，"人都是这样，明明知道睡觉只需要三尺宽的床，却偏偏都要去追求更加奢华的享受，这说到底还是心理因素在起作用。"

季擎问道："这是不是为了虚荣心的满足？"

林渐新摇头道："不仅仅是为了虚荣心，还有人类的本能，那就是占有。一条狗到了外边，它会走一段路就去某个地方撒几滴尿，这也是为了向别的同类宣告主权。这就是本能。"

季擎羡慕地说道："原来心理学这么有意思。我要是能够拥有你这么多的知识就好了。"

林渐新拍了拍他的肩膀："术业有专攻，你们这一行也很有意思，只要你留心就会发现，其实在你的生活中处处都充满着学问。"

"鲁伟本来说给我们买别墅的，可是家里就我们老两口住，房子太大了也没意思，你说是不是？"鲁伟的岳母热情地请林渐新和季擎坐下，见林渐新的目光正四处打量，笑着得意地解释道。旁边鲁伟的岳父手心里面两枚黑核桃不住地滚动着，脸上闪过一丝尴尬，却依然保持着笑意。

这个家里是女人做主。林渐新一眼就看出来了，笑着点头道："是的，房子嘛，住着舒服就行，假如你们老两口住进了别墅，家里还得请保姆，多不自在啊。”

老太太没想到林渐新这么会说话，笑道：“就是的啊。现在我们都还很健康，想吃点什么自己去做就是，保姆做的饭菜不一定好吃。我女儿家里就是那样，好几个保姆，开始的时候还觉得那保姆做的菜不错，现在早就吃腻了。”

这时候鲁伟的岳父才提醒道：“人家林医生是有事情到我们家来的……”

老太太这才反应了过来，急忙笑着说道：“鲁伟说你有事情找我？听说你们是公安局的？”

林渐新指了指季擎，笑道：“他是警察，我是帮他们忙的。小季，你把那个人的照片拿出来让阿姨看看。”

季擎从随身带的公文包里面取出了冷国华的照片，将照片放到鲁伟的岳母面前，这一刻，林渐新已经看到这两位老人瞬间惊讶了一下，不过还是问道：“你们认识这个人吗？”

鲁伟的岳父嘴唇刚刚动了一下，老太太却已经说话了：“不认识。这个人是谁？”

林渐新嘀咕着：“怎么可能不认识呢？就是这个人当年差点儿要了鲁伟的命啊。您再仔细看看？”

老太太这才“哦”了一声：“那时候这个人很年轻，和照片上的样子好像不大一样。”

林渐新笑道：“这就是他年轻时候的照片啊。阿姨，想必您心里一定清楚当年他为什么要去伤害鲁伟吧？只不过因为这个人和您女儿有关，所以您就一直没有讲出来，是吧？您先别急着否认。我这样给您讲吧，这个人非常危险，说不定随时都会对您女儿和她的家庭造成伤害，所以，我们必须尽快掌握他的罪证，早日将他缉拿归案，这样才能够做到一劳永逸。”

鲁伟的岳父脸色变得惊慌起来，对老太太说道：“都告诉他们吧，其实也没有什么，女儿一家的安全更重要啊。”

老太太的情绪一下子就激动了起来，嘴唇直哆嗦：“这个人就是一个疯子！这么多年都过去了，他还要怎么的？！”

林渐新连忙劝道：“您别激动，事情还没有到最糟糕的地步，目前公安部门已经将这个人监控起来了，现在我们就是要多了解一些这个人的情况。”

老太太长长地松了一口气，问道：“你们都想知道些什么？”

林渐新道：“当年这个人和你们家究竟发生过什么？麻烦您都告诉我们，好吗？”

老太太稍微平静了些，不过话语依然激烈：“他就是一个疯子！有一天他跑到我家里来，说他非常喜欢我们家安安，请求我们答应他和安安的婚事。我们家安安一直和鲁伟好，我们早就知道了，当时我真的是气极了，就把他给大骂了一顿。后来我去问安安，她说这个人一直很喜欢她，可是她从来都没有答应过，最多也就是把他当朋友。这件事情过去没多久，安安就和鲁伟结婚了，谁也想不到后来会发生那样的事情。当时我就对安安说，千万不要让鲁伟知道真相，男人都多疑，那样的话会惹出麻烦来的。大概的情况就是这样。”

鲁伟的妻子名叫卿若安，林渐新是知道的。刚才老太太在说话的过程中林渐新也暗暗在观察，认为她并没有撒谎，问道：“您当时的话说得非常难听，是不是？”

老太太点头：“是啊，我确实是气坏了。他说……算了，事情都过去了，说起来我又想生气。”

林渐新微微一笑，问道：“他说他早就和您女儿发生过关系。是不是这样？”

老太太惊讶地看着他：“是啊。后来我还专门去问了安安，她听了后也非常生气。正因为这样，我才让她千万不要告诉鲁伟自己认识这个人。女人的名声是糟蹋不起的，你说是不是？”

当年，卿若安和冷国华之间一定有着一些不为人知的故事。此时，林渐新的心里已经有了这样一种初步的判断。林渐新道：“情况我们已经清楚了，我们今天谈到的事情还请二位老人家保密，这无论是对我们正在调查的案子，还是对你们女儿的名声来讲，都是非常重要的，你们说是不是？”

老太太急忙道："我们不说，保证对任何人都不说。"

这时候林渐新忽然想起一件事情来："我想看看你们家女儿年轻时的照片，可以吗？"

老太太即刻吩咐老伴："你去拿来，在楼上的书房里。"

她老伴起身去了。老太太在家里不但强势，而且口才了得，林渐新由此可以想象出来当时冷国华在她面前遭受了些什么。嗯，一定是被卿若安的母亲破口大骂了一顿，而且使用了极尽侮辱的词语。从连环杀人案中第五个受害者被割去嘴唇这件事就可以看出，凶手对自己的那段记忆刻骨铭心到了何种程度，他在割去受害者嘴唇的过程中，脑海里面浮现出来的一定会是卿若安母亲的模样。

很显然，凶手的内心是充满着愤怒同时又是非常矛盾的。他深深地爱着卿若安，也许那份爱仅仅是一种幻想，却并不妨碍他对爱情的向往与理解。他不会真正去做出一丝一毫伤害卿若安的事情，所以，他只能将自己置于疯狂的幻觉之中，通过杀害、凌辱他人去发泄内心所有的愤怒。也许，当他在杀害了第四个受害者之后，曾经到一个空旷无人的地方号啕大哭过，因为他已经在幻想中杀害了自己最爱的那个人。

卿若安的父亲拿来的是一本厚厚的相册。老太太将相册的第一页翻开，这时候她的脸上已经全是幸福："这是安安刚刚出生的时候……"

林渐新急忙道："就从她大学的时候看起吧。"

老太太快速翻过数页："这就是她刚刚上大学的时候。"

卿若安长得非常漂亮，不过那时候的她还显得有些青涩，而且稍微显胖。继续朝后面翻看过去，一位羞涩少女的成熟过程从照片中显现得非常清晰，到大学毕业那一年，卿若安已经变成了一个亭亭玉立的标准美女：白皙的肌肤，秀美的容颜，优雅的颈脖，不禁令人有一种怦然心动的感觉。

"这是安安和鲁伟结婚前的照片。"老太太介绍道。此时此刻，她的脸上已经全部被慈祥堆满，很难让人想象她曾经还有过言辞尖利、刻薄的时候。

照片上的鲁伟身上穿着军装，少校军衔，英武非常；卿若安身着一条蓝

色的牛仔长裙，长发披肩，笑靥迷人。真是天生的一对呀，不知道冷国华看到这样的情景时内心会是一种什么样的滋味。

林渐新不想继续看下去了，他发现自己正进入到冷国华的情绪之中，嫉妒、愤怒、痛苦、想要发泄的冲动……喉咙处竟然哽咽得难受，就在这一刹那间，他的眼睛已经湿润了。老太太注意到他的异样，诧异地问道："你怎么了？"

林渐新这才清醒过来，急忙道："没事。这些照片真好，看得我都有些感动了。"

老太太感叹道："是啊，人这一辈子过得真快，每次看到这些照片的时候觉得还是前不久的事情，想不到转眼间人就老了。"

林渐新也轻叹了一声："是啊。阿姨，您觉得您女儿一直都过得很幸福吗？"

老太太的脸一下子就灿烂了起来："当然。我家安安还真是命好，她嫁了一个那么优秀的男人，自己发展得也很不错，还有那么可爱的一个孩子，她也应该知足啦。"

难道她还有不知足的时候？林渐新仿佛从老太太的话中听到了另外一个声音。嗯，应该不会有错，那个声音就是老太太的潜意识，是她的潜意识让她在无意中说出了真相。

第十一章

突然造访

一个国家的交通枢纽是最能够反映其国情的，在中国，特别是春节来临前夕，火车站绝对是一道奇特的风景线，也只有到了这个地方，才会让人真切地感觉到这个国家人口数量之巨。正是这些年来国家对基本设施的大规模投入，才使得像火车站这种流动人口极其复杂的地方依然秩序井然，罪案鲜发。林渐新一进入到火车站就不由得想起二十世纪七十年代的美国，因为陈旧的交通设施使得纽约的火车站和地铁成为犯罪者的天堂，心理学中的破窗效应也因此展现得淋漓尽致——糟糕的环境总是会激发起人群的犯罪心理。而后来纽约政府正是通过大力投入公共设施建设，才有效地阻止了各种猖狂的犯罪。

曹能的建议是非常正确的。如果试图要在这人流如织、纷乱的环境中寻找到某个固定目标，无异于是痴人说梦。如今冷国华虽然已经被警方暗暗监控了起来，但是为了案件侦破的长远需要，在这个时候是绝不允许惊动他的，所以，在这样的地方跟踪失败是极有可能的。而城市的摄像头在这个时候就可以发挥出巨大的作用。

林渐新进入监控室的时候诧异地发现曹能竟然也在，曹能一见到林渐新就朝他竖起了大拇指："他果然来了。你看，就在那里。"

此时距离冷丁丁到达还有近半个小时的时间，冷国华的出现其实已经在林渐新的预料之中，他只不过还需要证实罢了。这件事情对分析冷国华的心理非常重要。监控画面中，冷国华就在出站口的附近，和在那里等候着接人的其他人一样时不时在看着时间，神情中带着些许的焦躁，而更主要的是期盼。

这是林渐新第一次目睹现实中的冷国华，他那一米八多的身高在这样的环境中并不显得特别，普通得和其他人一样，只不过是芸芸众生中的一个。林渐新问曹能："你觉得现在的他像一个什么样的人？"

曹能不明白他的意思："不就是一个普通人吗？"

林渐新点头："是的，此时的他也就是一个普通的人，一个普通父亲的角色。"

曹能低声问道："那他……"

林渐新朝他摆手："这个问题比较复杂，我们一会儿再慢慢说。"

接下来就是漫长的等待。刚才林渐新不愿意谈那件事情不是因为时间的问题，而是这地方不合适。曹能在那里一支接一支地抽烟，林渐新却似乎对冷国华非常感兴趣，一直目不转睛地在那里看着画面上的他。

"怎么没看到罗冬梅？"林渐新忽然问了一声。

"在外面。"一位负责监控的铁路警察回答道，"她没有进站，刚才还在用手机通话，估计是在和她女儿联系。"

林渐新思索着说道："她为什么不进站？难道她知道冷国华要来？嗯，很可能是这样，或许这是一种习惯。"

曹能问道："什么意思？"

林渐新回答道："也许从冷丁丁上大学后开始，每次她回家来的时候冷国华都会到场，只不过他不是来接孩子的，就是来看孩子一眼。"

曹能叹息了一声，说道："如果真是那样，这个人还真是可怜。"

"可怜之人自有可恨之处。"林渐新道，"冷丁丁出来了，你们看冷国华的表情和他的目光。嗯，那个女孩子应该就是冷丁丁了。"

画面中，冷国华的目光所向之处，一个瘦高清秀的女孩子正在朝站外走来，女孩子好像看到了她父亲，不过目光却马上转向了另一边，而且行走的方向也朝向了距离冷国华较远的那个出口。

冷丁丁根本就没有去和她父亲碰面，出站后很快就找到了罗冬梅，两个人高兴地拥抱在了一起。冷丁丁在她母亲的怀里蹦蹦跳跳，嘴里还在兴奋地说着什么。随后，母女俩手挽着手去了地铁。

“回放一下冷国华的画面。”当母女俩的画面消失之后，林渐新即刻说道。

冷国华的画面其实很简单。当冷丁丁的目光移向他处并快速出站之后，冷国华似乎叹息了一声，满脸沮丧，转身就朝着外面走去。

“麻烦把刚才的那个画面放大，先看看他的脸，然后是他的双手。对，就这样。嗯，可以了。”林渐新点了点头，对曹能说道：“我们走吧。”

“你认为今天晚上所看到的情况很重要？”上了车后，曹能问林渐新道。

林渐新点头：“当然，至少通过刚才的事情，我知道了冷国华的一部分心理状况，同时也搞清楚了他杀害第八个受害者的心理逻辑。就在刚才，当冷丁丁的目光从他脸上转移开之后，他的表情瞬间变得狰狞，他的手也紧紧握着出站口的铁栏杆，后来他的脸色才变成了沮丧，手也开始慢慢松开。这说明他对女儿的愤怒依然存在，只不过暂时还能够控制得住。”

曹能问道：“你的意思是，随着时间的推移，这个人还可能继续作案？”

林渐新点头道：“是的。当他内心的愤怒积聚到一定的程度之后，再次作案的可能性极大。所以，接下来我们实施钓鱼计划成功的可能性也就极高。”

曹能急忙问道：“那你觉得我们什么时候开始实施这个计划最好？”

林渐新想了想，道：“再等等，到目前为止，冷国华策划的这九起案件的心理逻辑还没有完全搞清楚。越是到这个时候我们就应该更加冷静，一定要等到时机成熟后再说。”

曹能疑惑地问道：“他的心理逻辑不是基本上都搞清楚了吗？”

林渐新摇头道："到目前为止，只能说是搞清楚了大部分：第一起案件，凶手针对的是曾经'下暴'过女儿的江心；第二起案件的作案对象是一名拐卖儿童的罪犯。凶手认为，如果不是女儿曾经被'下暴'，拐卖，他的婚姻也就不会因此破裂，妻子和女儿更不会视他为仇人。这九起案件的受害者中，除了第一起是凶手现实生活中真正的仇恨对象之外，其他的人都只不过是他幻想中的某个特定的人。不过很显然，凶手的这种仇恨的泛化，准确地讲，应该是从第三个受害者开始的。为什么这样讲呢？也许凶手非常想找到当年拐卖女儿的那个女人，可是这件事情做起来并不容易，于是才在幻想中选择了一个替代者。结果他发现从替代者那里一样可以让自己内心的愤怒得到充分发泄，一样可以让自己的复仇心理得到满足。于是，从第三个受害者开始，他就不再费心地去对自己真正痛恨的对象下手了。当然，或许这其中还存在着某些别的原因：比如他对卿若安真挚的爱，对妻子和女儿发自内心深处的内疚等。"

曹能点头道："有道理。那么第三个受害者代表的究竟是谁呢？"

林渐新回答道："现在看来，我最开始做出的凶手是以九起案件作为目标和计划的分析是错误的，因为当时我对这个凶手根本就不了解。而真实的情况应该是：由于某个事件导致凶手开始了他的第一次作案……"

"等等。"这时候曹能一下子就打断了他的话，"为什么非得要有某个事件才导致他开始作案？"

林渐新解释道："无论是心理还是精神性的异常，以及非正常行为的发生，都应该有一个产生，积聚，一直到最终爆发的过程。而最终的爆发也往往会存在着一个诱因，就如同炸药包的引线一样。对于这起案件的凶手来讲，我认为那个诱因不一定就是一件大事情，因为他内心的愤怒已经积聚到了即将爆发的程度，但有一点几乎是可以肯定的，那就是，那件事情在凶手看来极度地伤害到了他的尊严。"

曹能点头："明白了。你继续讲。"

林渐新继续道："在那个诱因之下，凶手开始了第一次作案。凶手要找到曾经'下暴'过他女儿的江心并不难，这根本就不需要去调查。当时他妻子去过江心的家，他应该知道，只要找到那个地方，然后实施跟踪就可以了。然后凶手查到了江心工作所在超市的电话，告诉江心说，他是曾经被她‘下暴’过的那个孩子的父亲，孩子现在的情况不大好，希望能够和江心见个面，让江心给孩子道个歉。或者是别的什么理由。总之，江心最后去了约定的那个地方，凶手趁其不注意的时候将她杀害，然后取走了江心的右手，因为就是那只手曾经伤害了他的女儿。这个过程并不重要，重要的是凶手在杀害江心和对江心的尸体施暴的过程中体验到了报复和肉体发泄的极大快感，于是就有了继续犯罪的强烈动机与渴望。”

曹能也赞同他的分析：“我也认为这样的分析更合理一些。凶手先确定九个准备杀害的对象，然后一一去实施，这种案件以前倒是发生过，不过凶手和被害人都是同一个村里的人，凶手曾经被那些人伤害，于是就拟订了一份杀人报复的计划。这个凶手的情况显然不同，他杀人、强奸并割走受害者的某个器官或者组织，具有明显的变态杀人特征。”

林渐新点头道：“是的。当凶手杀害了第二个受害者之后，他忽然就迷茫了，一时间不知道应该将报复的对象指向谁，但是内心的愤怒以及极度需要发泄的欲望却依然非常强烈，这时候他才将目标指向了一个发廊小姐。发廊小姐代表着什么？为了金钱不惜出卖身体的女性。在凶手的潜意识中，所有对不起他的女人都属于这个范畴。所以，他通过与那个小姐性交，然后将其杀害，从中也一样获取到了极度的快感。而正是在杀害了这第三个受害者之后，他的目标指向才变得明确了起来。到目前为止我的分析是，第四、第五个死者分别代表的是卿若安和她母亲，第六和第七个受害者分别指向的应该是罗冬梅母女，不过那个记者和中学生身份的受害者在凶手心中的指向到现在还不清楚。此外，凶手割掉发廊小姐的乳房究竟是因为什么，到目前为止也还并不是十分清楚。”

曹能看着他：“并不是十分清楚？意思是说，你大概有了某种想法？”

林渐新点头：“是的，我觉得答案很可能就在卿若安那里。”

曹能也点头，说道：“极有可能。还有一个问题：既然第八个被害者代表的是冷丁丁，凶手可是她的父亲，为什么也一样对死者……冷国华不会变

态到那样的程度吧？”

林渐新笑了笑：“我知道你一直想问我这个问题。其实一直以来我都怀疑当年冷丁丁的离家出走，并不仅仅是因为江心‘下暴’。有一点我们应该看到，在冷国华的内心深处，罗冬梅是根本配不上他的，是因为年龄和家庭以及社会观念才让他不得不选择了结婚。对于冷国华来讲，他与罗冬梅根本就没有任何感情可言，正因如此，在结婚之后他才将自己彻底封闭了起来。在家里，他就是一个独立的个体，老婆和孩子似乎根本就和他没有任何关系。冷国华在监狱里面生活了三年，竟然将一本厚厚的牛津词典全部都背了下来，由此可见，他很可能对自己也是充满崇拜的。心理学家研究发现，一般来讲，具有心理或者精神异常，夫妻关系不协调，性格孤僻、极度缺乏安全感和责任感等特征的男性，往往容易出现非正常心理与扭曲行为。此外，这个凶手虽然在作案的过程中沉浸于幻想，却依然能够分得清现实与虚幻。由于他与妻子离婚多年，发泄的欲望非常强烈，既然受害者已经成了他手上的猎物，岂有随便就放过的道理？”

曹能的眼睛一亮，问道：“你的意思是说，凶手在作案的过程中是存在着清醒意识的？”

林渐新点头：“当然。他的目的性如此明确，切割受害者尸体的过程有条不紊，这些都充分可以说明。”

曹能欣慰地说道：“太好了！死了那么多的人，如果到时候以精神病为由免于刑事诉讼，死者的冤屈又将去何处报？”

林渐新这才明白他思考的竟然是这样一个问题，心里也不禁感叹，说道：“现在我们首先要做的就是要获取他的犯罪证据，否则的话，一切都是空谈。”

曹能深以为然：“那就拜托你了。对了林医生，我们家欣然从那以后好像真的变了个人似的，不但特别喜欢做家务，而且还经常和她妈妈一起去逛街。林医生，谢谢你。”

林渐新微微一笑，说道：“她的问题算是暂时解决了，从今往后你们都要对她投入更多的关爱，这才是最重要的。”

曹能一下子就紧张起来，问道：“你的意思是说，她的病情还有可能会复发？”

林渐新道：“不是复发的问题，而是从这件事情上已经说明你女儿的心理十分脆弱，其中的根本原因在于她从小就缺少父爱和母爱。现在她还很年轻，今后可能遭遇到的挫折肯定会有不少，而那些挫折就可能成为她心理或者精神方面新的问题的触发点。曹警官，现在你应该明白我的意思了吧？”

曹能急忙道：“以前那样的错误我们不会再犯了，现在我们也明白该如何去做了。”边说边轻轻拍了拍他的胳膊，“太感谢你啦，这份情我们都会记在心里的。”

林渐新笑道：“那么客气干什么？你还是先把我前面几次的机票报了再说吧。”

曹能大笑：“你呀……行，明天我就让季擎替你去把账给报了。”

林渐新郁郁地说道：“正缺钱啊，苏文让我去北京开心理诊所，这边的事情完了后就要开始忙那头了。”

曹能惊讶地看着他：“去北京？难怪你不愿意到我们这里来，原来是爱情的力量在起作用啊。”

林渐新苦笑着说道：“也不全然是那样，我是真的认为病人更需要我。曹警官，你现在应该更加理解我才是。”

曹能笑道：“和你开玩笑的。我们当然完全尊重你的想法，今后你就做我们的特聘顾问吧，我们的这个请求你千万不要再推托了。”

林渐新看着他：“我不是已经答应了吗？我明白了，早知道我就应该再提一些苛刻的条件才是，将补助什么的再提高一倍。”

曹能当然知道他这是在说笑：“那样也行，我把自己的那一份给你好了。”

林渐新瞠目结舌地看着他：“那我从今往后哪里还敢去你家里吃饭？嫂子肯定会拿扫帚抽我。”

曹能禁不住再一次大笑起来。

第二天一大早鲁伟就给林渐新打来了电话，抱歉地说道：“林医生，实在有些抱歉，我们家那位昨天晚上回来后身体忽然不大舒服，你看这……”

林渐新这才意识到自己在头天犯下了一个错误。很显然，这是卿若安的母亲在与女儿取得联系之后出现的新情况。林渐新想了想，道：“没关系，昨天我已经去拜访了你岳母，事情已经搞清楚了，当年就是冷国华单相思，结果被你岳母臭骂了一顿，他一时间想不通才对你做了那件事情。鲁先生，你岳父母一直没有告诉你这件事情，就是怕你多心。实在对不起，因为我的调查将这些陈年旧事给翻了出来，希望你千万不要介意才是。”

鲁伟沉声问道：“意思是说，我妻子也知道这件事情，只不过她和她父母一直都在瞒着我罢了。是不是这样？”

刚才林渐新心里就在想，昨天自己去拜访了卿若安的父母，这件事情肯定会引起鲁伟的猜测，想来他刚才主动打电话也是为了能够从中探听到些什么。他果然是一个多疑的人。不过这也完全能够理解，毕竟妻子的事情涉及一个男人的尊严。也正因如此，林渐新才不得不将大致的情况告诉了他，作为心理医生，他非常明白一点：夫妻之间矛盾的根源很多时候就是因为隐瞒。

此时，当林渐新听到鲁伟这样问自己的时候一下子就笑了起来：“鲁先生，想必在你的身边暗恋你的漂亮女性也不少吧？这样的事情你都会告诉你妻子吗？无论是暗恋还是单相思，说到底就是另外一个人单方面的事情，你说是不是？鲁先生是大企业家，是有大格局的人，想必不会在这样的小事情上去和自己的妻子斤斤计较吧？”

电话那头的鲁伟耸然一惊，道：“林医生真是一个有大智慧的人，想不到我鲁某人到了这样的年纪还差点儿犯下了如此低级的错误。谢谢你的提醒，林医生。”

林渐新依然笑道：“我倒是觉得可以理解，这也同时说明你和卿老师伉俪情深，关心则乱嘛。鲁先生，就这样吧，案子的事情请你务必保密，不过为了安全起见，最近你最好还是加强一下对家人的保护为好，包括你岳父母。”

鲁伟真挚地说道：“谢谢你的这个建议。正好我两天后要去澳大利亚，到时候把他们一并带上就是。林医生，等你手上的事情了结之后我一定登门拜访，到时候当面向你请教一些重要的问题。”

林渐新哈哈大笑：“做生意的事情我可不懂，到时候我们还是‘风花雪月’吧。”

鲁伟也大笑：“好，那就这么说定了。”

电话挂断后，林渐新沉思了片刻，给曹能打去电话说道：“请你与师范大学的校长联系一下，以他的名义请卿若安到学校去一趟，我和她就在那里见面。”

曹能也没有问为什么，连声答应着就安排去了。

师范院校位于大学城，距离主城十多公里。前些年大学扩招，于是在全国各地诞生了大学城这样一个新生事物。眼前的这所师范大学的校门看上去很是气派，门前立有一块巨大的石柱，上面镌刻着“学高为师，身正为范”几个大字，字体隽秀工整，林渐新看了后肃然起敬。

警车进入到校园里面，林渐新吩咐季擎将车停在距离校门不远处的停车场：“我们走几步路。”

这座校园的建筑都是白墙蓝瓦，里面的绿化也清新盎然，处处透出书香。学校已经放假，里面很是清静，林渐新非常喜欢这样的风格，不住地赞叹：“真是不错……”沿着校园里面的马路走了几分钟，他看了看时间，遗憾地说：“时间差不多了，我们直接去行政楼吧。”

按照曹能的吩咐，师范大学的校长以临时商谈重要工作的借口请卿若安回到了学校。卿若安当然只能即刻前往，不过心里还是有些犯嘀咕：宣传部是党委在管，校长叫我去谈什么工作？

由于季擎驾驶的是警车，而且又稍微提前了点时间出发，两个人到了校长的办公室后等候了几分钟卿若安才到。当校长介绍林渐新的时候，卿若安的脸色一下子就变了，转身就往外走。林渐新没有想到她在校长面前也会这样，急忙叫住了她：“鲁太太，请留步，我是为了化解你和鲁伟的婚姻危机

而来，请你务必相信我，我并没有任何恶意。”

卿若安愣了一下，却依然直接走了出去。林渐新急忙追赶上去，在她身后大声道：“在来这里之前，鲁伟特地给我打了一个电话，难道你就不想知道他都说了些什么吗？”

她终于再一次停住了脚步。林渐新朝她走了过去：“虽然现在我是在替警方工作，但我同时也是一名心理医生，请你务必相信我的诚意。”

卿若安转身看了他一眼，似乎极其艰难地做出了一个决定：“好吧，那请你到我的办公室来。就你一个人。”

林渐新点头：“行。”这时候他才想明白卿若安为什么可以连校长的面子都不给——以她的身份，其实根本就不用上班，只不过是她内心深处的独立意识以及鲁伟的豁达，才让她继续留在这所高校工作，她以四十多岁的年龄走到正处级的位子，其实是一件非常正常的事情。所以，在有些事情上她不用看校长的脸色，实在不高兴了直接走人就是。

卿若安的办公室在楼上二层，也许是为了避免尴尬，她选择了从楼梯步行。林渐新跟在她身后，发现这个女人虽然已经四十多岁，但身材依然保持得非常好，而且刚才见面的时候也发现她的容貌和年轻时比变化并不是特别大，只不过是在曾经美丽的基础之上增添了些雍容与贵气。她是一个善良的女人。即使刚才她展示出了愤怒，也并不影响林渐新对她最基本的判断。是的，在这件事情上林渐新的做法是有缺陷的，虽然是迫不得已，但卿若安在面对自己的隐私很可能被揭穿的情况下只是选择了转身离去，而不是责怪甚至口出恶言，这就是善良。

卿若安打开了办公室的门，里面干干净净，清爽淡雅。待林渐新进去后，她转身关上了房门：“请坐吧，我身体不大舒服，有什么事情请尽快讲完，我还要回去休息。”

她的语气有些冷淡，但声音却是那么的柔和动听。林渐新知道，她刚才的话只不过是为了呼应她在丈夫面前时的借口罢了，因为从她的脸色根本就看不出一丝一毫生病的迹象。林渐新说了声“谢谢”，坐下后就直接说道：“想必你已经知道，我们正在调查冷国华这个人，但是你并不清楚我们为什么要调查他。鲁太太，不，在这个地方我应该称呼您‘卿部长’才是。现在我就直接告诉您吧，根据我们目前所掌握的情况来看，冷国华很可能就是两年前那起连环杀人案的凶手。”

卿若安的脸色一下子就变得苍白起来：“什么？这怎么可能？”

林渐新看着她：“这是事实，而且这件事情到目前为止还处于保密状态。正因如此，我们昨天才特地去拜访了您的先生和您的父母，因为我们要搞清楚冷国华选择那些受害人的心理逻辑究竟是什么。”

卿若安魂不守舍地在那里喃喃自语：“这怎么可能……”林渐新咳嗽了一声：“卿部长，您在听我说吗？”

卿若安这才清醒了些：“嗯，我在听，你继续。”

林渐新继续道：“至于案情的具体情况我暂时还不能多讲，不过很显然，昨天我去拜访你父母的事情让你的丈夫生出了疑心……”随即，他就将早上与鲁伟的通话情况都讲了出来，“鲁太太，现在你丈夫虽然已经释怀，但作为你来讲，在处理这件事情上面还是存在着很大问题的，虽然我还没有结婚，但我认为夫妻之间应该相互信任，有些事情是不应该隐瞒的，不少的夫妻也正是因为如此才最终造成了婚姻的破裂。也许你以为有些事情永远都不会被别人知晓，但这个世界上的很多事情就是这样，它总是在朝着我们担忧的方面发展，心理学上将这样的趋势称为墨菲定律。是的，如果冷国华不出事情，也许有些事情就如同你以为的那样永远被密封起来，但问题是，天网恢恢，疏而不漏，他做的那些事情总有被人发现的那一天。鲁太太，你觉得呢？”

卿若安的脸色依然苍白，嘴唇颤抖着，估计是因为林渐新刚才透露出来的消息让她太过震惊，她迟疑道：“可是，可是我真的不知道他……”

林渐新点头：“你当然不知道他所做的那一切，否则你早就报案了。其实我知道，你是一个心地善良的女人。当年他因为伤害你丈夫而深陷牢狱之灾，也许是这件事情让你觉得很对不起他，毕竟他喜欢你这件事情并没有错，所以当他出狱后你才给他提供了许多的帮助。鲁太太，情况是不是这样的？”

卿若安惊讶地看了他一眼，点头低声道："是的。我是觉得他太可怜了。"

林渐新依然在看着她："现在我们想知道有关这个人的所有情况，请你一定如实告诉我，好吗？"

卿若安毕竟是高校的宣传部部长，有着最起码的法律意识和政治觉悟，在这样的情况下，也就只能毫无保留地讲出她所知道的一切……

第十二章

疯狂单恋

卿若安高中的时候学的是文科，后来考上了一所外地的师范大学。当时冷国华也在这所学校就读，不过比她高一个年级。卿若安进校后不久就和前来找老乡的冷国华见了面，结果冷国华一见到她惊若天人，随后对她发起了猛烈的攻势。可惜的是，卿若安早就心有所属，心里一直喜欢从小一起长大的鲁伟，而且那还是她的初恋，所以对冷国华的追求根本就无动于衷，而且从一开始就告诉了他自己已经有了喜欢的人这个事实。

然而，痴情的男人是很难被说服的，因为幻想会让他觉得自己的机会依然存在，就如同大多数痴情者一样，冷国华对卿若安说："只要你还没有结婚，我就还有机会。追求你是我的自由，同不同意是你的自由。"

卿若安不胜其扰，但是又实在厌恶不起这个人来，毕竟他对自己是一片真心，而且长得也还算阳光帅气。后来卿若安想到了一个办法：她给鲁伟打了一个电话，说非常想他，让他在国庆节的时候一定去学校看她。

国庆节的时候鲁伟真的去了，身上的军装让他看上去英武非常。就在那所校园里面，卿若安大方地挽着他的胳膊，亲热地依偎在他的身侧，两个人徜徉于被秋色浸染得非常美丽的校园之中。其实卿若安知道，除了冷国华之外，学校里面还有好几个男生对她心存爱意，她的这番做法，说到底就是为了让人们知道她这朵名花早已有主。

国庆节七天假，鲁伟在那座城市里面待了五天。他和卿若安两个人一起在学校的饭堂吃饭，在学校旁的电影院里面一起看电影，中途还去了那座城市的几处景点。然而从一开始卿若安就感觉到一直有人在跟踪她和鲁伟，可是每次转身去看的时候却什么都没有发现，但是被人跟踪的感觉却始终挥之不去。后来在第三天她和鲁伟去动物园的时候，两个人刚刚买完票朝里面走了很短的一段距离之后，她借口说发卡掉了，转身就朝动物园门口跑去，这才发现正在排队买票的冷国华。

那一刻，卿若安的心里真是五味杂陈，难受得差点儿流下眼泪。但是她并没有将这个情况告诉鲁伟，她认为没有必要，而且她更希望冷国华能够因此知难而退。

然而，冷国华却并没有因此放弃对她的追求，以至于到后来卿若安不得不屏蔽了他的电话号码。

三年后，冷国华大学毕业前夕，他跑到卿若安所住的宿舍楼下一直候着，后来终于等到了她，冷国华对她说："我会等你，一直等你。"

那一刻，卿若安的心一下子软了，柔声说道："你真的不要等我了，没用的。我和他从小一起长大，这样的感情是任何人都分不开的。你还是尽快找一个自己喜欢的人吧。"

冷国华摇头道："不，这辈子我唯一喜欢的人就只有你。即使你结婚了，我也一样会等你，一直等到你老了，等到你的那个他最终离开你的时候。"

这时候卿若安忽然笑了："万一我比他先走呢？"

冷国华摇头："现在的男人都喜新厌旧，总有一天他会厌弃你的。而我不会，这一辈子我就喜欢你一个人。"

当时正处于热恋中的卿若安哪里听得这样的话？她的脸色一下子就变了，终于第一次狠心地对他说了一句："你这个人太让人厌恶了！"说完后就再也没有看他一眼，转身离去。

“从此以后我就再也没有见到过他，一直到他从监狱里面出来。可是在我和鲁伟结婚前不久，我妈妈告诉我冷国华找到了我们家里，还说了些疯言疯语，当时我听了特别生气，可是又毫无办法。再后来，我听说他竟然在大庭广众之下伤害了鲁伟，那时候我才知道这个人已经很不正常了，可是妈妈告诫我千万不要让鲁伟知道我和冷国华的事情，因为男人容易多疑，那样的话会造成许多不必要的麻烦。”说到这里，卿若安幽幽叹息了一声，“我一直在想，这个世界上怎么会有这样的人呢？”

得不到，放不下，于是便产生出执念。这其实也是强迫症的一种表现，主要表现为在感情上的自我强迫。林渐新在心里叹息了一声，问道：“后来呢？”

卿若安的脸微微红了一下，说道：“后来就是三年之后了。有一天我从学校出来，正好看到他站在学校的大门外边，当时我的心里虽然难受了一下，但还是假装没有看到他的样子，因为我知道，像这样的人一旦被他给黏上了，就再也难以脱身。可是他已经看到我了，直接就朝我跑了过来……”

“若安，这里，是我，我是冷国华啊。我从那里面出来了。”冷国华跑到卿若安的面前，大声地、激动地对她说道。

卿若安避无所避，冷着脸说道：“你来干什么？”

冷国华却对她的冷若冰霜熟视无睹，满脸兴奋地说道：“我从那里面出来了啊，就是专门来告诉你一声。”

卿若安再也忍不住愤怒：“你当时伤害的可是我丈夫，难道你忘了？你跑来告诉我这个干什么？！”

冷国华仿佛这时候才想明白这个问题，搔弄着头发，尴尬地问道：“他……他对你还好吗？”

这一刻，卿若安的心一下子就柔软了下来，她忽然发现眼前的这个人其实并不坏，反而单纯得像个孩子似的。更何况这么多年来他一直对自己一往情深，而且也是因为自己而进了监狱。那一刻，卿若安发现自己无论如

何都恨不起这个人来，轻叹了一声，对他说道：“我们去旁边的咖啡厅坐会儿吧。”

卿若安态度的骤然转变让冷国华欣喜若狂，不住点头道：“好，好。我都听你的。”

学校旁边的咖啡厅主要是面对学生，里面的环境很一般，进去后卿若安就有些后悔了，她担心被人看见惹出不必要的是非来，同时暗暗责怪自己刚才的心软，不过已经进去了，也就不好再多说什么，找了个靠里面的位子，随意要了两杯咖啡。

“当年你为什么要干那样的事情呢？”两个人坐下后，卿若安轻声责怪道。

冷国华咧嘴笑了笑，说道：“我不后悔。”

卿若安的心里更是难受：“你都多大了啊，怎么还干那样的傻事呢？”

冷国华道：“其实那天我没有想到要去伤害他的，当时他从车上下来，斜着眼睛看了我一眼，于是我就没有忍住……”

卿若安认为他在撒谎：“胡说，他根本就不认识你！你手上的刀是从哪里来的？明明是你早就计划好了要去对他动手的。”

冷国华急忙道：“我说的都是真话啊，我是恨他，也一直想对他动手，所以身上一直带着那把刀。但更多的时候我只是在心里想，其实还是有些害怕。那天也不知道是怎么的，就是他当时看我的那个眼神太让人生气了。”

那一刻，卿若安再一次感觉到这个人的不正常，心里也就更加难受，她认为这一切的根源其实还是她。她轻叹了一声，问道：“你找到工作了吗？”

冷国华回答道：“暂时还没有。以前有点存款，没事就在家里玩玩游戏什么的。”

卿若安怜惜地看了他一眼：“这怎么行呢？你那点存款总有花完的时候，今后又怎么办呢？”

冷国华却满脸轻松的样子，说道：“我在那里面待了三年，没有什么事情干，就把一本原版的牛津词典给背了下来。今后我可以翻译一些国外的文章投稿，养活自己应该没有问题。”

他真是太单纯了。卿若安在心里叹息着，想了想后对他说道：“我认识一家专门出版国外畅销书的公司老总，我给她打个电话，到时候你直接去找她吧。从今往后你再也不要来找我了，我也不想见你。我的家庭很幸福，如果你是真的喜欢我，就不要再来打搅我的生活了，算我求你了，好不好？”

这时候冷国华一下子就流下了眼泪，哽咽着点头道：“好，我答应你。”

大约过了一年多，冷国华真的就没有再去找她了。其间，卿若安那个做国外畅销书出版的朋友倒是给她打了个电话，说冷国华翻译的小说很不错，夸他很有那方面的天赋。卿若安也替他感到高兴。

可是令卿若安没有想到的是，有一天冷国华会直接跑到她的办公室去。当时正是上班时间，办公室里面还有别的工作人员，他却旁若无人般大声对她说道：“若安，我要结婚了。”

卿若安暗暗松了一口气，说：“好呀好呀，祝贺你呀。”

这时候他的脸一下子就苦了下来，说：“可是我一丁点儿都不喜欢她。你说我该怎么办？”

办公室其他的人倒是很知趣，都纷纷找了个借口离开了。卿若安觉得很别扭，不过还是耐着性子劝他道：“感情是慢慢培养起来的，既然你已经决定和人家结婚了，那就应该对她负责。你说是吗？”

冷国华的嘴唇动了动，说道：“可是我，我心里还是……”说到这里，他的目光一下子就变得炽热起来。卿若安吓了一跳，脸色一下子就变得冷若冰霜：“你走吧，我马上要开会了。”她即刻就站了起来，“今后不要再来找我了，我一点都不想看到你现在这个样子。”

冷国华却没有马上离开，哆嗦着问道：“我结婚……你来吗？”

如今卿若安算是对他有些了解了，知道自己不能给他好脸色看，摇头道：“我忙得很，最近要和我爱人一起出国。”说着，从钱包里面拿出一些钱来朝他递了过去，“这是我的礼金，算是祝贺吧。”

冷国华没有伸出手去接，转身落寞地离开了。

“后来他结婚你去了吗？”林渐新问道。

卿若安摇头："开始我还是准备去的，不过最终还是说服了自己。这个人太痴情，痴情得不可理喻，我是已经有家庭的人了，不能让他再产生出丝毫的念头。"

林渐新又问道："那么，你结婚的时候他来了吗？"

卿若安摇头："不知道，那天来参加婚礼的人特别多，反正我没有看到他。"

林渐新想了想，问道："你们结婚的场景有录像是吧？现在还保存着吗？"

卿若安点头："有的，后来还有人传到了网上。不知道现在网上还有没有。"

冷国华很可能去参加了婚礼，只不过是躲在某个角落，或者是从网上看到的。当时的场面肯定非同寻常，冷国华的心理也因此受到了极大的刺激，否则他不可能萌生出要去杀害鲁伟的想法。当然，那是一种病态的疯狂。不过正如他自己所说的那样，那只不过是一种幻想。也许当时他正处于幻想与现实的交织之中，而鲁伟的意气风发、无意中透露出的傲慢正好刺激到了他那根最为敏感的神经，他也因此失去了最后一丝理智。

失去理智的代价是三年的牢狱生活，可是这个人并没有因此而后悔。卿若安错了，这个人的问题并不仅仅是痴情，而是在心理上早就出了问题。也许，他的问题和童年时的经历有关。

林渐新道："如果可以，我想看看你们结婚时的录像。"

卿若安诧异道："你为什么要看那个？"

林渐新叹息了一声，解释道："我想站在冷国华的角度去感受一下他当时的心境。"

卿若安"哦"了一声，忽然轻声问道："那起连环杀人案真的是他做的？"

林渐新点头。

卿若安的眼泪下来了："他……怎么会变成那样呢？"

林渐新道："我来找你，也是想知道其中的原因究竟是什么。后来呢？后来你和他之间又发生了些什么？"

冷国华结婚后将所有的精力都投入到了国外畅销作品的翻译中，中国的人口基数非常大，做任何一行只要稍有成就，在收入上就应该不错。据卿若安的那位朋友讲，冷国华翻译的作品给她的公司带来了很好的效益，所以公司也提高了他的稿费。卿若安虽然不希望冷国华再像以前那样去纠缠她，但还是暗暗关注着他的事业，只要是他翻译的书籍，都买回来阅读。她惊讶地发现，这个曾经学物理的师范生竟然真的在文学上很有天赋，翻译出来的作品不但毫无生涩之感，而且极具文采。

在后来的数年中，卿若安从普通科员到科长、副处长。鲁伟也从部队转业接手了他父亲的公司，成天在外面忙碌。公司的规模逐渐扩大，终于成为一家大型的上市公司。时间就这样快速地过去，曾经发生过的那一切仿佛就在昨天，就当卿若安觉得自己几乎已经将冷国华忘记的时候，想不到这个人再一次出现在了她的面前。

“我离婚了。”他告诉卿若安，脸上没有沮丧，没有痛苦，却带着兴奋。

卿若安愣了一下，吃惊地看着他：“为什么？”

他说：“我们的孩子丢了，她把所有的责任都归在我身上。”

卿若安看着他：“那么，你究竟有没有责任呢？”

他说：“我很忙，没时间去管孩子的事情。”

卿若安觉得这个人有些不可思议：“孩子找回来了吗？”

他摇头。

卿若安又问：“你去找了吗？”

他怔了一下，回答道：“这天底下那么大，我上哪里去找？”

卿若安没想到这个人对自己的孩子竟然冷血到如此地步，转而又想到他对自己的痴情，忽然间竟感到不寒而栗，冷着脸对他说道：“如果我是你妻子，也会和你离婚的。你这样的人根本就不适合结婚。你走吧，我真的不想再看到你了，你就是一个自私自利、毫无责任感的人。”

他急忙申辩：“我不是那样的人！我……我……”

卿若安指着办公室的外边：“请你马上离开，否则的话，我就叫保

安了。”

也许是他从来没有见到过卿若安如此毫不留情般的愤怒，嘴唇动了动却没有再说出话来，然后就讪讪地离开了。

“后来每当我想起这件事情就觉得很可怕，他怎么会是那样的一个人呢？”卿若安若有所思道。

林渐新看着她，问道：“难道你一直都没觉得他的心理和精神上都存在着问题吗？”

卿若安摇头道：“我是觉得他有些问题，感觉他做的每一件事情都很奇怪，也许是后来他翻译的小说影响到了我，他的文字充满着灵性而且极具才华，我实在无法相信像他那样的一个人，心理或者精神上存在着问题。所以，我觉得他只不过是太过单纯，最多就是缺乏责任心。”

林渐新暗忖：是啊，身在其中的人往往就是这样，而且这个女人确实非常善良，她总是用善意的内心去揣摩，用友善的目光去看待对方的一切。林渐新问道：“你当时真的感到了害怕？”

卿若安点头：“是的。而且我暗自庆幸自己的丈夫不是像他那样的人，否则的话，我这辈子一定是一场噩梦。”

也就是说，她的内心曾经还是有过动摇，也许那只是一种潜意识，所以她并不自知。如此的话，她和冷国华在后来一定还有别的故事。林渐新不置可否地点了点头，问道：“那么，再后来呢？”

三年前的那个春节后，学校刚刚上班，冷国华就再一次出现在卿若安的面前。虽然一直以来卿若安都不是特别待见他，但作为女人，不可能做到将一个追求自己的人拒之门外，而且随着岁月的流逝，或许在卿若安的心中早已把他当成了朋友。

“我不想活了。”这一次，冷国华和她一见面就沮丧着脸，落寞的样子让人怜惜、心痛。卿若安看着头发和胡须都已经花白的他，内心顿时升起一股柔情，轻声问道：“你这又是怎么了？”

冷国华只是摇头叹息，这让卿若安在那里看着着急：“你这人，究竟是怎么了？有什么事情就先讲出来，想办法解决不就可以了？你一个大男人，要死要活的干什么？”

冷国华依然叹息着，说道：“也没有什么事情，我就是觉得活着没有什么意思。当年我女儿丢了，不过后来她又自己跑回来了，但是她根本不愿意认我这个父亲，每次看到我就像看到仇人一样。给她零花钱也不要，每次看到我就躲。我都活了大半辈子了，仔细想来好像没有一件事情是顺心的，像这样如同行尸走肉般活着还不如死了的好。”

卿若安看着他，也叹息着说道：“早知今日又何必当初？如果以前你对孩子多关心一些，又何至于像现在这样？不过现在你后悔还来得及啊，你才四十多岁，孩子还不大，这人心都是肉长的，从现在开始你多去关心她也还来得及啊。”

冷国华不住摇头道：“来不及啦。这一切都是她妈妈教唆的，那个女人本来就素质差，和我离婚后一直恨我。现在想起来人这一辈子真是没什么意思……”

卿若安急忙道：“过去的事情就让它过去好了，你现在做翻译的收入还不错，应该也认识那个圈子里面的不少人，重新去找一个志同道合的也还来得及。你才四十多岁，对一个男人来讲正是年富力强的时候，你说是不是？”

冷国华摇头道：“不再找啦，现在我终于明白了，没有感情的婚姻就是一场灾难。这辈子我不会爱上别的人了，这就是我的命。”

卿若安最害怕的就是他说这样的话，这样的话会让她感到内疚，而且无所适从，所以，每一次在这样的情况下她都只能冷下脸来。然而这一次和以前不一样，也许是人过四十，也可能还因为别的，卿若安柔声道：“你这又是何苦呢？人这一辈子很短的，还是找个合适的人好好过日子吧。”

冷国华苦笑了一下，说道：“若安，我并没有别的什么意思，只是最近心情极度糟糕。如果你有空，我想请你吃顿饭，一是想和你好好说说话，还有就是想感谢你这些年来对我的帮助，如果不是你，也许我现在的生计都成

问题。若安，请你千万不要拒绝，好吗？”

卿若安心想：毕竟现在大家都是四十多岁的人了，很多事情都已经成为过去，不管怎么说，他如今的状况还是和自己有一些关系，吃顿饭倒是没有什么。于是也就没有反对。

冷国华高兴极了。这时候就听卿若安说道：“不过我有一个条件，那就是从现在开始你不要再胡思乱想了。”

冷国华不住点头：“好，我保证不再胡思乱想了，一定好好活着。”

“这就是我和他最后一次见面。”卿若安说道，然后就看着林渐新。然而就在此时，林渐新已经注意到她脸上骤然出现的微红，而且身体也一下子坐直了。前者很可能是因为接下来的事情羞于说出口，而她后面的身体语言却表示出“到此为止”的意思。

林渐新抱歉地说道：“虽然我知道有些事情你不大便于说出口，但是到目前为止，我们还并没有完全搞清楚他在那起连环杀人案中的心理逻辑，比如说第三个受害者，凶手为什么在杀害她之后要割去她的乳房？因此，你向我们提供的有关他的每一件事情都是非常重要的。”

卿若安摇头道：“你是心理医生，你应该明白，这样的事情对我来讲实在是太残忍了。”

是的，无论是冷国华杀人的事实，还是让她去回忆有关那个多年来一直痴情于自己的男人的点滴，都是非常残忍的事情。林渐新点头道：“我完全能够理解你此时的心境。不过你想过那九个受害者没有？她们都是年轻漂亮的女性，却都被他残忍杀害，强奸，还割掉了她们的某个器官。像这样的人，如果继续让他逍遥法外，且不说那些死者难以瞑目，对整个社会来讲也依然是一颗定时炸弹啊！此外，你知道他杀害的第四、第五个受害者针对的是谁吗？是你和你母亲，他割掉了代表你的那个受害者的鼻子，因为你的鼻子非常好看，也许这正是他对你一见钟情的主要原因。他因此而感到愤怒——如果你没有那么漂亮的鼻子，他就不会在第一次见到你的时候被你彻底吸引，也就不会有后来这大半辈子的痛苦。他割掉了第五个受害者的嘴唇，因为当初你母亲曾经用非常刻薄、恶毒的语言辱骂过他，你母亲的那些话深深地伤害了他的自尊，剥夺了他最后的希望。”

关于这起案件，媒体上曾经有过报道，卿若安当然知道其中一些细节，但是她万万没有想到的是这起案件竟然和自己如此紧密相关。是的，她的鼻子长得特别好看，就连鲁伟都不止一次这样讲过，而且很多时候他和自己亲热的时候都禁不住要去亲吻它。还有冷国华……

这一刻，卿若安的脸色再一次变得苍白起来，身体也开始战栗起来，那是因为她在忽然之间从心底里涌起了一股寒意，那是发自骨髓之中的恐惧……

“我得去我父母家里一趟，有人送了些腊肉香肠，他们喜欢吃。”看了看时间，发现距离晚餐还有些时候，卿若安对冷国华说。

冷国华完全沉浸在了极度的喜悦与幸福当中，这可是几十年来梦寐以求的难得可以单独和她在一起的机会，他当然不会有任何的异议，说道：“我陪着你一起去。”

卿若安心里坦荡，也没有多想什么，问道：“你开车没有？”

冷国华摇头：“我没有买车，整天都待在家里，买那玩意儿干什么？”

卿若安道：“我觉得你还是应该多出去走走，这样对你也有好处，见的世面多了，心里也就开阔了。如果你身上的钱不够，我可以借你一点儿。”

冷国华道：“我就喜欢待在家里，不喜欢和别的人接触。就这样挺好的。”

卿若安倒是开了车，一辆白色的宝马轿车。冷国华上车后感到有些拘谨，也许这是他第一次感觉到自己与她之间的巨大差距。一直到卿若安将车开出了校园，他才赞叹道：“你这车真漂亮。”

卿若安本可以开更好的车，不过她毕竟是在高校工作，所以也就不好太过张扬。对于冷国华这样的赞叹并没有在意，说道：“现代人学会驾驶是一项最基本的技能，你整天把自己关在屋子里面，慢慢地就会和这个社会脱节的。”

冷国华忽然觉得她的话很对，点头道：“那我就去买一辆吧，你觉得我买什么车好？”

卿若安笑道：“那得看你自己的喜好，还有你的经济实力。你问我干吗？”

冷国华问道：“你这辆车多少钱？”

卿若安回答道：“这是一辆七系的宝马，最高配置的，两百多万吧。”

冷国华吓了一跳，瞪大着眼睛道：“这么贵？可以买一套不错的房子了。”

卿若安笑了笑不说话。在学校里面也有不少人用这样的眼神看她和她的这辆车，她早已习惯了人们这样的目光，还享受着自以为傲的优越感。是的，她一直以来都认为自己是一个幸福的女人，因为当初选择了一个自己深爱的男人，而且这个男人的家里非常有钱，人生如此，还能再去奢求什么呢？

冷国华不再说话，倒是卿若安因为心情不错主动找到了一个话题：“你翻译的小说我都看了，真的很不错，想不到你这么有才华。”

也许是刚刚受到打击的自尊心又重新回来了，冷国华笑道：“大学的时候你从来都没有注意过我，那时候我还是文学社的社长呢。”

卿若安诧异地问道：“是吗？难怪……我看得出来，你是一个喜欢读书的人。”说到这里，她心里禁不住就想：这个人这么痴情说不定就是因为读书读傻了。

冷国华兴高采烈，开始滔滔不绝地讲述他大学时期在文学社里面的那些趣事，随后又讲他在翻译过程中对某些精彩词句如何信手拈来，到后来就成了他一个人在那里滔滔不绝，卿若安反倒成了听众。

到了卿若安父母家楼下之后，冷国华说帮她将东西提上楼，这时候卿若安才忽然意识到自己和这个人在一起很容易引起父母的误会，急忙说道：“你就在这里等我会儿，我马上就下来。”

然而事有遇巧，这时候卿若安的父母正好从外面买东西回来，一下子就看到他们两个人在那里亲热地说着什么。卿若安的母亲吓了一大跳，跑过去一把将女儿拉到一旁，质问道："你怎么和这个人在一起？"

卿若安从小被家里娇惯，如今虽然四十多岁的年纪了反而逆反："我怎么就不能和他在一起？我们又没干什么坏事情，大家以朋友相处不可以啊？"

卿若安的母亲又急又怒，低声道："你疯了吗？鲁伟知道了的话怎么得了？"

卿若安生气地说道："你们不去告诉他，他怎么会知道？好了，不说了，我还有事情呢。有人送了我些年货，你们自己拿回去吧。"说完后就直接上了车，她看了一眼在那里发怔的冷国华，"上车啊，你在那里发什么呆？"

卿若安说到这里，林渐新终于明白她母亲为什么要说那样一句话了，原来是一场误会。也许后来卿若安跟她母亲解释过，不过老太太也并不一定完全相信。当然，老太太的怀疑仅仅存留在她的潜意识之中，除非是林渐新，其他的人不一定能解读得出来。

起初冷国华是打算随便找个地方请卿若安吃饭的，不过后来他忽然明白了人家一直都过着锦衣玉食的日子，于是就对她说："吃饭的地方你选，我买单。平时我很少在外边吃饭，不知道哪家的菜最好吃。"

卿若安想了想："那我们去江边吧，那里有家鱼庄，味道还不错。"

很快地，卿若安就将车开到了吃饭的地方。这家鱼庄临江，卿若安特地要了一个吊脚楼上面的雅间，雅间有些大，两个人坐在里面显得空落落的，不过很清静，外面的景色也很不错。

冷国华从服务员手上接过菜单的时候怔了一下，他没想到这地方的东西价格那么贵。卿若安注意到了他的异样，解释道："这地方卖的都是地道的野生鱼，所以价格稍微贵了些。"

冷国华急忙道："没事。"他在心里估算了一下，两个人这顿饭吃下来最多也就是几千块，当然还包括酒在里面，于是就狠了狠心，点了几个最贵的菜，还要了一瓶五粮液，"我想喝点酒，你陪着我喝点儿可以吗？"

卿若安摇头道："一会儿我还要开车呢。"即刻就看到他非常失望的表情，粲然一笑，说道，"那好吧，我陪你喝点儿，一会儿我叫代驾。"

菜的味道确实不错，鱼也没有一丁点儿泥腥味，在冷国华的记忆里，他似乎一辈子都没有吃过这么好吃的东西，可是卿若安随便吃了点之后就放下了筷子，笑着对他说："我怕长胖，所以晚上吃得比较少。你喜欢吃就多吃点儿，别管我。"

这么多年来冷国华每一次见到她都是小心翼翼的，生怕有什么事情惹得她不高兴，可是越是那样最终越是闹得不欢而散。此时听她这样一讲，冷国华顿感索然寡味又不好强劝她，于是就端起酒杯开始喝酒。

卿若安平时虽然很少喝酒，但是酒量还是有一些的，两个人将一瓶酒喝完后还基本上能保持最起码的清醒，而这时候冷国华却已经有些醉意了，他直勾勾地看着卿若安说道："若安，你怎么就那么好看呢？这么多年过去了，怎么还和我当初看到你的时候一模一样呢？"

卿若安扑哧一笑，说道："怎么会？我不也是四十多岁的人了？脸上都有皱纹了。"

冷国华目不转睛地看着她："哪来的皱纹？分明和你以前一模一样……若安，我……我想求你一件事情。"

卿若安没怎么在意，盈盈笑道："说吧，什么事情？"

冷国华忽然变得结结巴巴起来："若安，我……我想抱抱你。"

虽然卿若安感觉到他有了些酒意，不过那份痴情实在是令人感动，与此同时，多年来积聚在内心的愧意也让她不忍拒绝。她沉默了，未置可否。

冷国华虽然痴情、一根筋，但绝不愚蠢，此时见她如此，怎么可能不知道这就是一种默许？他猛然站了起来，手足无措间竟然打翻了碗筷，身体因为极度的激动而战栗不已，他朝卿若安走了过去，到了卿若安的身后，伸出双手将她轻轻抱住。他的身体战栗得更厉害了，全然没有注意到卿若安僵直紧张的状态。他将脸放在卿若安的秀发上面，轻轻摩挲着，嘴里说道："真好闻……若安，我永远都没有想到自己还有这样的福分，竟然能够像这样和你亲近，人生如此，夫复何求啊……"

他喃喃自语般的倾诉让卿若安的内心瞬间融化，身体也变得柔软。这时候冷国华却松开了抱着她的双手，颤抖着将她的脸捧起，站在她身后的冷国华从那样的角度痴迷地欣赏着她美丽的脸庞。卿若安的双眼紧闭着，长长的睫毛在颤动，她的这副模样在冷国华眼里简直是美艳不可方物，他竟然无法自控地俯下身去，亲吻了一下她正在颤动着的眼睑。

卿若安没有反抗，她的身体变得更加柔软了。近些年来，鲁伟为了公司的事情一直在外面忙碌，再加上孩子已经长大，夫妻之间有些事情慢慢变得淡漠起来，这一刻，卿若安内心的渴望一下子就被冷国华撩拨了出来，他的痴情和温情竟然让她浑然忘记了此时此刻所在何处，身体的渴望慢慢开始左右着她灵魂深处本能的欲望……

而此时，冷国华已然处于癫狂的状态，他的吻从卿若安的双眼滑到了漂亮的鼻子上面，久久不愿离去，而鼻子下面正微微张开着的嘴唇又似乎正在朝他发出邀请……

忽如而至的激情有如鸦片一样诱惑着卿若安的灵魂，让她一时间迷失了自己，直到她忽然感觉嘴唇处有些异样后才骤然清醒过来，而此时，她也才发现冷国华的一只手不知道在什么时候伸进了她的衣领，正在揉捏着她的一只乳房。那一刻，卿若安只感觉到脑子里面嗡的一下，无尽的恐慌、后悔以及罪恶感排山倒海般向她袭来。不知道从什么地方涌出的一股力量，使得她猛然间站了起来，转身就朝着冷国华一记耳光扇了过去。

冷国华被这突如其来的变故惊呆了："你，为什么……"

卿若安的眼泪流了下来，脸色苍白如霜："亏得我还一直同情你、帮助你，想不到你竟然是一个登徒子、流氓！"

她转身快速地离去，再也没有回头。

卿若安讲述完了。林渐新也因此明了了一切。那一记耳光，或许就是那起连环杀人案的触发点。

很显然，冷国华对卿若安的爱是执着的，而卿若安对他却只能报以同情，即使她差点迷失自己，但那也绝不是爱情，而是欲望本能的短暂流露，

不过最终她的理智还是战胜了欲望。

问题的根源还是在冷国华那里。因为他对卿若安的那份感情本来就有着病态的成分在里面，准确地讲，他对卿若安的爱虽然执着，但并不单纯，因为在他的潜意识里面，他是以“得到她”作为最终的幻想。正因如此，才有了那天晚上在鱼庄里面的那一幕。

卿若安的那一记耳光抽在冷国华脸上，最终却落在了他的灵魂之中。也许就在那一刻，他忽然明白：自己一直以为的那个高高在上的女神一样的卿若安，其实也并不是那么纯洁。难道不是吗？刚才我就差点儿得手了。她不过是为了鲁家的财富才拒绝了我。她其实就是一个贪恋金钱的女人！不过她真的很漂亮，她的鼻子太好看了，还有她那柔软乳房的美好感觉……

也许，当冷国华去结账的时候，账单上的数字也让他的内心产生了愤怒与鄙夷：我花这笔钱还是值得的，至少满足了我多年来的一部分愿望。

就在那一刻，多年来存在于冷国华内心深处的所有痛苦、思恋、幻想、不如意、耻辱、失败等情绪在骤然间积聚，纠缠和发酵，最终演变成剧烈的愤怒。于是，以复仇为名义，以发泄为目的，以占有为宣泄，以破坏为满足的杀人计划开始了。林渐新完全可以想象得到，当冷国华每一次侵犯受害者的时候，他的脑海里浮现出来的一定是卿若安那美好的样子，这是那天晚上他没有完成的续集。

卿若安讲述完了，她抬起头来问林渐新：“我究竟做错了什么？”

林渐新看着她，真诚地说道：“其实你并没有做错什么，不过有一件事情你没有做好，那就是不应该将那一切向你的丈夫隐瞒。因为你身处那样的情感之中，而你又过于善良，所以，你每一次与他的相见，其实就是对他的纵容，同时在给予他希望。”

卿若安的嘴唇动了动：“我……”

林渐新继续道：“我知道，你太过在乎自己的丈夫，在乎自己的家庭，所以你才害怕被误解，才使得你最终选择了隐瞒。这些我都能够理解你，而且我相信鲁伟也一样能够理解你，毕竟你和他拥有从初恋开始、经过多年考验的真挚感情。所以，你现在去告诉他，一切还来得及，鲁伟也在等着你。”

卿若安想了想，点头道："我明白该怎么去做了。谢谢你。"

林渐新微微一笑，起身道："我很想欣赏一下你们结婚时的场景，那场面一定非常壮观。"

卿若安也站了起来："我让人送到你那里。"说到这里，她的嘴唇动了动，欲言又止。

林渐新当然明白她想说什么，微微一笑："刚才我已经说过了，你并没有做错什么，一切的罪恶早就存在于冷国华的内心深处，最终爆发出来不过是迟早的事情。"

是的，林渐新不会告诉她那一记耳光很可能就是冷国华最终犯罪的激发点。他不能告诉她，那样做太残忍了，甚至可能会因此而毁掉她的整个后半生。

如果说冷国华的爱是一种错，那么卿若安的被爱却是无辜的。林渐新如此认为。

第十三章

婚宴录像

罗冬梅的家是一套两室一厅的房子，没有装修过，地上铺着廉价的地板胶，家具也非常普通，不过里面被收拾得干干净净，看上去每一个地方都整整齐齐。

“这房子不错。”林渐新坐下后说道。

罗冬梅有些不好意思：“太简陋了，和他离婚的时候分了点钱，那时候房价不是特别高，买了房后就没钱装修了。对了，你们一直没来，丁丁去她同学家玩了，我这就打电话让她回来。”

她很快就打完了电话，对林渐新和季擎说道：“就在附近，马上就回来了。”

林渐新问道：“丁丁读书，她父亲给钱了吗？”

罗冬梅摇头道：“离婚的时候他一次性给了一笔钱，其中也包括孩子今后的抚养费。那时候他手上的钱不多，基本上都拿出来了，所以后来就没有再找他要。”

孩子有很多事情隐瞒着她母亲。林渐新又问道：“丁丁每次回来她父亲都要去火车站吗？”

罗冬梅点头道："我也不知道他是如何知道孩子回家时间的，我问过丁丁，她说她也不知道。随便他去不去，孩子根本就不愿意见他。"

林渐新问道："孩子为什么不愿意见他？他毕竟是孩子的父亲啊。"

罗冬梅道："我根本就没有在孩子面前说过他的坏话，反正孩子就是不喜欢他。可能是因为从小到大他基本上不带孩子吧。"

林渐新在心里感叹：是生活的艰辛让她少了许多的敏感，于是对有些事情也就只能想当然了。林渐新点了点头，问道："孩子上大学的费用花费不少，你的工资够吗？"

罗冬梅苦笑了一下，回答道："我还兼职了一份工作，一个月还有好几千块钱的收入，基本上够用了。"

林渐新感觉得到，眼前这个女人接受教育的程度比较低，否则她当初也不会嫁给冷国华了。他诧异地问道："什么样的工作还有那么高的收入？"

罗冬梅回答道："给很多户人家做钟点工，每天上午、下午和晚上各一家，主要是做清洁，做一次八十块钱，一天下来有两百多块呢。"

林渐新顿时对她充满了尊敬：这是一位吃苦耐劳的母亲，她这一辈子的生活就只有两个字"艰辛"。而她所做的这一切全都是为了孩子。

两人正说着话，冷丁丁回来了。她的模样长得像极了冷国华，个子高高的，不过略显单薄。冷国华长得虽然帅气，但冷丁丁并没有遗传这一点，她看上去并不漂亮。

冷丁丁有些紧张，进屋后竟然忘了向客人打招呼，就那样拘谨地站立在门口。林渐新朝她微微一笑，说道："听说你从小就很聪明，也很勇敢，竟然能够从人贩子手上逃脱，太不简单了。"

冷丁丁不好意思地笑了笑，说道："是她以为我傻。"

林渐新也笑，说道："你说得对，最傻的其实就是那些自作聪明的人。丁丁，我想单独和你聊聊，可以吗？"

冷丁丁皱眉问道："有什么事情吗？"

林渐新这才意识到以前的事情对这个孩子影响太大，面对陌生人的时候她会本能地产生防范心理，他即刻对季擎说："把你的警官证给丁丁看一

下……我们可不是坏人，现在你相信了吧？”

冷丁丁仔细看了看，说道：“现在的假证件也很多。”

林渐新哑然失笑，问道：“那你要怎么样才相信我们呢？”

冷丁丁道：“你们去外面的那个派出所，我一会儿就来。”

女孩子有防范心理是好事，但到了这种地步就不大正常了，童年和青少年时期形成的心理阴影最可怕的地方就在于此，许多心理学家都认为童年和青少年时期的经历往往会影响到一个人的一生。林渐新点头道：“好吧，我们去那里等你。”

这时候冷丁丁忽然说道：“不用了，我相信你们了。”

林渐新愕然问道：“为什么？”

冷丁丁道：“如果你们是坏人，肯定不敢去派出所等我的。”

那可不一定，坏人有时候也一样有着强大的心理素质。林渐新在心里苦笑，指了指下面：“我想单独和你聊聊，下面小区的花园不错，我们就去那里可以吗？”

冷丁丁道：“好。”

出门的时候林渐新对季擎说：“你向罗阿姨解释一下情况。”

在来这里之前林渐新就已经准备好了对罗冬梅的说辞：林渐新是受警方的委托，特地来给她女儿做心理咨询的。而林渐新交给季擎的任务就是要说服罗冬梅相信这一点。

“问题应该不大，罗冬梅的文化程度不高，你又是警察，她会相信的。”林渐新对季擎说。

电梯里面就林渐新和冷丁丁两个人，林渐新问她：“你相信我吗？”

冷丁丁点头：“你不像是坏人，因为你的眼睛很干净。”

林渐新笑道：“你的话很有道理，眼睛是心灵的窗户嘛。其实我不是警察，我只是一名心理医生。”

冷丁丁惊讶地看着他：“心理医生？”

林渐新点头：“是的。当时拐骗你的那个罪犯已经被警方抓获了，警方委托我对被她拐卖的所有孩子做心理辅导。刚才我已经注意到了，你非常敏感，这说明你的内心存在着非常严重的心理阴影。正因如此，我才想和你单独谈谈。”

冷丁丁低声道：“原来是这样。”

林渐新看着她：“其实你也很想和心理医生谈谈，只不过你还不习惯去看心理医生，而且有些事情也实在难以说出口来，是吧？”

冷丁丁轻声道：“是的。”

林渐新朝她微微一笑：“今天就是一个很好的机会呀，你可以把我当成朋友，什么事情都可以告诉我，剩下的问题由我来帮你解决。你觉得怎么样？”

电梯门打开了，两个人很快就到了小区的花园里，这时候冷丁丁忽然对他说：“我想喝饮料。”

林渐新很高兴地说：“没问题，我请你。周围有咖啡厅吗？我们可以去那里，你想喝什么都行。”

冷丁丁站在那里，看着他，问道：“心理医生都是像你这样的吗？很容易被别人接受。”

林渐新点头：“是的，这是我们的职业，我们对每一个病人都是真心的，我们不但要解决他们心理或者精神上的问题，还要替他们的隐私保密。”

冷丁丁问道：“这个世界上真的有那么好的人吗？”

林渐新禁不住笑了：“我说了，这是我们的职业，要收费的。当然，你不用给钱，因为警方已经一次性支付过了。”

冷丁丁又问道：“你们的收费很贵，是吧？”

林渐新没有直接回答她这个问题，问道：“怎么？你今后也想当心理医生？那你得进行很长一个阶段的专业学习，还要取得执业许可才行。”

冷丁丁“哦”了一声，然后就不说话了。林渐新笑了笑，也就没有再多加解释。一个人对未来职业的选择绝不是凭一时的热情与冲动而决定的，必须要有坚实的理论做基础。

到了小区外边的一家咖啡厅后，冷丁丁要了一杯珍珠奶茶，林渐新笑道："那我也要杯同样的吧。"

没人知道林渐新此时此刻内心的压力。为了保密，他不得不对这个女孩子撒谎，因为他始终相信亲情的力量。与此同时，面对这样一个年轻的女孩子，他不得不小心翼翼地去触碰对方那敏感甚至可能遭受过巨大创伤的心灵。

"真好喝，比我们学校附近的那家好喝多了。"冷丁丁笑着对林渐新说道。

林渐新笑着问道："是吗？那就再来一杯。对了，丁丁，你在大学里面谈恋爱没有？"

她摇头，神情一下子就黯然了下来。

林渐新佯装诧异："为什么呢？据我所知，现在在大学里面谈恋爱的学生可不少。"

她沉默了片刻，说道："我们家里的这种情况……"

这当然是在撒谎。林渐新笑了笑，点头道："倒也是。穷人的孩子早当家，你是想等今后工作后再说是吧？那样的话，你妈妈也就更放心了。对了，丁丁，当年你究竟是如何从那个人贩子手上逃出来的呢？"

转换话题——这是刚才林渐新得到敏感回应后不得已的选择。冷丁丁噘着嘴道："我妈妈明明都告诉过你了，干吗还要问我？难道你不相信那是真的？"

林渐新微微一笑："我当然相信，不过我更关心的是那件事情对你后来的学习和生活究竟造成了多大的影响。"

冷丁丁摇头道："说实话，那件事情对我并没有什么影响，而且我还一直为那件事情而得意，因为那样的经历并不是每一个人都有的。"

林渐新看着她："但是，你非常敏感，很多疑，而且非常不愿意相信别人，这究竟是为什么呢？"

冷丁丁怔了一下，即刻紧闭着嘴唇。

林渐新看着她，温和地说道："你是在校大学生，从你们这一代所接受的教育来讲，应该比较懂得心理健康的重要性。现在在你面前的就是一位资深的心理医生，你为什么不能将心里面想要说的话都讲出来呢？”

冷丁丁看向脚下，摇头轻声道：“我，我不能讲。”

林渐新依然在看着她，声音也变得轻轻的：“因为你父亲？”

冷丁丁的身体颤抖了一下，愕然地抬起头来看着他。林渐新叹息了一声，说道：“你要知道，我的职业是心理医生，我对很多问题都比较敏感，即使你不愿意讲出来，我也大概都知道了。丁丁，你父亲他……他对你都做了些什么？”

冷丁丁犹豫着，最终还是没有回答。林渐新微微一笑，道：“好吧，我们暂时把这个问题放一下。据我所知，你每次回家时你父亲都会去火车站接你，虽然你不愿意理会他，但是由此可以说明一点，他其实还是很爱你的。”

冷丁丁的嘴唇闭得更紧了。林渐新问道：“你回家的时间是你告诉他的吗？”

她不住地摇头：“我没有。”

林渐新又问道：“他是不是去过你们学校？大一的时候。”

她点头：“是的，不过我没有和他见面。”

此时，林渐新大致明白是怎么回事了。很显然，冷国华买通了他女儿的某个同学。林渐新的声音依然是那么柔和：“看来你非常痛恨他，不，应该是厌恶。为什么不愿意告诉我其中的原因？他曾经伤害过你？”

她摇头，终于说话了，声如蚊蝇：“他……他偷看我洗澡，不止一次……”

原来是这样。林渐新的心里稍微好受了些，因为事情的真相并没有他以为的那么严重和残酷，不过即便如此，这样的事情也足以对眼前这个女孩子的内心造成比较严重的伤害了。林渐新轻声问道：“如果法律让你父亲去坐牢，你能够接受这样的现实吗？”

她愣了一下，摇头轻声道：“我……我不知道……”

这就是血浓于水啊……林渐新在心里叹息，问道：“如果我可以帮助你忘记那一切，你愿意吗？”

冷丁丁猛然地抬起头来，眼神中充满着炽热：“你真的能够做到？”

林渐新点头：“当然可以，我可是一名出色的心理医生。这样吧，我可能还会在这里待一段时间，等我离开前再来找你。好吗？”

冷丁丁看着他：“谢谢。”

林渐新朝她粲然一笑：“你不用谢我，我希望从今往后你的生活都充满着阳光，这也是我们这个职业存在的意义。”

邓长治直到现在都还记得当年鲁伟和卿若安结婚时候的盛况：“那是二十年前啊，清一色的豪车长龙，起码有上百辆，婚礼前鲁伟的父亲特地打了招呼不准送礼，在省城最大的广场上摆了上千桌，还专门搭建了舞台，请来了好多全国知名人物，据说光是他们的婚礼就花费了好几千万。”

“你去参加了吗？”林渐新问道。

邓长治苦笑着摇头：“那时候我还年轻，和你现在的年龄差不多，不够格。人家请的都是省里面有一定地位的人，还有从外地来的生意上的合作伙伴，男女双方的亲朋好友，等等。那场面，那阵仗……连主婚人都是分管商贸的副省长呢。”他说得眉飞色舞，啧啧称羡，“你手上不是有当时的录像吗？放出来看看啊。”

正如邓长治所描述的那样，鲁伟和卿若安的婚礼确实可以用“盛大”来形容。画面上，最前面是警车开道，随后是一辆大型豪华敞篷越野车，新郎新娘站立其中，随后是浩浩荡荡的豪车长龙，街道两旁都是围观的市民。如果不是所有车辆上面都挂着醒目的大红花，初看之下还以为是某大国首脑来访呢。林渐新暗暗纳罕：鲁家在这件事情上面为何如此高调？

这一组镜头很长，其中当然有新郎新娘的近景。那时候的鲁伟年轻英俊、高大挺拔，卿若安美丽可人，穿着婚纱的她看上去洁白无瑕。传说中的金童玉女无外乎如此。这是一场豪门盛事，普通百姓也就只有观望羡慕的份儿。

随后，镜头切换到了一处宽大的广场。广场四面用临时的交通护栏围着，每隔数米就有一名保安执勤。广场上方飘荡着无数七彩气球，地面上整齐划一地摆放着上千张统一款式、同样颜色的餐桌和椅子，餐桌的中央是鲜红灿烂的鲜花，遗憾的是当时还没有无人机摄像，由直升机拍摄下来的画面中充斥着嘈杂的直升机螺旋桨声，不过眼前的画面依然让人感到震撼。地面上整齐划一的餐桌看上去场面宏大，坐在那里的人们反倒成了点缀。

上午九点，文艺节目准时开始。从全国各地请来的名角们一一登场，独唱、联唱、歌舞、戏曲、杂技、小品，每一个节目都精彩纷呈，林渐新大致计算了一下，仅仅是这台文艺演出的费用起码就达到了千万以上。婚姻本来只是两个人的事情，却被富豪变成了炫富的狂欢。

文艺节目结束后，婚礼正式开始。在婚礼进行曲中，新郎新娘从广场的那一头缓步走向舞台，婚礼由某位知名的主持人主持，那人字正腔圆，激情澎湃，现场热烈的掌声响彻云霄。一位副省长亲自证婚，整个婚礼程序不到半小时就结束了，随后新郎新娘和参加演出的明星合影，紧接着婚宴开始。广场上万余人同时举杯庆贺，声势极其浩大，就连站在外围看热闹的数千人都在热烈鼓掌。接下来是新郎带着新娘开始给每一桌敬酒，新郎意气风发，新娘巧笑盈盈……林渐新可以肯定，在广场外围的人群中一定有冷国华的身影，那一刻，他的心境可想而知。

录像特别长，就连向来很有耐心的林渐新也在中途选择了快进。当新郎新娘敬完酒，林渐新以为差不多就要结束了，想不到后面还有别的内容。

从录像上的时间可以看出，婚宴一直到下午四点多才完全结束。林渐新想象得出来，当参加婚礼的人都离开之后，广场上肯定是一片狼藉。这个世界上的事情大多都是这样，喧嚣过后，最终还是要归于平静，如同我们每个人的婚姻，再热闹的婚礼也有结束的时候。这两个人的家庭生活才刚刚开始。即使是富贵之家，也一样要去面对柴米油盐、父母孩子和寻常而又平静的日子。这就是生活的真谛。

后面的录像内容是晚宴，应该是在一家五星级酒店的中餐厅里办的。新郎和新娘敬完酒之后，新郎换去了西装，身着军装与新娘一起进入了一个豪华雅间。雅间里全部都是军人，新郎进去后朝大家敬了一个军礼，然后挽着新娘的手大声说道："非常感谢大家千里迢迢来参加我和若安的婚礼，今晚

我陪各位好好喝酒，咱们不醉不归！”

这时候一位首长模样的军人问道：“鲁伟，今天你最大的感受是什么？”

鲁伟大声回答道：“报告首长，我鲁伟此生能够与若安成为夫妻，是我最大的幸运！”

首长笑着批评道：“鲁伟，男子汉大丈夫，怎么能够如此儿女情长？”

鲁伟大笑，答道：“报告首长，您刚才问我的是今天最大的感受，今天我结婚，当然只能儿女情长了。”

众人大笑。鲁伟侧过身去对卿若安说了几句什么，然后就和她一起去敬在座所有人的酒，连敬三杯之后，鲁伟抱歉地对大家说道：“今天忙活了一天，若安的身体有些坚持不住了，我来陪各位喝酒，和咱们在部队的时候一样……服务员，拿大杯来！”

首长道：“新娘子要先离开可以，不过你要代她先喝完一大杯再说。”

鲁伟豪气地说道：“没问题。”随即开了一瓶茅台，倒上一大杯，仰头一口就喝下了。首长带头鼓掌：“好！不愧是我带的兵！”

鲁伟的酒量非常惊人，而且豪气非凡，还时不时爆发出他意气风发的大笑声，他的整个状态好像并不是在喝酒，而是在战斗，在冲锋。

邓长治看得眼睛都瞪圆了：“这哪是在喝酒？明明是在喝水嘛。让我喝水也喝不了那么多！”

林渐新禁不住笑了起来，拿起遥控板将画面回放，一会儿之后忽然定格，指了指雅间的门口：“你看看，这个人是谁？”

邓长治起身朝电视屏幕走了过去，仔细看了看：“冷国华？”

林渐新点头：“虽然看得不十分清楚，但大致的模样很像他。一个是新郎，在里面和战友们意气风发地喝酒；一个是单相思、失意者，他就一个人孤零零地躲在那里看着里面的一切，上天对他是何等的不公啊……”

邓长治叹息着说道：“那都是他自找的啊。”

林渐新摇头：“可是像冷国华那样的人，他不会这样想。那一刻，他的内心只有痛苦和愤怒，他心里的想法和别人完全不一样：本来这一切都是我的，卿若安为什么偏偏看上了这个粗鲁的男人呢？说到底，还是因为他家里有钱。是的，对于冷国华来讲，他绝不会认为鲁伟的钱就是他自己挣来的，他肯定会这样认为：如果我也有个他那样的父亲，那么卿若安就一定是属于我的。”说到这里，他忽然想起了什么，急忙去打开笔记本电脑，很快就搜索出了鲁伟和卿若安结婚时的视频。

视频的时间不长，内容是鲁伟和卿若安结婚典礼现场的一部分，画面剪辑得非常不错，将整个婚礼的奢华与宏大完整地展现了出来。林渐新若有所思地说道：“我终于明白第八个受害者代表的是什么了。”

邓长治疑惑地问道：“那位记者？”

林渐新摇头道：“不，在凶手的心里，那个人的身份并不是记者，而是摄影师。凶手愤怒的对象是那个摄制鲁伟和卿若安婚礼录像并上传到网络上的人。”

邓长治有些不同意他的这个分析：“这是不是太牵强了？”

林渐新摇头道：“一点都不牵强。我们要从凶手愤怒发泄的过程来分析。从一般的规律上讲，一个人的愤怒发泄最开始是猛烈而急不可耐的，作案的对象也相对比较明确，但是随着时间的推移以及因为愤怒的逐渐宣泄，愤怒的情绪也就慢慢得到缓解，发泄愤怒的对象也就因此变得模糊、随意。对，应该就是这样，而且现在我也基本明白凶手选择最后一个作案对象的心理逻辑了。”

邓长治不得不认为他说得很有道理，急忙问道：“凶手为什么要选择她？”

林渐新并没有马上回答，他的脸上露出的是无尽的伤感：“多么美好的年华，多么鲜活的生命啊，竟然就这样陨落了。说实话，有时候我不得不相信命运真的存在，否则这一切又该如何解释呢？老邓，麻烦你通知一下曹警官他们，我们一起碰个头。到目前为止我已经基本上搞清楚凶手全部的心理逻辑了，接下来我们要做的就是搜集证据并让他归案。”

第十四章

完美数字

除了季擎之外，其他几个警察都抽烟，林渐新分析完连环杀人案前五起案件的情况后，就再也忍不住了，去将窗户打开。

“你们抽烟也太厉害了，怎么就停不下来呢？身体可是自己的。”林渐新责怪道，见大家都不好意思地摁灭了烟头后才继续往下讲，“第六个案子就不用多分析了，死者被剁去双脚，是因为凶手愤怒于妻子离他而去；第七个受害者所针对的是他女儿，死者被拿走了心脏，凶手愤怒于女儿没有良心，因为在凶手的心理逻辑中，女儿就是他的私有财产，即使他不止一次偷看女儿洗澡，但是在这样的心理逻辑之下他也从来没有过丝毫的羞耻之心；对于凶手来讲，当他杀害了前面的这七个受害者之后，多年来积聚于内心的愤怒也就基本上宣泄完了，可是他为什么还会继续作案并在杀害了九个受害者之后才停止呢？我认为最可能的就是凶手的内心存在着完美主义色彩。”

曹能问道：“完美主义色彩？这可是一个褒义词。”

林渐新摇头道：“当我们分析人性的时候，是不存在褒义和贬义的，人性中的善与恶、美与丑、真与假等，我们每一个人都有，正因如此，才会有‘善恶只在一念之间’这样的说法。对于我们大多数人来讲，伦理道德、法律会约束我们弃恶扬善，但对极少数以及心理或者精神异常的人而言，他们的选择往往恰恰相反。好了，我们回到正题上面。从冷国华的人生经历中我们就可以发现，这个人的内心其实很简单，而且也非常富于浪漫色彩，他最明显的性格特征就是具有强迫性人格，往往追求完美……”说到这里，他顿时笑了，“正是因为这种性格特征，冷国华才继续作案，最终停止于第九个受害者。因为九这个数字在中国文化中表示最大、最完美。因此，准确地讲，凶手所做的最后两起案件，特别是最后这一起，完全就是为了凑数。”

在座的所有人都因林渐新刚才的话震惊了。邓长治直到这个时候才明白先前林渐新为什么那么伤感了，而且忽然提及了命运。

曹能正听得津津有味，却想不到林渐新最终得出的竟然是这样的一个结论，差点儿目瞪口呆：“什么？凑数？”

林渐新点头道：“是的，是凑数。不过凶手即使是凑数，也依然有他的特有的心理逻辑。一个漂亮的高中女生，凶手在杀害了她之后割去了尸体的脸，凶手想要表达的究竟是什么？如果我们进入到凶手的内心世界就会很容易明白：第一，漂亮的女人都是害人的根源；第二，漂亮的女人之所以漂亮，就是因为她的那张脸；第三，趁这个漂亮女孩还没有长大就消除掉这个根源。你们看，从第一起案件到这第九起，岂不是终于画上了一个完美的句号？在凶手看来，他犯下的这九起案件就如同一篇美丽的文章，就如同他翻译的每一部经典作品，到这个时候终于圆满结束了……”

林渐新的语气缓慢而深沉，让在座的每个人都感觉到自己似乎已经触摸到了凶手那变态的灵魂。当林渐新终于讲完之后他们才慢慢清醒了过来，禁不住后背发凉，与此同时，还在不知不觉中感受到了一股毛骨悚然的恐惧。

曹能点头道：“我觉得林医生的分析非常有道理，而且这很可能就是凶手最真实的心理。这样的罪犯太可怕了，我们必须尽快将他缉拿归案。”

孙挺坚皱眉道：“我也非常赞同林医生的分析和结论。可是到目前为止，我们还没有掌握凶手任何的犯罪证据。上次我们讨论过钓鱼计划，却又担心掌控不好而伤及无辜。林医生，接下来你还有别的更合适的计划吗？”

林渐新苦笑着说道：“今天叫大家来就是为了商讨下一步计划。就目前

而言，凶手已经被你们警方监控起来了，所以实施钓鱼计划的风险应该不是很大，不过我担心凶手不会轻易上钩，所以一直还在犹豫。”

孙挺坚问道：“林医生是觉得凶手的智商特别高，所以也就非常多疑，是吧？”

林渐新摇了摇头，回道：“不仅如此。前面我讲过，其实凶手在杀害了前面七个受害者，最多第八个的时候就可以停止作案，因为积聚在他内心深处的愤怒已经基本上宣泄完了。虽然两年的时间过去了，但凶手的生活一直都很平静，如果我们进一步去调查，说不定他现在已经有了重新恋爱结婚的念头。为什么这样说呢？原因很简单：当他内心的愤怒得到宣泄之后，紧接着就会开始反思自己的过去，慢慢地，他就会觉悟到自己多年来对卿若安的爱恋其实是一件非常愚蠢的事情，其中也包括他与罗冬梅的婚姻。可以这样讲，卿若安的那一记耳光不仅仅让他在忽然间爆发出杀人泄愤的念头，而且最终也让他从一直以来的痴情中清醒过来。与此同时，罗冬梅的离去以及女儿对他的仇视都会使他静下心来重新思考自己的人生，因此我认为，在这样的情况下，冷国华继续实施犯罪、铤而走险的可能性极小。”

孙挺坚点头道：“有道理。没有了犯罪的动机，再加上此人多疑的话，恐怕这个计划实施起来确实有些困难啊。”

曹能摸出烟来点上，忽然意识到了什么，正准备将烟放回去，林渐新笑着说道：“抽吧，你们可以依次来，否则一会儿我和小季就要变成腊肉了。”

大家都笑。曹能点上烟后说道：“既然到目前为止小林还没有更合适的方案，我们还是先尝试一下钓鱼计划。不尝试怎么知道就一定不行呢？你们说是不是？对了小林，这个计划的实施也需要一年的时间吗？”

林渐新摇头道：“那倒不一定，我们可以将时间缩短。比如，在一个月的时间内完成三到四起，如果在这之前凶手就已经上钩……”说到这里，他沉思了片刻，继续说道，“尝试一下我倒是并不反对，不过我有几条建议：第一，在加强对冷国华监控的同时又不能让他发现自己已经被警方注意。第二，前期为了调查案情的需要，目前鲁伟夫妻已经知道了部分案情，不过我相信他们应该会严守秘密。但是罗冬梅母女那边还是要派人监控起来，我能够感觉罗冬梅对冷国华还是存在着感情上的幻想的，一旦冷国华重新恋爱，在这种情况下罗冬梅就有可能去找他吵闹，说不定就会坏事。还有就是冷丁丁，她毕竟是冷国华的女儿，而且她现在是在校大学生，我们前期的调查难免会引起她的怀疑。第三，前期的试探暂时不需要实际去操作，最好是让媒体去炒作，警方只需要向他们提供虚假的素材就可以了。”

孙挺坚问道：“如果凶手真的动了呢？到时候凶手一定会去找到那个冒充他的人，如果真是这样，我们如何抓住他的现行，又如何能够套出他的口供？”

林渐新道：“根据前面的分析，我认为凶手很快出动的可能性不大，即使他真的出动了，既然我们早有准备，临时行动起来也还来得及。我的想法是，从第五起案件开始，我们的人才真正出动，而且每一起案件都要完全按照凶手当时的顺序设计，不过接下来要让媒体进行完全不一样的解读，也许这样才会让凶手感到愤怒。”

邓长治问道：“愤怒？”

林渐新笑道：“是的。你想想，如果是你创作的一件非常漂亮的作品，结果却被另外一个人模仿得乌七八糟，你心里会不会因此而愤怒？”

邓长治大笑：“肯定会非常生气。还是林医生了解人心啊。”

林渐新继续道：“所以，接下来的事情不要着急，一定要先设计好剧本再说。对了，最近两天我要去北京一趟，你们也正好可以在这个时间内设计好剧本。”

曹能皱眉道：“林医生，这个时候你离开的话……我觉得剧本还是由你来设计最好，你才是这方面的专家嘛。”

头天晚上简立钦给林渐新打来了电话，询问他对装修的方案有什么具体的意见，林渐新告诉他，心理诊所里面的颜色、灯光以及家具摆放等都很有讲究，他必须亲力亲为。在对冷国华的心理已经有了大致的了解之后，林渐新一时之间实在想不出合适的方案，所以才决定趁这个时间去北京一趟。

林渐新苦笑着说道：“我倒是觉得，设套让罪犯上当应该是你们警方的长处。我必须去北京一趟，一是夏丹的案子还没有了结，还有就是我在北京

的心理诊所必须尽快搞起来，我得去看一下现场和装修图纸，这是非常专业的事情，我必须和装修设计师当面交流。”说到这里，他看着曹能笑了笑：“曹警官，你放心，这一趟我的机票不会拿给你报销的。”

曹能被他的话逗得哈哈大笑：“你这家伙，怎么老是拿机票的事情和我开玩笑？那好吧，希望你能够尽快赶回来。你准备什么时候出发去机场？”

林渐新看了看时间：“就今天晚上吧，最晚的航班。”

在座的几个人心里都明白他为什么要选择那个时间，唯有在心里嗟叹。曹能拍了拍他的肩膀：“辛苦你了。你要好好保重身体。”

曹能的话虽然简单朴实，却让林渐新真切感受到了其中的情深义重，点头道：“你放心吧，我自有分寸。”

除了季擎之外其他的人都离开了，房间里回归到静谧。也不知道是怎么的，林渐新忽然感到有些心神不定，问正在收拾烟缸、茶杯的季擎道：“刚才你好像一直没有发表意见，为什么？”

季擎不好意思地笑了笑：“有你们在，我还说什么？”

林渐新瞪着他：“你应该向孙支队长学习，无论在上级还是专家面前都勇于质疑。小季，如果你做不到这一点，就永远难以取得真正的进步。”

季擎不好意思地搔着头发。林渐新知道，季擎和大多数人一样，在强者面前难免自卑。存在着这样的心理其实很正常，但发表自己的意见却恰恰是逐步克服这种自卑最有效的方式。林渐新看着他，笑了笑，问道：“那么，你有不同的想法吗？你看着我，说实话。”

季擎感觉有些迫不得已，只好说道：“林医生，我一直在和你一起调查这起案子……”

林渐新即刻打断了他的话：“说重点，直接谈你的想法。”

季擎顿时一激灵，说道：“我觉得像这样的事情不应该去尝试。”

林渐新心里一动，感觉这好像正是自己刚才觉得不安的地方，问道：“为什么？”

季擎不好意思地说道：“我也说不好。只是觉得我们对付像冷国华这样的罪犯必须是一击而中，否则的话，就很可能出现意想不到的情况。”

林渐新点头：“你说得好像很有道理。我再好好想想。”

这时候门外忽然响起敲门声，季擎急忙跑去开门，只见外边站着一位老人：“请问您是？”

老人问道：“林医生是不是住在这个地方？”

林渐新朝门口处看去，即刻对季擎道：“这里没事了，请老人家进来吧。”

季擎出去了，顺手带上了门，林渐新客气地对老人说道：“鲁老先生，您请坐。”

老人惊讶地看着他：“你认识我？”

林渐新微微一笑，回答道：“我刚刚才看完您儿子结婚典礼的录像，那里面有您的特写。虽然那是您二十年前的样子，但大概的模样还是没怎么变的。此外，这地方可不是随便哪个人都可以进来的，而您这身份就不一样了。鲁老先生，您这腿……”

鲁老先生坐下，惊讶地看着他：“我听鲁伟说起你，想不到你的观察力真的这么厉害，我这条假肢可是美国的最新技术，想不到还是被你给看出来了。”说着便撩起了裤腿，林渐新一下子就看到了他膝盖以下的机械部分，笑道：“再先进的技术，真的和假的还是有区别的，比如您走路时候的力量大部分都在右腿上面，估计您是因为这新的假肢才安装上去没多久，所以在潜意识中担心力量太大会把它搞坏了。此外，从您走路时候的裤腿上也可以看出一些端倪来，毕竟您这假肢没有肌肉的部分。”

鲁老先生叹息道：“果然处处都是学问啊。我这条腿是在战争中丢掉的，当时我带着一个连，最终活下来的就只有我和另外一个人。那家伙很幸运，居然没有负伤。”

林渐新反问他道：“其实您是相信命运这一说的，对吧？当时你们一个连就你们两个人活了下来，后来您成为大企业家，想必那一位的事业也应该非常不错。”

鲁老先生点头道：“你的分析非常正确，我们每个人好像还真是被命运所掌控。当年在战场上，敌人的子弹像暴雨一样朝我们打过来，我带着连队

和兄弟部队一起朝前冲锋，身边的人不停倒下，最后当我们终于占领了敌人阵地的时候，才发现就剩下我们两个人了。我这条腿的动脉被子弹打穿了，后来被截了肢，那家伙是我下面的一个排长，居然没有一点儿事，简直太神奇了。也许你不知道，当时我们整个冲锋的过程其实还不到十分钟。”

战争就是绞肉机。冒着暴雨般的枪林弹雨往前冲锋十分钟，周围的人都牺牲了，能够活下来就已经是奇迹，而一点儿没有受伤就更加神奇了。这一刻，林渐新忽然想起建国时共和国的那些元帅将军们，他们哪一个不是冒着枪林弹雨、历经数十年走出来的英雄？他们中的哪一个又不是奇迹？正这样想着，就听到鲁老先生问道：“林医生，想必你已经知道我的来意了吧？”

林渐新微微一笑，问道：“为了你儿子的婚姻？”

鲁老先生叹息道：“林医生对人心的洞察果然细致入微。对于现在的我来讲，除了儿子的事情之外，其他任何事情都不再重要了。”

林渐新点头道：“可以理解。您儿子所有的事情都关系到公司的未来，包括他的家庭。鲁老先生，您想从我这里知道些什么？尽管问就是了，我一定如实回答。”

鲁老先生诧异地看着他：“想不到林医生对这个问题的认识居然如此深刻。说实话，浩星集团能够走到今天非常不容易。从部队转业后，我带着这个残疾之身只手创业，公司从一个小作坊慢慢成长为如今的跨国大企业，这里面倾注着我这一大半辈子的心血。最开始的时候我的想法很简单，就是多赚些钱去给我们连队牺牲的战友们的父母养老。后来企业越做越大，我对小团体的责任逐渐变成了社会责任。可是我知道，自己的身体状况总有不行的那一天，于是当年我就让鲁伟去考军校。他要继承我的事业，首先就必须秉承我的理念。军队是一个大熔炉，他作为未来的企业家，必须具有钢铁般的意志。而现在他的家庭出现了问题，这让我感到非常担忧……”

林渐新客气地打断了他的话：“对不起，鲁老先生，我打断一下。您是如何知道这些事情的？为什么要来找我？”

鲁老先生道：“我自己的儿子，我还不了解他？昨天晚上他跑来和我喝酒，我发现他的情绪十分低落，再三逼问后他才告诉我说卿若安可能出了问题，同时还提到了你。林医生，你放心，我和儿子都曾是军人，最懂得纪律的重要性。鲁伟对我说你正在调查一起案子，发现了卿若安和某个男人的一些情况，不过他并没有告诉我具体的事情。经过再三考虑，我才决定来找你的。”

原来是这样。这对军人父子非常值得尊敬，无论是责任、操守还是做人的底线。林渐新笑了笑，说道：“鲁老先生，有件事情可能您还不知道，今天早上的时候您儿子就已经给我打过电话了，想来现在他的内心早就释怀了。”

鲁老先生愕然道：“哦？你的意思是说，那只是一场误会？”

林渐新笑道：“也谈不上是什么误会吧，其实说到底，还是因为最近这些年来鲁伟和卿若安的交流沟通少了些，我这样说吧：卿若安是一个非常善良的女性，她非常爱您的儿子，这一点毫无疑问。所以我才对您的儿子说，一个有大格局的人不应该去斤斤计较一些无关紧要的小事情。”

鲁老先生顿时动容，赞叹道：“讲得好！林医生，我看得出来，你这个年轻人很不一般，如果可以，希望你能够和我们家鲁伟成为好朋友。”

林渐新微微一笑：“我们已经是朋友了。说实话，我也非常愿意和您以及您的儿子交往，从中可以让我学到很多东西。”

鲁老先生离开了，虽然这仅仅是一个小插曲，却在林渐新的心里留下了许多东西，而其中最重要的一点就是：在评判他人的时候千万不能想当然。

于是，林渐新想到了目前案子的问题，心里忽然就有所感悟：或许季擎的话是对的。他急忙拿起电话给曹能打过去：“我想了想，钓鱼计划最好还是暂时放一下。”

曹能问道：“为什么？”

林渐新回答道：“心理学是科学，科学的规律不能违背。我们必须要尊重经过科学分析后得出的结论，在明明知道没有多少把握的情况下我们绝不能强行去做。那样就是蛮干，会出问题的。”

曹能问道：“那么，你认为那样做最坏的结果是什么？”

林渐新想了想，说道：“这个根本就无法预知，不过有一点你应该非常清楚，那就是：不但要监控住他，而且还要让他一点不怀疑我们那个计划是一个圈套，这似乎很难做到。虽然到目前为止我们明明知道他就是嫌疑人，却没有他犯罪的任何证据，如果他不上当，不招供，那这个罪犯可能就会永远逍遥法外，这样的结果可不是我们愿意看到的。”

曹能思索了片刻，回答道：“我请示一下上面。或者你再好好考虑一下，等你从北京回来后再说吧。”

其实，在这样的情况下林渐新的心里是有些犹豫的，一直以来他都是一个做事有始有终的人。留在这里估计一时间也想不到更好的办法，思考随时随地都可以进行……还是跑一趟吧，就是辛苦一些。

第十五章

梦境启示

虽然林渐新再三阻止，但苏文还是坚持要去接他。

北京的天气很冷，苏文特地给林渐新带去了一件大衣，当他穿上之后，苏文欣赏地看着他：“人瘦穿衣服就是好看。”说着，就挽住了他的胳膊。苏文将他的胳膊抱得很紧，好像生怕他忽然消失不见了似的。林渐新知道，这其实是她真实情感的流露，虽然距离上一次的分别还不到一个星期，但彼此却早已期盼着此时的见面。

“你最近的工作还顺利吗？”林渐新的心里幸福着，问道。

苏文回答道：“还可以吧，反正我一直都是做这个的。”

就在刚才，林渐新清晰地感觉到她紧紧抱着自己的那只手短暂放松了一下，很显然，她刚才的回答是经过思考之后才说出口的。林渐新笑了笑，温和地说道：“苏文，你明明知道骗不了我，为什么非要言不由衷呢？”

苏文轻叹了一声：“渐新，难道从今往后我在你面前就没有任何秘密了吗？”

林渐新伸出手去轻轻拢了拢她柔软的腰，摇头道：“不是这样的。你不是才做了另一个明星的助理吗？我是关心你才问了那样的问题，也是因为关

心才对你的回答如此敏感。作为心理医生，我并不是时时刻刻都处于敏感的状态，如果真的是那样，岂不把我累死？”

他的话让苏文一下子就释怀了，同时也很是感动，转过身去看着他：“你说的是真的吗？”

夜晚的灯光下，她的双目像天上的星星，透出一种纯净的晶亮。林渐新点头道：“是的。我为什么要骗你？说吧，最近究竟遇到了什么不顺心的事情？”

苏文又轻声叹息了一声，说道：“我现在跟的这个明星，脾气太糟糕了，耍大牌不说，还经常朝我发脾气。现在她还没有当时的夏丹红呢，今后这工作怎么继续做啊……”

林渐新沉默了片刻，问道：“你以前和夏丹的关系就处得很不错，你尝试去和她交流过吗？”

苏文摇头：“没法和她交流，这个人可不是一般的傲慢，而且非常过分，连鞋带都要我替她系。”

林渐新皱眉：“我知道问题出在什么地方了。首先，你需要尝试着去和她交流，如果这个人实在无法交流，那你就得思量一下自己的原则和底线究竟是什么了。”

苏文问道：“我怎么听不明白你的意思呢？”

林渐新解释道：“既然你一直没有和她交流，怎么知道她不愿意交你这个朋友呢？其次，你需要考虑自己能够忍耐她的底线在什么地方，如果单纯是为了这份工作而屈辱地去做那些自己不愿意做的事情，那还不如辞职不干算了。影视圈里面又不止她一个大明星，像你这种专业的人才还愁找不到另外一份工作？此外，即使是没有人再愿意聘用你，以你的聪明和能力，自己开一家公司或者开个小店又何尝不可？人活着，最重要的是要心情愉快，所以，这件事情最关键的还是你自己的想法和态度。”

听他这样一讲，苏文的心里顿时轻松多了，笑着问他：“你干吗不说今后你养我？”

林渐新看着她，微微一笑：“这倒是没什么大的问题，可是你愿意那样吗？”

苏文禁不住笑了起来：“当然不愿意。”

林渐新也笑道：“我替你分析一下那位女明星的心态，或许对你下一步的工作有帮助。所谓耍大牌，其实就是内心膨胀的表现形式。当一个人在骤然间取得巨大成功，就容易从心理上造成自我夸大，从而藐视他人。你要知道，我们每一个人都可能会出现这样的状况，不过前提条件是在短时间内取得巨大成功，或者是过于一帆风顺。所以，这不仅仅是那位女明星的问题，是人的共性。既然如此，你在情绪上就不能专门针对她。此外，无论一个人的内心如何膨胀，他的本质还是一个平常人，一样要吃喝拉撒，一样有物质和精神上的需求。因此，你一定要在她处在私人空间的时候去和她沟通。还有就是在沟通的过程中你需要对她做一些暗示，比如你以前和夏丹之间朋友般的关系……记住，是暗示，不要刻意去讲，否则的话会让她反感的。”

苏文听了后深觉有理，点头道：“嗯，我记住了。”

林渐新继续道：“只有当你成为她的朋友之后，她才会意识到自己和你平等的关系，才会懂得真正尊重你，在这样的情况下你也就可以在私底下向她指出耍大牌的危害性。于是，你和她之间也就建立起了一种良性的互助关系。”

一直到这个时候苏文才明白了林渐新的真正意图，问道：“其实你并不希望我辞职？”

林渐新却摇头道：“不，我只是不希望你在遇到困难的情况下首先就选择逃避，而是要思考如何去解决目前所遇到的问题。逃避会形成习惯，而且总是会给自己找到充足的不愿意去面对困难的理由。所以我还是那句话：你不去尝试的话，怎么就知道一定不行呢？”

说到这里，林渐新不由得想起了那个钓鱼计划。不，这两件事情完全不一样。苏文的事情有选择，有退路，而且最关键的是，即使失败了，还依然能够承受得起。

第二天上午，林渐新直接去了简立钦那里。简立钦这个人做事非常干脆

利落，如今他的公司已经全部搬到了前院，而且还叫人将前后院之间的那道门给封闭了起来。

“这是装修设计的图纸，对了，还有我们之间的合同。”简立钦一见到林渐新，就非常高兴地拿出了一沓图纸和文件。

林渐新很感动，真挚地说道：“简立钦，谢谢你。”

简立钦挥了挥手，说道：“你那么客气干吗？我这公司本来就用不了那么多的房子，现在这样反而更紧凑。我完全可以相信，以你的能力，要不了多久这个地方就会成为高端阶层众所周知的心理诊所，这对我这个公司今后的发展也非常有利不是？你先看看合同，没问题的话就签了吧。”

林渐新大致看了一下，觉得没什么问题，于是就在上面签上了自己的名字。简立钦将合同放到了保险柜里面，然后对林渐新说道：“我找的这家公司是专门做艺术类设计的，你先看看图纸，我这就打电话请设计师马上过来。”

设计图纸有很厚的一本，精细到每个角落，林渐新花费了近一个小时的时间才基本上看完，觉得总的构思还不错。很显然，这位设计师非常用心，说不定他还为此专门去请教过某些心理学方面的专家。

北京堵车厉害，林渐新在简立钦的办公室里面一边看图纸一边等候了一个多小时，结果设计师还没有到，这时候却意想不到地等来了季擎的电话：“林医生，出事情了，冷国华不见了。”

林渐新大吃一惊，急忙问道：“究竟是什么情况？你慢慢说清楚。”

季擎道：“准确地讲，他应该是昨天晚上失踪的。监控人员发现他进了他住处附近的一家商场，因为不敢跟得太近，就在商场外边等候，结果在外面等了两个多小时都没有看到他出来，我们的人就进去查看情况，结果找遍了整个商场都没有发现他的踪影。后来我们的人又回到他住处附近的监控点，等了一晚上都没见他回家。情况大概就是这样。”

林渐新皱眉，问道：“曹警官是什么看法？”

季擎道：“他正在和孙支队商量对策，让我给你打个电话问问你的看法。”

林渐新思索了片刻，说道："按道理说，他不会发现自己已经被监控了，怎么会突然就失踪了呢？对了，你们调看了商场的监控录像没有？"

季擎道："这家商场不是超市，里面有不少的监控盲点，我们暂时还没有发现他究竟是怎么失踪的。我们怀疑他是从后门跑掉的，不过那个地方没有监控录像。"

林渐新想了想说："这样，你马上将那个时间段商场里面和大门外面的监控录像发到我的邮箱。人已经失踪了，现在急也没有用，一定要等到把情况搞清楚了再说。万一是一场虚惊呢？"

"简立钦，借下你的电脑一用。"林渐新对简立钦说。

刚才林渐新接电话的时候简立钦在旁边听得真真的，此时好奇心大起，问道："我可以看这个监控录像吗？"

林渐新笑道："当然可以，外地的案子，在这个地方就不需要保密了。"

画面没有经过剪辑，最前面的是商场外面的镜头。冷国华从外面进入到商场里面，身上穿着一件红色的毛衣、西裤、皮鞋，看上去很正常、很普通。然后就是不断有人进出的画面。林渐新又打开了另外一个文件夹。画面还是从冷国华进入到商场里面开始的。进入到商场之后，冷国华就直接朝一个方向走去，然后就消失在商场里面的监控摄像头外的盲区了。

林渐新快放了一会儿，一直都没有找到冷国华的踪影，又去看前面那个文件夹里面的画面，一直快进，结果全部画面都看完了都没有发现什么异常。

看完录像后林渐新闭上了眼睛，这时候设计师正从外面进来，简立钦朝他做了个手势，设计师在旁边的沙发处刚刚坐下，林渐新的眼睛就睁开了，一眼就看到了坐在那里的设计师，抱歉地说道："麻烦你等一会儿，我这里有点急事需要处理一下。"

设计师反倒不好意思了："对不起，堵车太厉害。"

简立钦叫来秘书去给设计师泡茶并陪他说话，他自己却对林渐新正在看的监控录像非常感兴趣，问道："你们在找录像里面那个穿红毛衣的人？"

林渐新点头："警方一直监控着这个人，结果昨天晚上他进入商场后忽

然就失踪了。简立钦，你从刚才的那些画面中看出了什么没有？”

简立钦道：“是不是他已经发现自己被警方监控，然后从商场后门跑掉了？”

林渐新点头，道：“肯定是从后门离开的。”说着，拿起电话给季擎拨打了过去：“你们再看一下后门方向附近的监控，大约在他进入商场后半小时到一个小时之间。”

林渐新挂断电话后简立钦诧异地问道：“为什么非得是在半小时到一个小时之间？”

林渐新若有所思地说道：“你刚才注意到没有，这个人身上穿着一件红色的毛衣、西裤、皮鞋，脸上的胡子也刮得很干净。他一进入商场就直接朝着某个方向走过去，而且避开了所有的监控摄像。对了，我忘了告诉你，这个人平时非常宅，大部分的时间都是待在家里看书或者翻译国外的畅销书，而且这家商场就位于这个人住处的附近。结合这些情况，你想到了什么？”

简立钦更是好奇：“你认为那究竟是什么情况？”

林渐新微微一笑，说道：“我的结论是：他准备外出，于是就到商场里面去偷点东西，嗯，最可能的就是去偷一件外套。”

简立钦惊讶地说道：“怎么可能？那样的话，岂不是更容易被警方发现？”

林渐新大笑：“问题是，他根本就不知道自己已经被警方监控了啊，这个人非常聪明，同时又对自己做下的案子非常自信。很显然，这个家伙在这家商场偷东西已经不止一次了，说不定都已经上瘾了。”

简立钦还是有些不大相信，觉得林渐新的这个结论实在是有些匪夷所思。

而此时，林渐新的心情一下子就变得轻松了起来，直接走到设计师那里：“图纸我看完了，总的来说非常不错，不过在房间里面的颜色上可能需要调整一下，心理诊所不是常规的医院，它更需要的是一个心理医生与病人之间心灵沟通的环境。所以，最好的方案就是将心理咨询室设计成传统古朴的书房，还要有摆放钢琴的地方，而且里面所有的家具都要符合书房的整体风格……”

林渐新讲了半个多小时，从地毯的颜色、质地到房间灯光的颜色和分布，以及沙发的样式、软硬度等都说得清清楚楚。设计师一边仔细听一边记录，待林渐新讲完后似乎想要问什么，不过最终还是没有说出口。林渐新似乎明白他要问什么，微微一笑，说道："我知道你去咨询过心理学方面的专业人士，而且我也看得出来，你是一位非常出色的设计师，不过想必你也知道，所谓的出色，其实就是尊重传统的同时又不拘泥于传统，任何行业都是如此，质疑、探索、发展，每一门学科的进步无外乎都是这样的一个过程。刚才我讲的那些要求都是这些年来我在临床实践中经过探索并证实了的东西，绝不是什么想当然。拜托了。"

设计师肃然起敬："我明白了，我们一定会按照你的要求设计好每一个细节的，你放心好了。"

这时候曹能的电话打进来了："我们果然在距离那家商场不远的地方发现了他的踪迹，他身上穿着一件超薄的羽绒服。"

这下林渐新更放心了："别管他，过两天他就会回来的。相信我，不会出什么大的问题。"

曹能问道："你为什么这样判断？"

林渐新解释道："他就是想出一趟门而已。去商场的目的就是为了偷他身上穿的那件超薄的羽绒服。这样吧，我争取今天晚上就赶回来，到时候我再详细向你解释。"

旁边的简立钦目瞪口呆，对林渐新说道："林大哥，我建议你同时再开一家私人侦探社，肯定比你这心理诊所更赚钱。"

林渐新哭笑不得："你要累死我啊？"

简立钦禁不住也笑了："倒也是，毕竟像你这么厉害的人就只有你一个。"

下午的时候林渐新和左辉见了个面，左辉对孙家良的事情感到有些担心，林渐新苦笑着说道："没办法，我们只能等。不过我们可以继续将螺丝拧得更紧一些，比如，让派出所出面去核查户口情况，最好能够让那个女人去找孙家良的父亲闹一闹。总之，只要不伤害到孩子，其他的办法都可以试一试。"

左辉咧嘴笑道："这倒是个不错的办法，即使那孩子的户口以前是合法的，先查清楚了情况然后再说，这样一来那个女人肯定就会紧张了，对于一个女人来讲，孩子的未来才是最重要的。”

林渐新看着他道：“这样做是不是太欺负人了？”

左辉瞪大眼睛：“你怎么同情起一个小三来了？”

林渐新摇头叹息了一声，道：“女人总是弱者嘛，你说是不是？”

左辉哭笑不得：“你这人，有时候也太心软了。对了，上次我说的那个老板的事情搞清楚了，他确实是患了病，而且是一种无法医治的病。”

林渐新问道：“艾滋病？”

左辉再一次瞪大了眼睛：“你怎么猜到的？”

林渐新淡淡一笑：“从你上次所讲的情况来看，这个老板的内心充满极大的怨气，对社会、对命运。也许他一直以来还比较洁身自好，结果偶尔的一次放纵就染上了那样的绝症，心中的怨气不大就奇怪了。”

左辉点头道：“正是你分析的那样，这个人一直以来还算是比较律己，结果在一次慈善拍卖会上遇到了一位知名模特，顿时春心浮动，狂乱一夜之后不久就感觉到了身体的异常，开始的时候还以为是一般的性病，后来医院出具的结果竟然是梅毒合并艾滋感染。”

林渐新急忙问道：“那个模特呢？那可是一个可怕的传染源，说不定她知道自己的情况，否则的话，她干吗去勾引那个老板？想必那个老板并不年轻了吧？”

左辉点头道：“已经控制隔离起来了。正如你刚才所说的那样，这个模特确实知道自己的问题，说到底就是为了报复社会。这件事情警方并没有对外公布消息，因为牵涉的人太多了，而且控制起来也非常困难。”

林渐新道：“再困难也必须控制住，否则的话，被传染的人数将会呈几何倍数增长。”

左辉感叹道：“是啊，正因如此，我们才不得不将消息封锁起来，否则很容易造成社会的不稳定。不过有一件事情我搞不明白：本来这不过就是一起普通的自杀死亡案件，怎么就牵扯出这么大的一起事件呢？”

林渐新想了想，回答道：“这就说明人类社会个体与个体之间的关系是紧密联系在一起的，国家、民族、宗教、疾病等都是人类个体之间互相联系的无形纽带。所以，‘人类的命运休戚相关’这句话讲得很有道理。”

林渐新没有让苏文送他去机场，只是在登机前给她打了个电话。苏文虽有怨言，但同时又明白林渐新这样做是因为担心她太过劳累，一阵埋怨之后又和他温言细语说了许久，一直到飞机起飞之前。

其实真正感到疲惫的是林渐新。飞机起飞后不久，才刚刚看了两页书他就睡着了，醒来的时候飞机还没有降落，他记得刚才好像做了一个梦——

他站在父母多年前住过的老屋前，眼前的一切都是那么熟悉、亲切，那棵黄桷树依然茂盛，遮天蔽日。这时候父亲出来了，和生前一样的模样，不爱言笑却亲切，母亲也出来了，依然如她生前那样慈祥。梦中的林渐新完全忘记了他们已经不在人世的现实，一见到他们就叫嚷道：“爸，妈，我饿了。”

母亲笑着说：“饭菜都做好了，有你最喜欢吃的红糖糍粑。”

林渐新跟着父母进了屋，屋子里面有些幽暗，桌上摆放着热气腾腾的饭菜，一家三口坐在那里准备就餐。而就在这个时候，林渐新忽然闻到一股非常难闻的气味——尸臭气。这一瞬，他才忽然意识到自己的父母早已不在人世。

父亲和母亲都在看着他，问道：“你怎么了？”

他没有感到一丝一毫的害怕，就那样看着他们，眼泪一下子就滚落出来。

梦境到此为止，因为这时候他忽然醒来了。弗洛伊德说，梦是潜意识的反映，梦是愿望的达成。林渐新在心里对自己说：是的，是这样的，刚才我是想他们了，从心底里面在想他们，或许是如今我已经有了苏文的缘故。而当我真正面对父母已经死亡这个现实的时候，潜意识让我选择了逃避——瞬间醒来，不要让那个梦继续下去。

也就在梦醒后不久，林渐新一下子就明白了冷国华最可能的去向。

第十六章

原生种子

“他真的会自己回来吗？”曹能和林渐新一见面就迫不及待地问道。

林渐新能够感受得到曹能所承受的压力多么巨大，不过他还是非常肯定地说道：“他一定会回来的，他根本就不知道自己已经被警方监控，所以，越是在这个时候，我们就越不能慌，一定要保持常态。”

曹能这才稍微放心了些，不过心里依然忐忑，问道：“他犯下了那么大的案子，怎么可能去商场偷东西呢？”

林渐新淡淡一笑，说道：“我说过，这个人其实很简单，简单的人最容易冲动，也许当时他忽然非常迫切地想要去自己小时候生活过的那个地方，于是就出发了。呵呵！还别说，一场说走就走的旅行对他来讲还真不是什么难事。从省城到那个小山村也就一个多小时的路程，打车的话也就一百来块。此外，他对自己的智商非常自信，认为警方永远都不会发现那起连环杀人案的凶手就是他，与此同时，他也相信自己偷东西的手段非常高明，绝不会被商场的工作人员发现。他偷东西或许并不是为了节约钱，而是把这件事情当成一种游戏，而且这样的游戏还很容易上瘾。其实这件事情反而可以从侧面证明他并没有发现自己已经被警方监控。”

曹能更是不解，问道：“你为什么认为他是去了那个小山村呢？”

林渐新问他道：“曹警官大概是从什么时候开始经常做梦梦见小时候的那些事情的？”

曹能想了想，回答道：“大概四十岁吧。”他的心里顿时一动，“你的意思是？”

林渐新道：“当一个人开始经常做这种梦的时候，也就意味着他的心态正在老去，因为我们大多数人的童年是无忧无虑、非常值得怀念的。当一个人真正老去的时候，怀旧就会成为常态。冷国华这个人比较宅，几乎没有什么朋友，他在这个时候忽然出门，我认为他最有可能是回去看看自己小时候生活的地方。”

曹能看着他：“如果真是这样，那你也太神奇了，简直就是神机妙算啊。”

林渐新苦笑着说道：“我哪有那么厉害？只是我在飞机上的时候也做了个关于小时候的梦，这才忽然想到了这种可能。”

曹能瞪大眼睛：“你才多大啊，心态就老了？”

林渐新笑了笑，说道：“也许是我最近太累了，或者是在潜意识中将自己代入了冷国华的心境之中。不过这些都不重要，重要的是我也因此明确了下一步应该做的事情。”

曹能惊喜地问道：“这么说来，你有新的计划了？赶快说给我听听。”

林渐新却在摇头，说道：“我觉得自己对冷国华的了解还不够深入。很多心理学家都认为，心理疾病往往与患者的童年经历有关。所以，等冷国华返回之后，我也准备去一趟那个小山村，如果真的有所发现，说不定新的计划也就有了。”

林渐新的分析是正确的，第二天上午冷国华就真的兴冲冲地回来了，还带回来了一些土特产品。曹能这才彻底松了口气，禁不住拍了下林渐新的肩膀：“真有你的！你简直神了。”

林渐新微微一笑，说道：“这是经过心理分析得出的结论，因为一个人

的任何行为都是受其心理支配的。曹警官，你们这边继续监控，内松外紧，我和小季去一趟那个小山村，回来后我们再商量下一步的事情。”

曹能提醒道：“如今他已经与村里面的人取得了联系，你们去这一趟千万别暴露了意图。”

林渐新想了想，道：“那我们最好不要开警车去。”

曹能似笑非笑地看着他：“最好的办法是给你派一位女助手，你们两个人装作去旅行的样子。”

林渐新哭笑不得：“这大冬天的，有去那地方旅行的吗？”

曹能猛地一拍大腿：“我有办法了。小林，你先别忙着出发，等我安排好了再说。”

林渐新疑惑地看着他，曹能朝他诡异一笑，匆匆去了。“搞什么名堂？”林渐新嘀咕了一句，忽然有了一种不安的感觉。

一个多小时后，曹能带着一个年轻的女警察来了，介绍道：“小林，这是我们下面派出所的民警小章，她的家正好就在你要去的那个地方。我已经和小章说好了，这次你就以她男朋友的身份回去一趟。”

这家伙果然是要出邪招。虽然林渐新也认为这个方案不错，但还是觉得有些别扭，急忙将曹能拉到了一旁，低声问道：“这个小章有男朋友没有？这可是要回她的家乡去，坏了人家的名声可不好。”

曹能不以为意地笑了笑，说道：“以前我们的地下党还经常假扮夫妻呢，如今我们的警察假扮夫妻或者恋人去执行任务也是经常性的。没问题的，你听从我的安排就是。不过你千万不要对小苏讲这件事情啊，到时候她找我麻烦我可受不了。”

林渐新唯有苦笑。

小章很快换好了便衣。曹能安排的是一辆国产越野车，临行的时候曹能低声和林渐新开玩笑道：“你这假女婿第一次上门可不能空着手去，车上我已经替你买好了礼物，都是好烟好酒，倍儿有面子。”

他的声音虽然不大，但还是被站在一旁的小章听见了，顿时满脸绯红。直到此时林渐新才发现曹能其实也是一个喜欢说笑的人。

小章的驾驶技术不错，城市虽然堵车有些厉害，但她见缝插针，很快就将车开出了城，不过，这让坐在车里的林渐新有些难受，急忙道："不赶时间，你开慢点儿。对了小章，曹警官是怎么对你讲的？"

小章不好意思地笑了笑，回答道："曹大队告诉我，你是我们警方的特聘顾问，是一位心理学家，要去我们村了解一些情况，他让我什么都不要问，配合你就行了。"

这就好办了。林渐新对小章说道："今天天黑前我必须赶回来，到时候你想想办法找几个四十来岁的人，我要向他们了解一些情况，你去找他们来的理由要自然一些。能够做到吗？"

小章笑道："这很简单，我二叔就是四十多岁，他还是村主任呢。到时候我打电话叫他过来就是。"

林渐新也笑："看来曹警官叫你来执行任务确实是选对人了。太好了。"

两个人一开始说话之后气氛就自然多了。林渐新问道："你有男朋友了吗？你以前执行过类似的任务吗？"

小章的脸红了一下，回答道："暂时还没有男朋友呢，我只是一名派出所的普通民警，很少有机会执行这样的任务。"

毕竟两个人才刚刚认识，林渐新觉得气氛有些尴尬，开玩笑道："幸好你没男朋友，要是他来找我麻烦，我找谁申冤去？"

小章一下子就笑了，问道："你呢？你结婚没有？"

林渐新笑了笑，说道："这个问题你只是随便问的吧？因为在你的心里已经认为我这样的年龄应该早就结婚了。其实我真的还没有结婚，不过已经有女朋友了。"

小章惊讶地看了他一眼，问道："你连别人心里怎么想的都知道，难怪曹大队说你是一位非常厉害的心理学家呢。"

林渐新朝她摆了摆手，说道："你这种说法是错误的。心理学研究的是人类心理发展变化的规律，而不是所谓的读心术。当然，行为心理学和微表情研究，可以帮助心理学家通过肢体语言和脸部细微表情，去解读他人的潜意识，不过这依然是心理学研究的一部分。"

小章问道："我倒是知道潜意识……潜意识究竟是什么？"

林渐新回答道："潜意识就是我们灵魂深处最真实的想法，因为其中充斥着欲望、自私等人类本能的东西，于是在自我保护机制下，我们很多真实的想法就被封闭在了内心深处，所以很多时候就连我们自己都不知道真正的想法究竟是什么。'知人易，自知难'说的就是这个道理。"

小章很感兴趣，又问道："心理学家真的能够解读他人的潜意识吗？"

林渐新微微一笑，点头道："是的，这是心理学家必须具备的能力之一。通过对肢体语言和细微表情的观察，以及催眠等方式，我们就可以解读出某个人的潜意识。比如你刚才虽然一直在问我有关心理学方面的问题，其实你的潜意识真正想要知道的是我们这次任务的真正目的究竟是什么。"

小章想了想，笑道："好像还真的是这样。不过我不会问的，曹大队特地交代过纪律。对了，我忽然想起一件事情来，有一次我同学过生日，结果我喝醉了，虽然觉得非常清醒，但是上车后自己的脚怎么都不听使唤，就是踩不下去油门。我下车跺了几下脚，然后再上车去，结果还是一样。这是不是潜意识在起作用？"

林渐新发现这个女孩子其实很聪明，回复道："这就是潜意识的自我保护作用，而且也说明了你潜意识的能量非常强大。"说到这里，他禁不住就笑了起来，"或许你更适合去当间谍。"

小章笑道："我还想去做间谍呢，可惜没那样的机会。"

林渐新笑道："想不到你还有英雄情怀。间谍可不是那么好当的，随时都会面临危险，甚至是死亡。"

小章正色道："我是一名警察，从进入警校的第一天起，我就选择了勇敢，随时准备着去牺牲。不仅仅是我，我们当中的大多数人都是这样。"

林渐新看着她："你不害怕死亡？"

小章忽然觉得有些不好意思了："你是不是觉得我刚才在说假话？我当然害怕死亡了，可这是我的职业，而这个职业又是我自己选择的，所以，即使是害怕，也必须随时准备去面对。"

林渐新急忙道："不，我并不认为你说的是假话。其实一直以来我都不是特别了解你们这个行业，以及你们这个行业的人，现在我终于有些明白了，无论是曹警官、孙警官还是你，你们都是非常敬业的人。”

小章点头道：“是呀。如果选择了做军人，那就要随时准备着去冲锋陷阵；如果选择了做医生，那就应该随时去救死扶伤。其实大多数人都是这样做的，这太平常了，可是人们却往往忽略了这种平常，反而总是将目光投向行业中的个别败类，并加以夸大。比如说我们警察队伍吧，据统计，全国每年牺牲的干警多达四百多人，可是究竟有多少人在注意这个数字呢？很少有人是吧？在某些人的眼里，他们看到是就只是个别警察在滥用职权，然后就开始非议我们整个警察队伍。有时候想起来真是太气人了！”

林渐新默然。她说的是事实，这其中也包括城管、教师、医生等行业。社会发展太快，竞争压力巨大，不少的人内心充满着戾气，要么伤害自己，要么去伤害他人。所以林渐新更加坚信，这个社会的未来更加需要心理医生。

两个人说着话，在不知不觉中小章就已经将车驶向了一条乡村公路，她指了指前面不远处：“马上就要到了。”

林渐新笑道：“我还以为是在山上呢。”

小章禁不住就笑，说道：“几十年前这地方还算是不错的，至少比山上的村民富裕许多，如今反倒不行了，城市开发距离这里还比较远，出去打工又舍不得家里的几亩地，一个个游手好闲的……对了，一会儿我们互相怎么称呼呢？”

林渐新也是第一次假扮别人的男朋友，觉得挺有趣的，笑了笑说道：“我叫林渐新，你就叫我渐新吧，你呢？你叫什么名字？”

小章道：“章果。”

林渐新怔了一下：“那我就直接叫你名字好了。”

小章的脸又红了一下：“也行。”

“也行是什么意思？”林渐新问道，“你父母怎么称呼你？”

小章低声回答道：“他们都叫我果儿。”

林渐新：“嗯……我还是叫你名字好了。”

小章家的房子是典型的砖瓦结构。南方多雨，这样的房子空气通透，屋子里面的东西不容易生霉。小章将车直接开到了家里的院坝里面，下车后林渐新才发现刚才的乡村公路四通八达，心里不禁感叹：这些年来国家对农村的投入可谓是空前的，时代发展变化得让人难以想象。

这时候从屋子里面跑出一个十八九岁的男孩来，直接就挽住了章果的胳膊："姐，你怎么不说一声就回来了？这位是谁？姐夫？"

章果瞪了他一眼，脸一下子就红了，对林渐新道："这是我弟弟，在成都上大学。小根，这是林……林……"林渐新急忙接过话去："你好，我叫林渐新，是你姐姐的朋友。"

章小根嬉笑着脸道："是男朋友吧？"

林渐新瞪着他："难不成是女朋友？"

章小根愣了一下，猛然大笑，朝章果竖起大拇指，道："姐，这个姐夫你找得好，好有智慧，而且还很幽默！"

章果轻轻推了他一下："去、去！快去看书，你不是说要考研吗？"

章小根朝林渐新伸出手去："姐夫，这第一次上门，给我准备了什么礼物啊？"

林渐新感到有些尴尬，心想我哪里知道这个家里还有你这个家伙？！不过他倒是镇静，微微一笑，指了指车上："都在上面呢，自己去看。"

章小根去打开后备厢："喂！怎么都是烟和酒啊？我又不抽烟……毛衣？这是姐给我买的吧？姐夫，这可不算……"

他一口一个"姐夫"叫得章果倒是很不好意思了："快把东西拿进去，别在这里嚷嚷。"

章小根提着烟和酒，瞪着林渐新："这一次就算了，下次可不行啊。"

章果不好意思地看着林渐新："他就是这性格，你千万别介意。"

林渐新笑了笑，低声问道："不是要计划生育吗？你们家怎么有两个孩子？"

章果笑道："农村基本上每家都有两个以上的孩子，需要劳动力嘛。"

林渐新心想也是，以前的独生子女政策主要是针对城市居民的。他又低声问道："好像你父母不在？"

章果道："今天附近的镇赶场，估计他们是到那里去了。没事，我爸有手机，我马上给他打个电话。"

章果的父母果然不在家里。章小根说，家里刚刚杀了猪，他们去镇上卖肉了。然而，林渐新分明看到屋子里面挂了那么多的腊肉，心想现在农村的生活果然大不一样了。

章果给父亲和村主任打了电话后就开始准备午餐，林渐新发现她很能干，不多久就准备好各种配菜，只等着一会儿下锅了。

村主任很快就来了，是一位四十多岁的中年男人，有些黑瘦，章果长得和他有些相像。章果将曹能准备的礼物拿出了一半，对他说："今年过年我就不回来了，一会儿吃完饭后我们还得赶回去。这就算是我给您拜年了。"

村主任很高兴："果儿发财了呀，送我这么好的烟和酒。"他看着林渐新，"果儿，这是我的侄女婿？"

章果的脸又红了："还没结婚呢。"

村主任笑道："都带回家里来了，不就是迟早的事吗？"

见章果有些尴尬，林渐新急忙道："二叔，我们出去坐会儿吧。你们这地方真不错啊，距离省城这么近，为什么不搞一些农家乐发展经济呢？"

村主任一边跟着他出去一边摇头说道："早就搞过了，不行，很少有人来。"

到了厨房外边，两个人坐下后林渐新问道："你们以前是怎么做的？"

村主任道："有住宿，有麻将，吃的是鸡鸭鱼，还有新鲜的蔬菜。开始的时候还有人来，后来就很少了。"

林渐新笑道："我觉得吧，问题的根源还是你们不了解住在城市里面的那些人的心理。二叔，我给你出个主意怎么样？"

这时候章小根也坐在了旁边，他对林渐新要说的话也很好奇。村主任问道："侄女婿你是干什么的？"

林渐新哭笑不得，不过他知道村里的干部或许更看重权力的作用。他正

准备回答，就听到厨房里面章果大声说道：“渐新是我们省公安厅的特聘专家。二叔，你听他的绝对没错。”

村主任惊讶地看着林渐新：“乖乖！这么年轻就是省公安厅的领导了啊？了不起！”

章小根也吃惊地看着他。林渐新懒得解释，继续说道：“城里的人最注重绿色、环保、养生，还有就是新奇的事物。你们这里可以多搞一些鱼塘，地里种上成片的油菜，春天到来的时候就会形成一大片一大片的油菜花，如此的话就可以吸引城里的人前来观赏了。这些人出了城之后当然得吃饭、住宿。如果你们的鸡鸭猪羊都放养着喂，鱼塘里面不加任何饲料，游客肯定会喜欢。此外，住的地方不需要太奢华，干净就可以了。更重要的是，无论是生意好还是差，价格一定要公道，千万不要有宰客的事情发生……”

村主任为难地说道：“这个可不好弄，各家各户的，情况不一样啊。”

林渐新道：“要形成产业化，就必须前期进行合理规划，后期做好管理工作。这些都是你这位村主任的事情。”

村主任犹豫着问道：“这样真的行吗？”

林渐新看着他笑：“你不试试怎么知道行不行？油菜还是嫩芽的时候可以作为蔬菜卖，长成熟后菜籽可以用来榨油，土鸡、土鸭和没有喂饲料的鱼价格可不低，即使是失败了也不至于亏损，你说是不是？”

村主任想了想，点头道：“好像是个好办法，年前我召集大家开个会商量商量。”

林渐新问道：“你们这里最近没有城里的人来吗？难道以前没有人向你们提出过这样的建议？”

村主任道：“城里的人偶尔会到这里来，不过你这还是第一次向我们提起这样的事情。”

林渐新问道：“那些人都对你们说些什么？难道他们一点都不关心这地方的发展？”

村主任笑了笑，说道：“各有各的事情吧。有的是纯粹来玩的，也有走亲戚的。比如昨天晚上来的那位，他就是想在以前住的房子里面睡一晚上。”

林渐新问道：“那个人以前的房子现在是你在住？”

村主任摇头，说道：“就在我家隔壁。他小时候是在这里长大的，昨天晚上忽然想起了要跑回来看看，隔壁的赵老大也是很多年没有见过他了，特别高兴，就弄了些酒菜，叫了几个他小时候经常一起玩的人，把我也叫去了。我们几个人喝到半夜，都喝醉了才睡。”

林渐新表现出很有兴趣的样子：“我是搞心理学研究的，对这样的事情特别感兴趣。二叔，麻烦您说说这个人的情况，我很想知道他为什么要那么迫不及待地跑回到他以前住过的地方。”

村主任疑惑地看着他：“心理学研究？”

林渐新解释道：“就是分析一个人内心的想法。比如您为什么就不出去打工呢？很显然，因为您是村主任，工作上离不开；还有就是您家的生活现在还基本上过得去，没有必要出去吃那个苦。”

村主任这才明白了：“居然还有研究这个的……这个人叫冷国华，他父亲以前是这里的民办教师，就住在这附近不远的地方，后来他爹出车祸死了，是母亲把他养大的。他大学毕业后就把母亲接到省城去了。昨天他告诉我们，他母亲多年前就去世了。”

二十年前，他坐牢后不久，母亲就抑郁而终了。林渐新是知道这件事情的，点头道：“这个人后来就一直没有回来过？”

村主任点头道：“是啊。不过样子没怎么变。”

林渐新问道：“他父亲出车祸究竟是怎么回事？”

村主任道：“去给学生买课本，坐的拖拉机，结果拖拉机翻到了沟里，正好压在了他的头上。想起来真可怜，因为他是民办教师，国家也就没有补贴和赔偿，县里和镇上拿了点钱给他母亲好好安葬了。”

林渐新道：“哦。那他这次回来去他父亲的墓前看过了吧？”

村主任摇头道：“没有。他这么多年都没有回来了，其实我们都知道他恨他的父亲，因为他小时候他父亲经常打他妈妈，也打他。”

林渐新问道：“为什么？”

村主任道：“他父亲是以前的知青，他母亲就是我们村里的人，那个时候这种情况很多，你应该是知道的。”

林渐新又问道：“冷……对了，冷国华小的时候是不是经常被你们欺负？”

村主任忽然笑了，说道：“他从小都长得高大，谁敢欺负他呀。不过他倒是经常欺负别人，特别喜欢欺负女孩子。只要是哪个女孩子站在坎上，他就偷偷跑到后面去推一下，为了这样的事情他不知道挨了多少次打。”

林渐新问道：“谁打他？”

村主任道：“当然是他妈妈了。孤儿寡母的，谁忍心打上门去？”

林渐新又随意问了几个问题，可是再也没有得到有用的信息，就把话题扯到了另外的事情上面。正闲聊着，章果的父母回来了，林渐新发现章果的父亲和二叔长得很相像。章果的父亲诧异地看着林渐新：“这位是？”

章小根道：“我姐的朋友。”他朝林渐新眨了眨眼睛，然后又朝他意味深长地一笑。林渐新暗道：难道他感觉到什么了？不过此时他也来不及去深究，急忙客气地朝章果的父母打招呼：“叔叔好，阿姨好。我叫林渐新，是章果的朋友。”

章果的妈妈笑眯眯地看着他：“看上去还不错，就是身板单薄了些。”

章小根在旁边冷笑：“嘿嘿！”

这时候章果跑出来了，瞪着弟弟道：“你发这种怪声音干什么？去看书，你不是说要考研究生吗？”

章小根嘀咕着：“你就只会说这句话。”

一会儿的工夫章果就做了一大桌菜，腊肉、香肠、炖排骨以及各种新鲜的蔬菜。她还自作主张地开了一瓶曹能准备的好酒，笑着对父母说道：“这是渐新送给你们的，春节我们不回来过年了，今天就算是过年吧。”

章果的父亲客气地对林渐新说道：“你太破费了。年轻人应该多存点钱，今后结婚生孩子都需要花钱。”

此时章果已经适应了这种假扮的身份，表现得很是自然，笑道：“他有钱，你们别管他。”

这时候倒是林渐新感到浑身不自在了，急忙说：“对，我有钱，存着呢。”

章小根忽然扑哧一笑，然后不住咳嗽，硬憋着跑到外边去了。章果正准备跟出去，林渐新笑了笑说：“别管他，没事。”随即从章果手上接过酒瓶，给桌上的人一一倒上，同时抱歉地说道：“对不起，我不能喝酒，你们慢慢喝好。”

村主任看着他：“你这第一次上门来，不喝酒不大好吧？”

章果急忙道：“他真的不能喝酒，一沾酒就醉。”

章果的父亲不说话，端起酒杯喝了一口：“这酒也就是那个味儿……”

林渐新听出了他话中的弦外之音，也不想把气氛搞得太尴尬了，急忙也给自己倒了半杯，举杯道：“叔叔、阿姨，还有二叔，我敬你们一杯，提前祝你们春节愉快。”

章果父亲的脸色这才好了许多，问道：“你们就那么忙啊？”

章果解释道：“每年的这个时候都是案发高峰期，上边要求我们要加强巡逻执勤。没办法。”

林渐新也只好撒谎：“今天晚上我还要去一趟北京，机票都订好了。”

章果的父亲也还算通情达理，也就不再多说什么。在这样的情况下林渐新当然不可能夸夸其谈，倒是章果的父母把他的个人情况都问了个清清楚楚。好不容易吃完了这顿饭，林渐新也强迫着自己喝完了那半杯酒，当然不会醉，只是感觉身体不大舒服。中途的时候章果说代他喝一些，但是却被他拒绝了：“一会儿你要开车，不要知法犯法。”

就是这个小插曲，让章果的父母都觉得这个年轻人很不错，连看他的眼神都慈祥了许多。

吃完饭后林渐新将章小根拉到了院外边，问道：“你刚才阴阳怪气的，怎么回事？”

章小根笑嘻嘻地看着他：“你和我姐根本就不是恋爱关系，你就是来调查那个冷国华的，是不是？”

林渐新暗自惊讶，不过却不动声色，淡淡地说道：“年轻人别耍小聪明，今后会吃亏的。”

章小根不以为意地嘿嘿一笑：“我又没有当面揭穿你们。你放心吧，我不会讲出去的。”

林渐新拍了拍他的肩膀：“小伙子很聪明，我很看好你。”然后转身准备去叫章果出发，这时候却被章小根叫住了：“喂！我还有话要对你讲呢。”

林渐新看着他：“说吧。”

章小根跑过去低声问道：“你和我姐真的……”

林渐新再一次拍了拍他的肩膀：“送你一句话，一定要相信自己。越是自信的人就越容易成功。”

章小根心里嘀咕：这明明是两句话好不好?

当林渐新上了车，离开章果家的时候才终于松了一口气，他笑着问章果：“今后你准备如何向你的父母解释这件事情？”

章果却问道：“你的事情办好了吗？”

林渐新点头，说道：“大致差不多了。谢谢你，如果没有你的配合，说不定我这次来这里的目的早就暴露了，那样的话会给我们下一步的工作带来无法想象的困难，所以我要谢谢你才是。”

章果笑道：“你谢我干吗呀，我是警察，这不是我应该做的事情吗？渐新……”她的脸一下子就红了，“对不起，一时间改不过口来。我应该叫你什么呀？”

林渐新差点就笑了，说道：“他们都叫我林医生。你也这样称呼我吧。”

章果愕然：“医生？你不是心理学家吗？”

林渐新解释道：“我是心理医生。”

章果心里觉得奇怪，不过也就只是哦了一声，脚下的油门加大了些，越野车轰鸣着快速朝前面冲了出去。其实刚刚从章果家里出来的时候，林渐新就已经感觉到有些不大舒服了，此时的骤然加速一下子让他感到头晕目眩起来，急忙大叫了一声：“靠边，停车！快！”

章果一脚刹车踩了下去，越野车的刹车发出刺耳的声音，林渐新更是觉得胃里面翻江倒海般难受，同时也意识到灵魂深处的那个魔鬼即将冲出牢笼。

“无论发生什么，别给医院打电话，别来动我！”林渐新使劲才打开了车门，下车后就已经站立不稳了，双腿一软就跪在了地上，声嘶力竭地开始呕吐。章果倒是经常见到有人喝醉，倒也并不慌张，急忙过去扶住他，轻轻拍打着他的后背。而这时候，她忽然感觉到林渐新的身体颤抖得非常厉害，他说出的话也因嘴唇的颤抖而有些含混不清：“衣服……里，里兜……”

不过章果还是听明白了，急忙去解开他的外套。里面有一个小瓶，小瓶里面装着淡黄色的粉末。章果问道：“你要这个？”

林渐新的身体颤抖得更厉害了：“给我……一丁点，半……半指甲……”

章果从来没有看到过一个人会变成这个样子。林渐新的身体不住在地上扭曲翻滚，脸上一会儿是惊奇，一会儿是恐惧，甚至是多种表情交织……章果忽然间感到不寒而栗，正准备拨打急救电话，忽然间想起刚才林渐新的吩咐，无奈之下只好给曹能打过去：“曹大队，林医生他……他现在的样子好可怕……”

曹能急忙问道：“你们现在在什么地方？”

章果道：“刚刚从我家里出来不久，就在马路旁边。”

曹能斟酌了一下，吩咐道：“你就守在他身旁，千万不要去动他。如果有人问起，你就说他癫痫发了。记住，事后彻底将这件事情忘记！”

章果担心地问道：“他……他是不是在吸毒？”

曹能的声音变得更加严厉了些：“你要相信他，相信我。他没有吸毒，他是一个特别值得尊敬的人。明白吗？”

林渐新的身体依然在那里扭曲着，嘴里时不时发出嚯嚯的声音。这时候路过的车辆都停了下来，好几个人都在关心地问：“他这是怎么了？为什么不打急救电话啊？”

章果见有人正准备拍照，急忙过去制止住了：“我是警察，不准拍摄。”她拿出警官证，“全部上车，马上离开这里！”

有个人不听劝阻，章果过去一把抓过了他的手机：“暂时没收了，明天到刑警总队去认领。谁要是再不听劝阻，我有权马上对其实施拘留！”

那个被没收了手机的人一下子就怒了："这是我的自由，你凭什么没收我的手机？"说着就要去抢手机，却想不到章果微微一个转身，只听啪的一声，就被她摔在了地上。她的动作干净利索，快速狠辣，就连旁边的那些人都没有看清楚究竟是怎么回事。

章果到车上拿出一副手铐，轻轻在手上敲打着，目光却看向那些围观的人："你们还准备继续滞留在这里吗？"

不得不说章果刚才的果断还是具有很强的威慑力的，那些围观的人顿时一哄而散。章果朝刚刚从地上爬起来的那个人亮出警官证，说道："你记住我的警号，或者我们一起去刑警总队。"

那个人哪里还敢继续无理取闹？急忙道："手机我不要了，不要了。"

章果叫住了他："等等。你把刚才的录像删除了吧，这样手机就可以还给你了。千万别想着要去恢复数据，如果我在网上看到录像，就马上拘捕你。"

那个人大喜，急忙道："不会，绝对不会。"

当所有的人都离开后，章果这才发现林渐新的状况已经好了许多，虽然他的身体依然蜷缩在地上，却没有先前那样颤抖得厉害了。她蹲在了林渐新身旁，关心地问道："你怎么样？没事吧？想不想喝水？"

林渐新似乎根本就听不见她的话，身体仍然蜷缩着，没有任何反应。章果有些慌了，急忙将手伸到他的鼻孔下面……还好，呼吸还在。她就地坐了下来，怔怔地看着那个蜷缩着的身体：这究竟是一个什么样的人啊？为什么被曹大队如此看重？

时间一分一秒过去，章果感觉到这个世界已经彻底静谧，除了眼前那个蜷缩着的身体，其他的一切仿佛都不复存在。这样的感觉非常奇妙，而且竟然又是如此美好。

直到某一刻，蜷缩在地上的林渐新终于慢慢伸展了身体，正在那里发呆的章果豁然清醒，跑过去焦急地问道："你怎么样？好些了没有？"

林渐新用手撑着坐了起来，看着她，抱歉地说道："我没事了，辛苦你啦。"

这一刻，章果忽然发现他的眼神竟然是那么明亮、干净，心里仅存的最后一丝怀疑也因此荡然无存。

章果一直将车开到了招待所里面，曹能、邓长治都在那里等着。林渐新从车里下来的时候两个人吓了一跳，他们还是第一次看到这个人灰头土脸、惨兮兮的模样。

曹能上前去拍了拍林渐新身上的尘土，批评章果道：“你一个女同志，怎么就不知道照顾人呢？”

章果满脸的委屈：“我……”

林渐新急忙替她解围：“不关她的事情。没事了，我去洗个澡，明天上午我们碰个头。有些事情我还得再仔细斟酌一下。”

曹能似乎明白了什么，惊喜地问道：“你是不是已经有新的方案了？”

林渐新点头：“是的。不过我还得再考虑考虑，包括其中的一些细节。”

这天晚上林渐新又一次失眠了。

失眠的痛苦并不仅仅是因为睡不着，而是精神上疲倦但感觉器官却又偏偏非常敏感。耳朵里血管的搏动，自己呼吸的声音，翻身的时候床架的微响……任何细微的声音都可以听得清清楚楚，全身毫无规则的某个部位的瘙痒更是让人心烦，但是大脑却又偏偏思绪纷飞。

林渐新怀疑出现这样的情况很可能是因为服用药粉的时间被提前的缘故，此外，还应该与自己接下来的计划有关。他有些怀疑自己：关于冷国华这个人，你对他的了解真的已经足够了吗？

这并不关乎自信的问题，而是因为这件事情太过重要。

即使是心理医生，当他在面对失眠的时候也是毫无办法的，当然，除非是使用药物。于是他干脆起床了，然后再一次开始研究冷国华的个人资料。

冷国华为什么忽然想跑到那个小山村？究竟是因为怀旧，还是别的原因？是的，他的童年很不幸，但那个时候的他，却根本还意识不到未来生活的艰辛。也许，在他的心里只有恨。恨他的父亲，恨母亲出身的低下与逆来顺受。不，不仅仅是恨，或许更多的是鄙视。嗯，从他经常欺负女孩子的事情上就可以说明这一点。

从童年的时候开始，从骨子里轻视女性的种子就已经在冷国华的内心埋下了。即使他那么深爱着卿若安，却依然控制不住自己要去侵犯她。也许在他的骨子里还存在家暴的冲动，只不过他所受到的教育最终让他抑制住了那样的行为。其实对家庭漠不关心也是家暴的一种另类方式。

这一刻，林渐新忽然明白了：冷国华急匆匆跑到那个小山村不仅仅是为了怀旧，而是试图告别过去。他没有去父亲的坟前，因为他不需要向父亲感恩——父亲只是给予了他生命，却让他从此受尽苦难。所以，他绝不能像父亲那样懦弱，自暴自弃，他要重新开始。

那么，他的爱情有新的目标了吗？应该还没有开始，否则监控他的警察应该有所发现。如果真是这样，新的计划就应该没有什么问题。

林渐新重新躺在床上。没有了心事，难得的困意终于如期而至。

第十七章

虚拟杀手

南方冬天的雨水还是比较多的，第二天早上，林渐新就发现窗外湿气蒙蒙的薄雾中飘散着如同细丝一样的雨。这样的天气适合待在屋子里，一壶茶，一本书，享受宁静与轻松。

那帮烟鬼一会儿就要来了。林渐新喃喃自语着。

想不到曹能他们比林渐新预料的还要来得早，几个人都跑到招待所吃早餐来了。很显然，这是曹能的意思。林渐新能够理解曹能的这种着急——这起影响极大、性质极其恶劣的连环杀人案在经历了两年多的时间后却依然毫无线索，无论是精神上的压力还是作为警察的荣誉感，都让他在心里憋着一股气，如今终于柳暗花明，罪犯即将归案，这如何不让他激动与兴奋？

“那我们就一边吃饭一边说事情吧。这里空旷，你们可以随便抽烟。”林渐新看着他们几个人，说道。

曹能却不同意：“还是找个比较正式的地方，到时候季擎拍几张照片。这毕竟是一起大案、要案，破获的过程最好能够留下一些资料，到时候媒体采访的时候也需要。”

林渐新倒是没有想到过他们还有这方面的考虑，笑着说道：“那好吧。

不过照片和录像里面不能有我。”

曹能看着他笑：“为什么？这起案件能够最终破获的话，主要的功劳可都是你的。”

林渐新朝他摆了摆手：“第一，我不是警察，所以不需要这方面的荣誉；第二，今后我大多数的时间得在心理诊所里面，如果到时候全国各地的警方都来找我，我这个心理医生还怎么做得下去？”

现在曹能算是比较了解和理解他了，笑道：“好吧好吧。照片和录像里面还是应该有你的，不过我可以向你保证绝不对外公布就是。”

早餐后几个人到了招待所的会议室里面，曹能坐在中间，其他的人坐于两侧。曹能开了个头，大概讲了几分钟的时间。虽然林渐新觉得有些形式主义，但也没有多说什么，作为心理医生，他更懂得如何尊重他人的需求。

接下来，林渐新直接讲出了他最新的方案：“其实我现在的方案和最开始的差不多，只不过就是将凶手设定为女性。也就是说，我们虚拟的受害人都是男性。”

在座的人一个个都目瞪口呆。过了好一会儿之后曹能才问道：“为什么要这样设定？”

林渐新回答道：“我们最开始的设定是模仿凶手的作案方式，以此激怒凶手继续犯罪，或者激怒凶手去找到模仿者，然后从中得到真正的凶手作案的证据或者口供。这个计划的制订是源于我们对凶手骄傲、追求完美心理的分析。然而这个计划存在着两个致命的问题：第一，由于凶手内心的愤怒已经得以发泄，他不一定会上钩；第二，如果我们控制不好，很可能会造成无辜者遇害。这一次冷国华突然从警方监控人员的视线中消失就足以说明，出现这种情况的可能性是极大的，所以，我们绝不能去冒这样的风险。”说到这里，他喝了一口茶，然后继续说道，“而现在的这个方案恰好可以避免出现这两种可能……”

这时候孙挺坚忽然说：“对不起，我打断一下。林医生，既然你认为凶手内心的愤怒已经得以发泄，那么采用模仿凶手作案的方式又如何能够让其上钩呢？”

林渐新微微一笑，说道：“孙警官的这个问题问得非常好。”随即就将头一天的调查情况讲述了一遍，“由此可见，冷国华的心理阴影形成于他的童年，他从小被父亲施暴，后来父亲又死于车祸，因此，这个人极度缺乏父爱。这也可以解释他为什么那么多年来一直执着追求卿若安：他的父亲因为娶了一个不合适的妻子，以至于遗憾终身，所以，他绝对不能重蹈父亲的覆辙，他要娶一个自己真正喜欢的、一辈子都不会厌弃的女人。然而，正是卿若安的那一记耳光打醒了他，那时候他才发现自己半生的追求竟然毫无意义，于是，童年时期形成的心理阴影，以及多年来所承受的屈辱与各种不幸所聚积起来的愤怒就在那一刻猛然爆发……如今，连环杀人案已经过去两年多了，他心中的愤怒已经不再，而且这两年多的时间足以让他开始重新思考和面对人生。如果在这个时候忽然出现一个模仿他作案的女性凶手，你们说说，他会不会对这个女性凶手非常感兴趣？”

孙挺坚思索了片刻，说道：“感兴趣是肯定的，可是他并不一定就会出手啊。”

林渐新朝他摆手，说道：“他当然不会轻易出手，可是他肯定会对这个女性凶手感兴趣。冷国华从内心深处是瞧不起女性的，在他很小的时候就开始干伤害小女孩的事情，当那些小女孩被他推下坡坎，因为摔伤或者惊吓而痛哭的时候，他的心里一定觉得那是一件非常好玩的事情，对童年时期的他来讲，那就是一种非常好玩的游戏。正因如此，在他实施连环杀人的过程中才不会有任何心理障碍，甚至他还很可能将每一次杀人过程当成童年时期那个游戏的延续。如今的冷国华已经痛定思痛，决意开始自己全新的人生，而这时候忽然出现了一位和他的喜好惊人相似的某位女性，你们说他会不会因此而怦然心动？”

孙挺坚又问道：“你不是说他从内心深处瞧不起女性吗？”

林渐新点头道：“是的，那是在他发现这个让他怦然心动的女性之前，就如同他当年看到卿若安第一眼的时候。冷国华是一个简单的人，正因如此，他在感情的问题上才更富于理想化，而且总是充满着浪漫主义的幻想。”

孙挺坚终于笑了：“林医生，你说服我了。”

此时曹能也弄明白了林渐新提出那个方案的依据，鉴于他每一次对人性的透彻分析以及料事如神般屡次事先得出的精准结论，曹能这次当然也不会怀疑他。曹能问道：“那么，具体的实施方案呢？如果要让冷国华怦然心动，普通的方案可能不行吧？”

林渐新道：“曹警官的这个问题也提得非常好。正如曹警官刚才所说的那样，如果我们虚拟的这个罪犯只是一味模仿冷国华的犯罪过程，肯定是不行的，所以，我们必须要编写好剧本，让这个虚拟罪犯与警方斗智斗勇，而且还要让警方疲于奔命，每一次差点儿被抓获最终却又成功逃脱。此外，模仿冷国华作案的方式也是必需的，因为只有这样，才可以让冷国华感觉到他成为这个最新出现的女性凶手的偶像，也只有这样，当冷国华发现这个女性凶手处于危险的时候，才会出手施以援助。”

孙挺坚问道：“问题是，冷国华一定能够找到我们虚拟的这个女性凶手吗？如果太容易就找到了，他肯定会怀疑和警觉的。”

林渐新点头道：“是的，这是我们这个计划最为关键的步骤之一。不过要做到这一点并不难，毕竟现在我们处于主动，在暗处；而冷国华处于被动，在明处……”

接下来林渐新开始详细说明具体的方案。这是他头天晚上失眠后再三思索、推敲后形成的方案，所以在曹能他们听来几乎没有任何的遗漏。孙挺坚赞道：“林医生，你来当我这个支队长吧，你这方案简直是太完美了，就是我们这种专业警察也不一定有你考虑得详细。”

林渐新一点都不谦虚：“那是因为我一直在研究冷国华这个人，这份方案是专门针对他做的，当然不能有任何的疏漏。我也就只是限于这个案子，不过即使是这样，我也不敢说这个方案已经十分完美，有时候情况是会临时发生变化的，而且那样的变化我们现在根本无法预估。”

曹能点头道：“所以，我们一定要事先尽量考虑周全，更重要的是执行这个任务的人一定要选好。”

林渐新道：“人选我已经有了，就是这次陪同我去往那个小山村的章果。我觉得她就非常不错。”

曹能直接反对："她？不行不行。她只是基层派出所的一名普通民警，从未执行过如此重大的任务。小林，在这件事情上你可千万别意气用事。"

林渐新摇头道："我觉得恰恰相反，这件事情最好是用新人，冷国华多疑，一旦两个人见了面，如果我们的人表现得过于完美，说不定反而会坏事。章果最大的长处就是潜意识下的自控能力特别强……"接下来他讲了章果那次喝酒后的事情，"这也是一种天赋，并不是什么人都具有的，像她这样的人，绝对是做间谍或者卧底的好材料，只是你们到目前为止还并不了解她罢了。"

曹能沉思了片刻，道："这样吧，我亲自去考察她一次，然后再说。对了，到时候一旦冷国华真的出动，我们这边还需要一位受害者啊，挺坚，要不你亲自上阵？"

孙挺坚笑道："行啊，这个任务我接受。"

然而林渐新却提出了反对意见："孙警官，你是下面刑警支队的队长，平时下面的人都围着你转，太显眼了，认识你的市民想必不少，你能够保证冷国华就一定不认识你吗？"

孙挺坚苦笑："这倒是。"

林渐新将目光投向了季擎："我觉得小季才是最合适的人选。最近几天他一直都在跟着我，很显然，他应该是除了我之外最了解冷国华的人了，一旦到时候出现意外情况，说不定他能够见机行事、化险为夷。"

孙挺坚、邓长治和季擎都看着曹能，其中季擎的目光极其热切。曹能皱眉道："你们都出去吧，我想单独和小林说几句话。"

"小林，首先我要感谢你，如果不是你，这个案子到现在为止肯定还是一起悬案。"当其他的人都出去后，曹能点上烟，对林渐新说道，"现在案情终于明朗了，就差这最后一步，一旦出现问题就会功亏一篑。虽然我相信你看人的眼光，但他们毕竟都是新人，如此重大的任务，他们真的能够承担得起吗？"

林渐新完全理解他的压力，回答道："选择他们两个人，主要是基于两个方面：第一，这件事情知道的人越少越好；第二，从我的角度讲，我对这两个人算是比较了解的，而且也觉得他们合适。而在如今这样的情况下，也许重新安排一个人替换季擎比较容易，但一时间要去找到一位更适合的女警察，可能并不容易吧？其实我也知道，如果我们完全针对冷国华安排人，章果也并不是最合适的人选，毕竟她实在是太年轻了些。不过这样的安排也有好处，至少可以让冷国华不会在第一时间认为这是一场专门针对他的阴谋。曹警官，你说呢？”

曹能点头，说道：“‘阴谋’这个词用得不准确，我们可是正义的这一方。”这时候连他自己都忍不住笑了起来，“好吧，初步就这样定下来，不过为了慎重起见，我还是要和章果谈了再说，而且此事关系重大，人选的问题最终还必须经过上面的同意才可以。”

上面的人知道些什么情况？他们还不是听你的？说到底还是你自己不放心。林渐新的心里面跟明镜似的，只不过没有说出口罢了。

章果忐忑不安地进入曹能的办公室。作为普通民警，她与曹能的级别相差太大，忐忑不安也就在所难免了。而此时曹能正在看一份文件，章果进去后他根本就没有任何表示，仿佛眼前的她根本就不存在。

章果不敢惊动他，笔直地站在那里等候着。时间过去了十来分钟，曹能却依然没有想要和她说话的意思，而且根本就是把她当成了空气。而章果也就那样一直笔直地站着，内心虽然更加忐忑，不过看上去还是那么镇定如常。

时间又过去了十多分钟，这时候曹能终于抬起了头，惊讶地问道：“章果？你什么时候进来的？”

章果大声道：“报告曹大队，二十多分钟前，我在您办公室外边喊了‘报告’，是您亲口叫我进来的。”

曹能淡淡地问道：“是吗？”

章果的身体站得更直了：“报告曹大队，是的。”

曹能的目光看向了她，不怒自威，缓缓道：“章果，经市民举报，你上次在与省公安厅特聘专家林渐新一起执行任务的过程中玩忽职守，滥用权力，不但让我们这位特聘专家暴露于大庭广众之下，还对过往群众实施暴力，我受省公安厅委托，向你宣布处理意见：从即日起，开除章果公职和警籍。”

章果大惊：“曹大队，这……”

曹能不耐烦地朝她挥了挥手：“就这样吧，处理意见马上就会下到你所在的派出所。”

章果大声道：“是！”可是却依然站在那里一动不动。

曹能冷冷地问道：“你还站在那里干什么？如果你认为公安厅对你的处理意见有失公平，你可以向有关部门提起申诉。去吧去吧……”

章果答道：“曹大队有什么新的任务就直接吩咐吧，我保证完成任务！”

曹能直盯盯地看着她：“你认为刚才对你的处理意见是假的？”

章果道：“当然是假的。虽然我只是一名普通民警，但上级如果真的要处分我，首先要详细调查事情的经过。可是在此之前并没有组织的任何人找我了解过情况，而且我并不属于您直管，由您向我宣读处理意见，这本身就不符合相关程序。”

曹能怒道：“你竟然敢怀疑我？”

章果有些紧张，不过依然挺直着腰：“在警校的时候老师教导过我们，质疑，是一名警察应该具备的本能，无论对方的地位有多高，身份是多么显赫，如果发现对方有问题，就应该坚持自己的怀疑并顽强地调查下去。曹警官，现在我请求您出示省公安厅关于处理我的那份正式文件，我这样的要求不过分吧？”

曹能忽然大笑：“不错！小林的眼光果然不错。你不但具有非常强的抗压能力，而且头脑也非常清醒。章果……”

章果立正，大声道：“到！”

曹能看着她：“从现在起，你已经被借调到刑警总队，参与一起重大案件的调查。相关手续随后会有专人去替你办理。明白了吗？”

章果大喜：“是！”

曹能满意地朝她点了点头，说道：“去向林渐新报到吧，具体的事情他会向你说明的。”

林渐新？章果道：“是！”

林渐新一见到章果就知道她已经通过了曹能的考核，至于曹能是如何考核她的，林渐新对这件事情并不感兴趣。在他的眼里，章果就好像是一块璞玉，接下来需要让她去创造奇迹。

“你先把这些资料熟悉一下。看完后再说。”林渐新将一份卷宗交给章果，这是他最近整理出来的那起连环杀人案的分析材料，以及冷国华的心理发展过程和主要特征。

章果花了两个多小时才全部阅读完。在阅读的过程中，她的心里当然是非常震惊的，而直到此时她才明白上次自己和林渐新一起去父母家真正要执行的任务究竟是什么。虽然当时她已经意识到林渐新是为了那个叫冷国华的人而去，却根本没有想到这个人竟然会是两年前那起连环杀人案的凶手。

从手上的资料中章果可以看得出来，冷国华的暴露完全是林渐新心理分析的结果，对此她也感到非常惊讶。这是一种她从来没有听闻过的破案方式，而且在阅读的过程中她也尝试着按照这样的方式去猜测林渐新下一步的思路，却发现对方的思考方向与自己内心所想截然不同。不过有一点她似乎已经明白：林渐新一直在研究凶手，待凶手的影子慢慢浮出水面之后，他才开始进一步去研究冷国华这个人，而且纯粹是从心理的角度，不仅仅是犯罪心理。

现在，章果完全相信林渐新就是一位非常了不起的心理学家了。

而此时林渐新还在继续研究自己制定的方案，他不断揣摩冷国华的心理，同时对方案中的几处细节进行了说明，他主要考虑的是可能会出现的情况。这时候就听到门外传来了章果喊“报告”的声音。“请进来吧。”林渐新回应道。

章果进来了，笔直地站在林渐新面前。林渐新朝她和蔼地笑了笑，说道：“我不是你的上级，你用不着这样规规矩矩的。请坐吧，随便一些。对了，你要喝茶的话自己去泡，茶叶和开水都在那里。”

章果不好意思地笑了笑，然后坐下。林渐新问她："案卷看完了？有什么想法没有？"

章果问道："不知道接下来我的具体任务究竟是什么？我想，他们肯定不是为了让我来向你学习如何使用心理学破案的吧？"

林渐新对她的这个回答很感兴趣，问道："为什么没有这样的可能？"

章果回答道："全省那么多的干警，这样的事情还轮不到我吧？所以，我觉得最大的可能就是你们想让我去做钓饵，把这个罪犯钓出来。"

这下林渐新对她更是刮目相看了："哦？说说你这样认为的理由。"

章果道："记得我们一起去我老家的时候你对我说过，我非常适合做间谍，在我们警察当中做间谍肯定是不可能的，不过做卧底的人倒是有一些。刚才我看完了案卷，发现对于两年前的那起连环杀人案，无论是我们警方还是你，现在都没有掌握关于凶手的任何证据，目前得出的结论仅仅是你分析的结果，所以目前对我们来讲，最需要的就是关于凶手的证据，而通过一名新的受害者去获取证据似乎是唯一的办法。"

林渐新似笑非笑："但是你想过没有，凶手也可能会这样认为，所以，你刚才说的那种方式不一定让凶手上钩。"

章果怔了一下："那你的意思是？"

林渐新道："任何事情都不是那么绝对的，所以，从今往后你千万不要轻易使用'唯一'这两个字，那样的话会限制你无穷的想象力。好了，现在我就告诉你我们的方案吧。"

听完了林渐新的方案和自己的任务之后，章果既惊讶于这个方案设计的精妙，同时又非常激动。自从从警校毕业被分配到基层派出所之后，她一直以来感到最遗憾的就是自己总是被无尽的琐事所牵绊。作为一名警察，缉拿罪犯本身就是一种天职，可惜的是大多数的基层民警很可能一辈子都不会遇到那样的机会。

林渐新又何尝看不出她此时的激动与蠢蠢欲动？他微笑着问她："你觉得自己能够胜任这个任务吗？"

这时候章果才冷静了下来，点头道："我一定能够圆满地完成这个任务的，请林……林老师放心。”

林渐新看着她：“说说你能够胜任这个任务的理由。对了，你就叫我林医生吧，他们很多人都这样称呼我。”

章果想了想，说道：“你们制定的这个方案非常完美，我只需要在凶手出动的时候开始行动就行。我知道，这项任务的关键是要套出凶手的口供来，我觉得自己能够做到大胆、冷静和随机应变。”

然而林渐新却在摇头：“不，最重要的是要保证自己的安全，在这个基础之上才是圆满地完成任务。明白吗？”

章果的内心感动了一下，她明白，林渐新刚才的那句话绝不只是随意说说，因为她看到了对方眼中的真诚。她点头道：“我的擒拿格斗技术足以对付两三个普通人，所以自保肯定没有任何问题。”

林渐新却依然在摇头：“绝不要轻视自己的对手，这个罪犯非同寻常，智商极高。人类之所以能够成为这颗星球的主宰，靠的不是身体的力量，而是智慧。实话告诉你吧，推荐你来执行这项任务的人其实就是我，推荐你是因为我觉得你最合适，是最可能圆满完成任务的那个人，但是现在我最担心的是你的安全。人的生命只有一次，它何其珍贵！我不希望自己的推荐和建议酿成悲剧，如果你依然在这个问题上轻视罪犯的话，那我们就只能换人了。”

章果这才真正明白了，即刻站起身来，挺直着身体道：“我一定把自己的安全放在首位，坚决完成任务！”

林渐新朝她点头：“好吧，从现在开始你就住在这个招待所里，暂时断绝与外界的联系，耐心等待我们的命令。”

章果大声道：“是！”

林渐新稍微松了口气。如今已经万事俱备，就等着接下来的好戏开场了。此时此刻，林渐新的心里也有些激动。但愿一切都如同预想的那样顺利，他在心里祈祷着。

第十八章

心理游戏

冷国华家楼下的那个卖报人有些与众不同，每天的晨报和晚报到了以后，他会将重要的新闻吆喝出来，而且还要在附近居民点来回走动。所以，他每天卖出去的报纸要比其他的报贩多得多。

考虑到冷国华平时比较宅的情况，从钓鱼行动一开始，就按照林渐新的方案，让一名便衣警察替换了冷国华家附近原来那个卖报纸的中年男人。如今这个卖报人流动性更强，而且吆喝的嗓门比以前那位更加洪亮。

在“案发”前一周替换卖报人，就是为了不引起冷国华的怀疑，同时又是为了今后能够及时将“案情”送到冷国华的耳朵里。

警方已经与报社方面进行了秘密沟通，报社方面知道大概情况的就只有一位主要负责人及一位特约记者。与此同时，警方还加强了对冷国华的监控力度，趁他外出的时候悄悄潜入他的住处，在非常隐秘的地方安装了微型摄像头。此外，警方还对冷国华的手机进行了特别监控，包括实时定位。

其实这些监控手段并不是什么高科技，都非常常规，只不过普通民众并不懂得罢了，更何况这样的事情与普通市民并没有多少关系，因为警方针对的仅仅是特殊类型的犯罪嫌疑人。

关于这个方面的问题，林渐新也是事先询问了季擎之后才知道真实情况的，所以才将其纳入到了方案之中。后来在研究方案的时候，无论是曹能还是孙挺坚，都没有对此提出任何异议，林渐新才明白这样的技术手段完全可行。

一周的时间很快就过去了，据监控冷国华的刑警报告，冷国华并没有对替换卖报人的事情产生丝毫的怀疑。林渐新道："那是因为目前的新闻和他没有任何关系，一旦我们的计划正式开始，当第一起'凶杀案件'出现之后，说不定他就会注意到异常。"

曹能道："没关系，我们这位刑警的经验非常丰富，而且周围的人已经基本认可了他当时的说辞。"

林渐新点头。这也是方案的一部分，是其中的细节问题。如果卖报人遇到冷国华的当面询问，首先是选择不理会他，因为如果回答得太快，反而容易引起他的怀疑。如果到了必须要回答的时候，就说原来的卖报人回老家过年去了，自己是花费了一笔钱，从原来的卖报人那里取得了一个月的替代权。

根据警方的计划，第一篇报道终于出现在了当天晨报的第三版，题目是《中心公园再现变态杀人凶手，死者被割去生殖器！》

这篇报道的题目极其醒目，触目惊心，在卖报人的吆喝下，路人纷纷掏钱购买。一时间议论纷纷。不过很快大家就发现这一次的案情和两年前的那起连环杀人案不大一样，因为这一起案件的死者是一位年轻男性。

然而，这起"案件"并未引起冷国华的注意，他依然宅在家里。监控画面上显示，他听到吆喝声的时候侧耳聆听了一会儿，但随即将注意力放到了手上那本正在看的书籍上面。

不过这篇报道却引起了其他媒体的注意，许多记者因此涌向刑警总队请求采访。警方的回复是：案件正在调查之中，具体情况无可奉告。

冷国华生性多疑，但想不到对于此事他居然能够如此淡定。曹能对林渐新道："如果不是我完全相信你的分析，此时肯定开始怀疑他究竟是不是两年前那起连环杀人案的凶手了。"

林渐新道：“越是内心简单的人越能静下心来，他这是在强迫自己不要去对那件事情好奇。别着急，你就看着监控画面，不一会儿他就淡定不下去了。”

果然，曹能从监控画面上看到，大约十来分钟之后，冷国华忽然放下了手上的书，然后快速打开了电脑，开始搜索着什么。

林渐新问道：“可以看到他搜索的内容吗？”

负责监控的工作人员将画面放大，不过因为摄像头位置受限，电脑上面的情况有些看不清楚，但大致可以看出“某某市中央公园凶杀案”几个字。

林渐新也打开了旁边的电脑，在同样的搜索引擎上输入同样的几个字，搜索后发现主要内容都是两年前的那起案件的相关报道。这时候季擎提示林渐新：“他打开了一个本地贴吧。”

此时林渐新已经看到了该贴吧的信息提示，点击进入。里面有不少人正在讨论今天报纸上刊登的那条凶杀新闻。林渐新大致看了几眼，随即就在贴吧里面搜索两年前那起连环杀人案的相关内容。

当时讨论那起案件的人非常多，各种各样的猜测都有。林渐新明白了，很显然，两年前冷国华也经常浏览这个贴吧，正因如此，此时他才会直接进入这个地方。普通市民中有不少的推理爱好者，通过他们的一些言论和想法去分析、了解警方的动态和思维模式，从中确实可以学习到一些反侦查的知识。

不过冷国华只是浏览了一小会儿网上的内容就离开了电脑，然后继续抱着那本书阅读。林渐新道：“他对这起案件兴趣不大，因为死者是男性，也许他认为这起案件只是一种巧合……好了，不用管他了，下一周新的‘案件’出来后再说吧。”

对于警方来讲，这短短一周的时间是最难熬的。凶手作案需要勘察作案的地方，同时还要完善自己的计划，当一切就绪后才会开始行动。而现在，警方只能等待。不过警方从监控中发现，最近几天冷国华外出的时间比以前多了些，除了买菜和逛书店之外，有时候还会在大街上无所事事地溜达。这时候林渐新也似乎明白了：其实他也在等待。

“很显然，他并不能完全肯定这起案子出现在中心花园仅仅是一种偶然。不过这起案子的出现，使得他有些担忧和不安了。”林渐新分析道。

曹能问道：“他是担心警方会从中寻找到什么线索，以至于对他造成不利？”

林渐新点头道：“是的。在此之前我并没有分析到他这种焦虑的心态，不过这对我们来讲是一件好事情，因为他的这种担心和焦虑如果继续下去，就会成为他阻止凶手继续作案的心理动因。如果他发现凶手很可能是女性，好奇心、志同道合的好感，以及焦虑等所有心理交织在一起，他就会更加抑制不住出面帮助对方渡过难关了。”

曹能点上烟，笑道：“其实冷国华这个人很有意思的。”

林渐新道：“如果我们仔细去分析每一个人，都会觉得他很有意思。我们每个人都是这个社会的缩影，每个人的一生都是一段异彩纷呈的故事。”

曹能看着林渐新，笑道：“想不到你还是一位哲学家。”

林渐新一点都不谦虚：“我本来就喜欢哲学，因为心理学本身起源于哲学。”说到这里，他禁不住笑了，“我的同学当中研究哲学的可不少，不过他们的心思不纯，他们研究哲学就是为了泡妞。”

曹能大笑：“结果心思不纯的那些家伙早就结婚了，就剩下像你这样的人，现在才开始谈恋爱。”

林渐新苦笑着说道：“是啊，那些家伙就像万艾可一样，副作用到最后反而成了最佳疗效。”

众人顿时都大笑了起来。这一刻，章果才忽然发现，林渐新其实也是一个比较幽默的人。她低声问旁边的季擎道：“万艾可是什么？”

季擎诧异地看了她一眼，低声回答道：“万艾可这种药最开始本来是用于治疗心血管疾病的，可是到了临床使用的时候才发现它的副作用竟然是治疗阳痿……”

章果的脸一下子变得通红，瞪了季擎一眼，低声道：“你怎么知道的？难道你也用过？”

季擎哭笑不得：“我还是单身呢。”

章果瞟了他一眼："谁说单身就不用那玩意了？"

季擎急忙闭嘴，这时候他才发现在一个女人面前辩解是一件多么愚蠢的事情。

不管怎么说，林渐新刚才的笑话还是有一定作用的，至少在座的各位已经不再像刚才那样紧张和焦虑了。

作为心理医生，林渐新的耐心当然是最好的。在难熬的数天的等待中，他通过视频处理完了以前两个病人的问题，其余的时间都待在房间里面看书。看书可以让一个人的内心彻底放松，静谧下来，进入到如同禅定般的世界，其中的美妙唯有真正喜好阅读的人才能够感受得到。

一周后，星期五的清晨，尖厉的警笛声划破了这座城市的宁静，让刚刚从睡梦中醒来的人们不禁心惊：又发生什么大事情了？

警车一路疾驰，一直到某个小区外面停下，十多名警察蜂拥而入，不多久，一具尸体就被几个警察从楼上的某个出租屋里面抬了下来。住在附近楼上的居民将当时的场景看得真真切切，有的人还摄录下了当时的整个画面。

进行了一个多小时的勘察后，警车才呼啸而去，而此时，这座城市已经彻底苏醒。人们议论纷纷，不少人从案发的地方联想到了两年前的那起连环杀人案。

尸体当然是警方头天深夜的时候就准备好了的，邓长治的解剖室里面最不缺的就是尸体。不过为了寻找到一位合适的房主，警方还是做了大量的工作，并给予了一定的补偿，当房主得知这件事情只是为了演一出戏之后，心里也就释怀了。当然，房主也保证一定严格保密。整个过程基本上看不出什么破绽，就连在现场勘查的孙挺坚都是完全按照常规的程序进行的。

由于当天的晨报已经印刷完毕出厂了，临时改动加印已经来不及，不过网上相关的新闻已经出现了。从监控画面上看，冷国华起床后就一直在看书，并没有打开电脑。上午十一点过后他开始做饭，在电饭煲里面下了米，用微波炉将一块肉解了冻，切了些青椒，将解冻了的肉切成肉丝，然后开始做番茄鸡蛋汤。他将番茄和鸡蛋放在一起炒，然后加水用文火慢慢熬，一直熬了十多分钟才起锅，用一只大碗盛着。紧接着就将油放入锅里，打开排气扇，往锅里放入豆瓣酱，随后是肉丝和青椒，加酱油和味精，青椒肉丝起锅后将前面洗菜的水倒进锅里……

林渐新一直看着整个过程，说道：“你们看，他做事情非常有计划性，不急不缓，先烧汤再炒肉，中间也就不需要洗锅。这边的菜刚刚做好，电饭煲里面的饭也刚好熟了。将洗菜的水留下来洗锅，像他这样的人绝不是什么环保主义者，而应该是心态已经变老的表现，老年人总是最节约的那一类人。你们看，他根本就没有喝汤。为什么？很显然，这汤是留到最后喝的，曾经报纸和网上有一种说法，汤和饭一起吃容易患胃病。想必他肯定是知道的。他特别爱惜身体，这也是心态老去的表现。”他将目光看向了章果，“像这样的人做事情非常稳，绝不会轻易涉险，到时候你一定要稳住，千万不要引起他的任何怀疑。”

章果的心一凝，点头道：“我知道了。”

冷国华午餐后开始午睡，一直到下午三点多才起床。不过在他起床前发生了非常不堪的一幕。这时候林渐新忽然说了一句：“今天的天气不错。”

曹能正觉得眼前的画面有些恶心，却听到林渐新忽然冒出了这么一句，问道：“什么意思？”

林渐新道：“一般来讲，男性的这种行为大多发生在早上起床之前，不仅仅是一种生理现象，更是春梦或者膀胱充盈的结果。除非是因为黄色录像或者黄色画面的影响，一般情况下在下午这个时候是不会产生性冲动的。今天的天气有些回暖……嗯，他还有性冲动就好，这对我们下一步的计划非常有利。”

这时候感到最难堪的就是章果了，毕竟她是在场所有人当中唯一的女性，而且还是未婚。然而林渐新对她此时的难堪恍若不知，再一次将目光看向了她：“作为一个年轻的女性，如果到时候你的表现恰如其分，那么对这个罪犯来讲就是一种强有力的武器。从现在开始你就要把他当成你真正的对手，你对他的研究越深入，到时候取胜的把握就越大。明白吗？”

其实章果的表现已经非常不错了，除了吃饭、睡觉、上厕所的时间，这几天几乎都在这里待着。当然，这也是林渐新要求的。章果也明白林渐新的用意，只不过她想到的并没有林渐新刚才说的那么深，此时她才恍然大悟，急忙道："我明白了。"

冷国华起床后去洗了个澡，出来后就开始了他的翻译工作。下午五点钟过后，当天的晚报出来了，卖报人的声音在远处响起："杀人恶魔再次作案，年轻男子在出租屋内殒命。难道是两年前的命案如今重演？晚报，今天的晚报……"

这一刻，监控画面中的冷国华霍然一惊，连手上的那支笔都掉落在了桌面上。他犹豫了一下，起身开始在屋子里面来回踱步。

林渐新心里暗喜，说道："你们看，他有反应了。"

"杀人恶魔再次作案，年轻男子在出租屋内殒命。难道是两年前的命案如今重演？晚报，今天的晚报！年轻男子在出租屋内殒命，有人怀疑凶手是一变态女性……"卖报人的声音在冷国华住处的楼下响起，冷国华打开了窗户，俯身朝下面看。而此时，卖报人的声音开始远去。

"绝不能抬头去看，除非上边有人叫你。"当初，孙挺坚特地告诉充当卖报人的那位警察说。

冷国华之后将窗户关上，穿着身上的棉睡衣出了门，临出门前从门口处的小兜里面拿了点零钱。

林渐新的画外音同时响起了："他去买报纸了。"

这时候季擎忽然说了一句话："林医生，如果我们不是事先就知道他是罪犯，此时他所表现出来的一切应该还算是比较正常吧？"

林渐新欣赏地看着他，说道："小季，你的这个问题问得非常好，说明你进步了，不但敢于质疑，也善于思考。如果你注意去看并认真加以分析，就会发现他的表现是不正常的，比如，常人一般不会因为听到这样的消息而吃惊得连手上的钢笔都掉落。注意，他刚才的表情并不是恐惧，而是惊讶。此外，如果是正常人，他想要买报纸的话，应该在打开窗户后告诉下面的卖报人：我要一份，麻烦你送上来。或者是：我要买报纸，麻烦你等一下，我这就下来。”

季擎受到了鼓励，又问道：“假如他开始的时候不想买，但后来又忽然想买了呢？”

林渐新回答道：“那他在关窗户后应该有一个思考的过程，一秒钟也算。但是他没有，而是关上窗户后就直接朝门口处走去了，连衣服都没有换。这说明他迫不及待，想马上知道这个新闻的具体内容，却又有些狐疑。是的，狐疑，这是一个人心里有鬼所产生出的本能的防范意识。报纸只不过是一种非常普通的东西，普通人一般不会先打开窗户看，直接就下楼去买了。除非下面吆喝的是某种更特别的东西，比如：‘全新的苹果手机，只要五百块了啊’；或者，‘真正的农村老母鸡，没有喂任何的饲料，便宜卖了啊’，如此等等，在这样的情况下才会引起大多数人的好奇，然后人们才会打开窗户瞧瞧究竟是怎么回事。”

曹能叹息着说道：“小林，你确实很了不起，从日常的生活细节中就可以分析出一个人的心理，这可不是一般人能够做得到的。”

这时候林渐新已经从切换过来的画面中看到了冷国华已经下楼，可是他并没有直接朝卖报人吆喝的方向走去，而是在问楼下烟摊老板什么事情。林渐新道：“如果我猜测得没错，他这是在问卖报人的情况，他忽然觉得有些异常了，因为以前那个卖报人的声音可没有这么洪亮。”

冷国华问了几句后就站在了那里。

林渐新说：“他在等卖报人返回。因为他还是心存怀疑。”

大约过了十几分钟，卖报人回来了，他骑着三轮车，三轮车后面装着的报纸已经卖出去了大半。林渐新赞道：“这位卖报纸的警察很有经验，真正做到了不刻意。”

曹能道：“这些细节都在你的方案里面，如果我们的人连这种事都做不好，那我早就应该主动请辞了。”

林渐新没有理会曹能的赞扬，此时他的注意力全部都集中在了监控画面上。冷国华直接到卖报人的三轮车处，拿了一份报纸，然后递给卖报人零钱，正准备转身离开，却被卖报人叫住了。

曹能惊讶地看着监控画面："搞什么名堂？"

林渐新却镇定如常："别急，估计是冷国华的钱没给够。我倒是觉得你们这个警察做得非常不错。"

曹能愕然："是吗？"

林渐新笑道："你没注意看，冷国华少给了五毛钱。我觉得他这样做也是一种试探。"

画面上，冷国华重新拿出了一张纸币，然后从卖报人的手上接过前面的那张钱，果然少给了五毛。这下曹能看清楚了，他点头道："细节果然很重要，小林，亏得你考虑得那么细。"

林渐新摇头道："这个细节我可是没有考虑到，是你们的人很有经验。"

曹能得意地笑了笑，说道："那是。我们的警察当中优秀的还是不少的。嗯，案子破了以后一定要好好奖励一下我们这位同志。"

冷国华并没有迫不及待地马上去看报纸上面的新闻，他回到住处后将门关上，这才将报纸打开。

依然是在第三版：出租屋内发现男尸，警方清晨出动。下面的内容主要讲述这起事件的大致过程，而且写明了整个过程是附近住户亲眼所见，其中有人怀疑凶手或许是一个变态女性，因为据说这次的被害人被凶手割走了两只睾丸。当报道内容写到警方目前对这个案子的看法时，还是上次的那句话：正在调查之中，具体情况无可奉告。

报纸上的内容，林渐新当然是知道的，因为稿子的原件就出自他之手，不过此时林渐新更关注的是冷国华的表情，以及他下一步的动作。

冷国华看完了报纸，闭目想了片刻，然后去打开电脑，进入的依然是上次那个贴吧。林渐新也打开了电脑，发现贴吧里面已经有网友发上去的视频，主要是警车行驶在马路上以及从出租屋内将尸体抬到楼下的过程。

冷国华也在看视频，看得非常仔细，不过他的眉毛很快就皱了起来，嘴里还在喃喃自语着什么。林渐新的画外音又响起了："他在咒骂作案者愚蠢，竟然在他上次作案的地方作案。"

曹能惊讶地看着他："小林，你还会唇语？"

林渐新苦笑："我哪会那个？我是在分析他此时正在想什么。"

曹能的信心大增，问道："他会不会马上就要出动了？"

林渐新指着监控画面，说道："别着急，看他接下来究竟会怎么做。如今我们已经通过这样的方式将他的思维引向了女性作案的可能，接下来的事情就好办了。"随即转身吩咐章果道："你去准备一下，做好随时出动的准备。"

季擎问道："那我呢？"

林渐新看着他，忽然笑了："你着急了？你应该清楚，你只不过是我们预备的一颗棋子，还不一定派得上用场呢。"

是啊，如果冷国华在章果"作案"之前就提前与她接触，他这颗棋子也就没有任何用处了。季擎唯有在心里苦笑。

这时候林渐新忽然说道："刚才我想了一下，可能我们制订的计划有些过急，观望一下再说。"

曹能问道："我觉得很好呀，我们不是已经反复论证过了吗？"

林渐新摇头道："我总觉得事情不会那么顺利，特别是在看了他做午餐的过程之后。这个人的计划性太强了，连做饭的事情都考虑得那么细致，何况是这种杀人偿命的大事呢？"

冷国华的晚餐吃的是中午的剩菜剩饭，吃完后就又开始看书了，大约看到晚上八点多，他打开电脑看了一部好莱坞电影，是一部名叫《人工智能》的科幻片，没有汉语字幕。他看得很投入，仿佛完全置身于剧情之中。

林渐新感到非常疲惫，揉了揉眼睛："看来今天晚上他是不会出动了。章果，你也回去休息吧。"

章果问道："万一他看完这部电影后出动了呢？"

林渐新回答道："那就不管他。明天你去连环杀人案的第三个受害者周围转转，一旦被他发现就在那附近坐下来吃点东西，然后去给你安排的地方住下。从明天早上开始，你就不要再回招待所了。公司那边已经安排好，每天该上班的时候你要准时去公司。对了，曹警官，明天就把微型收听设备植入到她的耳朵里吧。"

曹能点头："行，我这就去安排。"

一个人越是在疲惫的情况下往往越难入眠，这是因为身体的运动系统与大脑所管辖之下的神经系统没有同步。林渐新对付失眠的办法一直都是顺其自然，因为他知道越是在意大脑，反而会越兴奋。

于是，他将整整一天所看到的监控画面从头开始回忆了一遍……后来，当他终于感到昏昏欲睡的时候，脑子里面的画面忽然定格在了一个地方——冷国华正在看的那部科幻电影。林渐新猛然间再次清醒了过来，因为他忽然意识到冷国华选择看那部电影或许并不仅仅是为了提高听力水平。

从心理的角度上讲，喜欢看科幻类影片的人往往富于幻想，做事天马行空。正如同冷国华犯下的那九起凶杀案一样，他遵循的仅仅是自己特有的心理逻辑。那么，在接下来的时间，这个人会采取什么样的行动呢？他一定会按照我们事先设定好的方案钻入圈套吗？

林渐新又思考了许久却得不到任何结果，后来就在迷迷糊糊中睡去了。

第二天早上，冷国华去了趟菜市场，买回来一些蔬菜和水果，然后开始看书。中午他做了两样菜：土豆红烧肉、清炒蔬菜。蔬菜在炒之前没有切断，只是一片片分开了，这样就保持了它原有的长纤维，对疏通肠道、预防肠癌有一定的作用，由此依然可以说明他是一个非常注意饮食健康的人。和头天一样，他先用清水煮了肉和土豆，然后在电饭煲里面下米，用油和豆瓣酱炒了肉和土豆，加上红烧酱油、姜蒜后在锅里面用文火闷，饭煮熟的时候这边的红烧肉也就起锅了。由于是文火，锅很干净，然后直接加油炒了那道蔬菜。

午餐后依然是午睡，三点起床后开始翻译作品。不过林渐新看得出来，处于工作过程中的他似乎有些心不在焉。他几次揉眼睛，而且每次将钢笔放下后过了好一会儿才重新拿起。

季擎问道："他为什么不使用电脑？现在写作用钢笔的已经不多了吧？"

林渐新回答道："据我所知，传统作家当中使用钢笔的还是比较多的，这不仅仅是习惯的问题，而是他们认为手稿在今后更有价值和意义。在这些

人的心中，多多少少都存在着后世留名的想法。”

季擎道：“他一个杀人犯，也想后世留名？”

林渐新摇头道：“问题的关键在于他并不认为自己做错了什么，在他的心里，这个世界上的法律根本就是不公平的，不仅仅是法律，整个社会都对他不公。正因如此，他才会知法犯法，而且在事后根本就不曾有过一丝一毫的悔过之心。小季，你要知道，他不是一个正常的人，所以他的思维也和正常人完全不一样。我们只有站在他的角度去思考问题，才能够了解和懂得他真正的内心世界。对了，他还喜欢看科幻电影，因为科幻的世界本身就是对现实的批判，是一种更高层次的向往。准确地讲，像他这样的人和我们正常人根本就生活在不同的维度里，如果不是为了生存的需要，他连赚钱的兴趣都不会有。翻译国外的畅销书不但让他有了富足的生活，更让他有了一种精神上的满足。这种精神上的满足让他如同置身于科幻世界中一样，因此，他希望留下手稿的想法也就可以理解了。”

季擎道：“那他应该特别喜欢玩游戏才是，可是我发现他并不特别喜欢使用电脑啊。”

林渐新点头道：“也许在两年前他有那样的爱好，不过在经历了真实的杀人游戏之后，虚幻的网络世界已经远远不能满足他的欲望了。小季，如果现在给你一把玩具手枪，你还有兴趣吗？”

季擎顿时明白了，笑道：“我会直接扔掉。”

林渐新微微一笑：“可不是？！”

这时候画面中的冷国华忽然再次放下了手上的钢笔，换了一套外出穿的衣服，直接出门了。

“别跟得太紧，远远看着就行。”林渐新急忙对曹能说道。

曹能即刻下达了内容相同的指令。

冷国华出了小区，走到主干道的公交车站，不一会儿就搭乘上了一辆公共汽车。曹能问林渐新道：“他去的方向就是连环杀人案中第三个受害者住的地方，要不要章果马上出动？”

林渐新沉思了片刻，摇头道：“不急，让章果等一会儿再去。如果我猜测得不错，冷国华会一直在那个地方等到晚上，他的目的是找到最近这两起杀人案的作案者，然后再跟踪她。我们不能急，必须要比他更有耐心。”

冷国华果然到了中心公园对面的江边，不过他并没有马上下去。他观望了一下，没有发现什么异常。他假装一边走一边看江景，随后到马路对面的一家茶楼里面坐了下来。

他坐的地方靠着落地玻璃窗，从那里可以看到江岸的情况。这时候林渐新才对曹能说道：“可以让章果出发了。告诉她务必见机行事，你们安排人在附近紧密配合。”

一个小时后，章果到达了江边。她身上穿着一条牛仔裤加淡黄色的超薄羽绒服，梳着一条马尾辫，看上去既阳光又富有朝气，她沿着江边一边走一边拍照，不过目光却时不时瞄向江堤下面。

章果朝前面走了一百多米，一个穿便衣的中年男子忽然出现在她的面前：“把你的身份证拿出来。”

章果看着他，问道：“你是什么人？凭什么看我的身份证？”

那人掏出警官证朝她递了过去：“请你配合我的工作。”

章果从身上取出身份证递给对方。那人仔细看了后问道：“你是干什么的？”

章果回答道：“公司职员。”

那人又问道：“这么冷的天气，跑到这里来干什么？”

章果道：“趁着周末来这里拍几张照片给外地的男朋友看。怎么，不可以啊？”

那人用古怪的眼神看着她：“为什么非得跑到这里来拍照片？”

章果道：“这里风景好啊。你们警察也管得太宽了吧？”

那人又看了看身份证，然后才还给了她，说道：“最近这儿附近不大安全，早些回去吧。”

章果的脸色一下子就变了：“你的意思是说……”

那人朝她挥了挥手：“别多问，马上离开这里。”

章果显出很不情愿的样子："好吧。"说着，站在那里又自拍了一张，"走啦，谢谢你的提醒。"

随即，章果过了马路，四处张望了一下后，就进入了冷国华所在的那家茶楼。茶楼里面的人不多，章果在距离冷国华稍远的另一处靠窗的位子坐下，服务生过来后她问道："你们这里有吃的东西吗？"

服务生回答道："有面食和炒饭。"

章果想了想，说道："那就来一碗面条吧，加一个煎蛋。"

服务生离开后，章果开始不住地朝窗外看，还用手机不住地拍照。不一会儿，服务生就送来了她要的面条。当她正准备将餐盘放在章果面前的桌上的时候，也不知道是怎么了，忽然间脚下一软，身体一下子朝前扑下去，也就在那一瞬，章果的整个身体迅速朝旁边一闪，这才避开了迎面而来的餐盘和滚烫的面汤，但半只袖子却已经不幸遭殃。

章果怒道："你干什么？"

服务生吓得脸都白了："对不起，我不是有意的。"

章果看了她一眼，指了指湿了的衣袖："我这件衣服很贵的，你说怎么办？"

服务生哆嗦着问道："你这衣服多少钱？"

章果鄙夷地看了她一眼，朝她伸出手去，道："两千多呢，拿钱来。"

这时候茶楼的经理闻讯匆匆来了，不住地向章果道歉："这位美女，我们将你这件衣服拿去干洗，我们重新给你来一份煎蛋面，不收你的钱，你看这样行不行？"

章果怒道："这么冷的天气，你让我怎么回去？要冻死我啊？！"

茶楼经理顿时为难："这个……"

这时候服务生忽然想起了什么，急忙说道："正好今天我穿了一件羽绒服来，要不你先穿着回去，等你这件衣服干洗好了，我给你送去？"

茶楼经理也急忙说："这位美女，请你原谅，这个小姑娘刚来不久，身上也没几个钱，你让她赔她也赔不起啊。"

章果看了茶楼经理和服务生一眼，不耐烦地说道："好吧，那就这样吧。一会儿我把你的衣服先穿走，过两天我再来这里拿回我的衣服。姐今天心情好，看在你可怜兮兮的份儿上，车费就不要你出了。”

茶楼经理和服务生连声道谢。

不一会儿，茶楼经理亲自给章果送来了一碗煎蛋面，而且这一次的面条上面是两个煎蛋。章果朝他笑了笑：“不错。”

林渐新问曹能：“这个茶楼的经理和服务生都是你们的人？”

曹能点头道：“临时安排的。”

林渐新朝他竖起了大拇指：“你们警察办事真是没话说，在这种临时发生的情况下都能够处理得这么好。”

曹能却是满脸的担忧：“没有监控画面，只有声音，不知道刚才发生的事情究竟引起冷国华的注意了没有。”

林渐新笑道：“一会儿不就知道了？”

林渐新是相信章果的。在这样的季节，一个女孩子独自行走在江边的堤岸上，这并不能说明什么，所以警察在问询她一番之后也就只能将其放行。当初林渐新在设计这个桥段的时候，就充分考虑到了这个问题，所以，警察的问询只是为了引起冷国华对章果的注意罢了。在林渐新的方案中，接下来就是要让章果在冷国华面前展现出某种与众不同。由于冷国华的表现属于未知，所以林渐新要求章果临场发挥。当然，警方安排在附近的人也必须与她配合好才行。

而冷国华躲进茶楼这件事情给了章果更好的发挥空间。茶楼是一个相对封闭的环境，只要剧情安排得恰当，就很容易引起冷国华的注意，而又可以暂时躲开附近便衣警察的注意，只有这样，才可以消除冷国华的疑虑。

十多分钟后，章果吃完了面条，拿起一张摆放在桌上的餐巾纸揩拭了嘴唇，这才起身离开。此时她已经穿上了服务生的羽绒服，衣服有些宽大，不过她的身材不错，看上去倒也不怪异。她离开的时候旁若无人，骄傲得像一个公主。这时候她看到了刚才的那个服务生，大声朝她嚷嚷道：“两天后我来拿我的衣服，必须给我洗干净啰。明白吗？”

服务生连忙点头哈腰道：“放心吧，一定给您洗干净。”

“他跟上去了。”前方传来了新的消息。

曹能指示章果：“假装不知道已经被他跟踪，除非是他主动来与你接触，千万别轻易理会他。一定要注意掌握好分寸。”

章果的声音很是轻微：“明白。”

一辆出租车朝章果开了过去，章果招手后上车。很快地，又有两辆空着的出租车开过来，冷国华犹豫了一下，朝最前面的那辆招了招手。林渐新在设计这个桥段的时候，坚持要求跟随而来的出租车必须在两辆以上，否则，可能会让冷国华觉得太凑巧。

章果直接回到了警方替她安排好的住处。那是某个小区的一室一厅，章果的身份是一家外企的职员，这套房子是她租用的。

冷国华也是在这个小区的外边下的车，不过他并没有继续跟踪下去，随后就到附近的地铁站，然后直接返回了住处。

曹能疑惑地问：“这是怎么回事？”

林渐新思索了片刻，回答道：“我认为主要还是他多疑，也许他担心章果做事太莽撞，而且太过于模仿他作案的方式，因此非常害怕自己被牵连进去。看来他还需要观望，一直到他认为安全时为止。我觉得他不会继续关心接下来的这第三起案件了，所以我们调整方案的想法是正确的。”

曹能皱眉问道：“那么，对冷国华来讲，什么时候才是最安全的？”

林渐新又思索了一会儿，眼睛亮了一下，回答道：“第三起案件发生之后，如果警方依然没有抓住章果，那么在第四起案件发生之前他一定会找上门去。”

曹能很是不解，问道：“为什么？”

林渐新道：“在冷国华看来，如今的这位作案者模仿他的痕迹太过明显，无论是作案的方式还是地点，所以他没有必要去牺牲自己，除非这个作案者这次依然能够躲过这一劫，那么他的出手才有价值，同时也更安全。他不会继续观望下去的，那样的话太让人胆战心惊了。如今章果已经在他面前露了面，章果虽然算不上特别漂亮，但也是青春可人啊。对于始终对爱情充满着幻想，有着浪漫主义情怀的冷国华来讲，英雄救美也就正好在那个时候最恰当。”

果然，在接下来的几天时间里，冷国华都一直待在住处，像往常一样除了买菜买报纸之外，几乎很少出门。不过从监控画面上明显可以看出他内心的焦躁不安，他每天阅读的时间大量减少，就连翻译的工作也停止了下来。

时间一天天过去，很快就到了周五。冷国华所表现出来的焦躁情绪更加强烈。他在房间里面不断踱步，后来在坐下来后竟然拿起平常使用的那支钢笔开始画画。

他画的是一位年轻女性的头像，虽然和章果的模样一点也不相像，但此时即使是曹能也明白了他画的是谁。曹能笑着对林渐新说道：“看来他真的对章果动心了。”

林渐新点头：“在冷国华看来，章果模仿他作案其实就是对他的一种崇拜，对冷国华而言，志同道合、青春可人的章果当然是他的最佳选择。他一定会出手的。曹警官，行动吧，第三起案子该发生了。”

警笛声又一次划破了城市黎明前的宁静，数辆警车朝着城市中间的那条江岸而去。住在江景房的市民可以看到，警车进入滨江路后一直沿着下游的方向行驶，后来在靠近城郊的江边才纷纷停了下来，然后涌向江岸的下边。不多久，几个警察用担架抬着一具被塑料布裹着的尸体到了滨江路上，直接将尸体放入一辆警车里面。而此时江边依然有不少的警察在那里勘察。

“晨报，晨报！江边又现男性尸体，杀人恶魔难道是在模仿两年前的连环杀人案？”

监控画面中的冷国华还没有起床。据头天晚上值班的警察讲，冷国华好像失眠了，他在床上翻来覆去睡不着，中途还起了好几次床。而此时，当卖报人洪亮的声音从远处传来的时候，冷国华突然就从床上坐了起来，愣了一小会儿之后就穿着拖鞋直接出了门。

到楼下后，冷国华直接到了卖报人那里，掏出钱来买了一份报纸后转身

就走，才刚刚上楼就迫不及待地直接打开第三版看了起来。

回到住处后，他继续将后面的内容看完，这时候他的脸上露出了一丝笑容，同时低声说了一句什么。

林渐新说道："他在说，看来她还不是那么愚蠢。"

曹能顿时也笑了，说道："倒也是，如果这次作案的地方依然是在他以前作案地点的附近，受害者又是那位服务生，那就实在太愚蠢了啊。"

林渐新也笑："在冷国华看来，只要没有被警察抓住，就不算太愚蠢。我们不能让他觉得自己已经处于危险的边缘，那样的话他会退缩的。"

曹能点头道："所以，恰到好处最重要。"

林渐新道："对，'恰到好处'这几个字概括得好！冷国华是一个非常敏感的人，如果我们的钓饵下得太重，就会把他吓退；下得太轻的话，他又可能不上钩。而现在我们要做的就是不但要让他上钩，而且还不能脱钩。"

曹能问道："那么，接下来我们还需要注意些什么？"

林渐新摇头道："心理分析也只能预估到一个人的行为的大致方向，而情况很可能随时都会发生变化，计划总是没有变化快，见机行事吧。"

此时，冷国华已经看完了那篇文章，去书架上取出一本书来，然后就静静地坐在那里阅读。

林渐新又看了一会儿，对曹能说道："你也累了，去休息会儿吧，估计今天下午三点钟之前不会有什么事情了。"他伸了个懒腰，"我要回去好好睡一觉，太疲倦了。"

现在曹能已经明白了林渐新的意思：画面上的冷国华已经不再像前几天那样烦躁，他已经能够彻底静下心来，开始进入到极其享受的阅读状态。

林渐新真的回去睡了一觉，不过只睡了一个多小时。他起床后看了一会儿书，然后去吃了午餐，午餐后瞌睡顿时又来了，禁不住嘀咕了一句："看来我还是受到了他的影响，不过这个人的生活习惯还真是不错。"

下午三点过后林渐新到监控中心时，曹能已经在那里了，曹能苦笑着对他说道："虽然你说得很对，但我就是睡不着。"

林渐新当然理解他的心境，两年前的一个大案、要案，如今侦破在即，他哪里还敢有丝毫的松懈？笑着问道：“怎么样，他午睡起床了吗？”

曹能回答道：“他刚刚起来……”随即就压低了声音，“他又……”

林渐新却只是“哦”了一声。曹能忍不住问：“他的欲望如此强烈，会不会对章果……”

林渐新却摇头说道：“恰恰相反。从理论上讲，手淫比真实的性体验更加刺激，因为其整个过程充满着最美好的幻想。与此同时，这种方式对欲望的发泄也就越快速，越彻底。”

在随后的整整一个下午，冷国华一直在工作，下午六点半的时候他终于搁下了手上的笔，合上了那本原版的英文畅销书，然后去洗了手。这时候林渐新本来以为他要开始做晚餐，却发现他去了卧室。他从衣柜里面拿出来不少东西，其中就有他去那个小山村的时候穿的那件超薄羽绒服。冷国华将那些东西一齐塞进了一个手提袋，然后就准备出门。

曹能惊讶地问道：“他这是在干什么？准备逃跑？”

林渐新一时间也没想明白：“别着急，再看看。逃跑不大可能吧？难道……”

曹能看着他：“难道什么？”

林渐新古怪地一笑：“等等看。如果我的预料不错，他是准备把那些东西拿去扔掉。”

曹能更是愕然：“扔掉？为什么要扔掉？”

林渐新微微一笑，并没有马上回答。

冷国华手上拎着那个手提袋出了门，在门外张望了一下之后就直接朝前面走去，打开墙壁上的垃圾口，将手上的东西扔了进去，拍了拍手，然后下楼。林渐新的声音这才响起：“他果然是要扔掉那些东西。此人确实生性多疑，而且计划性极强。曹警官，接下来他要去那家商场偷东西了。”

曹能更是觉得莫名其妙：“偷东西？这时候他为啥去偷东西？”

林渐新回答道：“很简单，他就是看有没有人抓他，而且这一次他会故意露出破绽。如果在那样的情况下没有人抓他，那就说明他已经暴露。即使他真的被抓了，偷盗的东西估计值不了多少钱，假如警察去他的住处搜查赃物也会毫无结果，因为他已经处理掉了。所以，即使是抓住了他，最多就是批评教育或者罚款。”

季擎问道：“难道他不怕给自己带来不好的名声？他不是还想身后留名吗？”

林渐新淡淡一笑，说道：“此一时，彼一时也。如今他已经打定主意要去帮那个作案者，这件事情可是关系到他的生死，如果不试探清楚，他肯定不会轻易出手的。现在我明白了，这一次他的手淫不仅仅是为了发泄欲望，更多的是要减轻内心深处的紧张和焦虑，也许在头一天他就已经做出要去帮章果的决定了。曹警官，马上告诉监控冷国华的那些人，千万别暴露，他偷东西就让他偷，商场报案后派出所的人该如何处理就如何处理，千万别去干预。”

冷国华被商场的保安抓住了。他将一条内裤塞进了裤腰里面，然后大摇大摆地从商场大门处准备离开。内裤上有条形码，在经过商场大门检测仪的时候发出了警报。商场的保安很快就从他的裤腰里面发现了那条内裤，但是冷国华坚持说他是一时忘了付款。本来偷一条内裤只是件小事情，不过前段时间商场里面老是丢东西，而且此人的态度极其恶劣，于是保安就报了警。

派出所的人很快就来了，将他带到派出所。在几经询问之下，他才承认了自己偷盗的事实，不过他告诉警察自己出门的时候忘了带钱，于是在鬼迷心窍之下一时想贪小便宜，就做出了这样糊涂的事情。

派出所查看了他的档案，发现这个人竟然在多年前有过案底，于是就问他：“你出狱后这些年都靠什么生活？”

冷国华得意地说道：“我在监狱那三年背下一整部《牛津词典》，出来后就给一家出版社翻译国外的畅销书，基本可以维持生活。”

讯问他的那几个民警顿时对他刮目相看，不过即刻就觉得不大对劲：“你一年挣那么多钱，这二十多块钱的便宜你也占？”

冷国华尴尬地说道：“我不是说了嘛，鬼迷心窍，一时糊涂呗。主要是忘了带钱，觉得下楼一趟很麻烦。”

民警问道：“以前你在这家商场偷过东西吗？”

冷国华急忙道：“没有，绝对没有，我这绝对是初次。”

民警看着他：“你的意思是说，这家商场你是第一次偷盗，以前偷的都是其他商场的东西？”

冷国华大声喊冤：“这位警官，我什么时候说过这样的话？这一次是我平生第一次偷人家的东西，现在我后悔得不得了。真不该一时糊涂啊，我这一生的清名因此毁于一旦，我恨不得打自己两个耳光呢。”

派出所民警笑道：“这个世上可没有后悔药。刚才我看了，你出狱后这些年倒是本本分分的，再也没有过案底记录。不过据商场的保安讲，最近一段时间他们那里经常丢东西，所以我们得去你的住处看看。例行公事，请你一定理解、配合我们的工作。”

冷国华瞪大着眼睛：“就一条内裤的事情，你们居然要去搜查我的家？太过分了吧，你们有搜查证吗？”

等民警出示了搜查证之后，冷国华表现出一副无奈的样子：“好吧，我带你们去。不过你们千万别把我家里搞得太乱啊，我存放的资料都是井井有条的……”随即就是好一阵唠叨，几个警察不禁苦笑：“走吧，我们会注意的。”

监控画面上，冷国华进了屋，他的身后跟着两个派出所民警。民警进去后看了一眼，笑着说道：“想不到你一个单身男人，家里还这么干净整齐。”

冷国华讪笑着说道：“习惯了，习惯了。”

两个警察先检查的是客厅，然后就进了卧室。一个警察打开了衣柜，照了几张照片，另一个警察看到了书桌上的外文书和手稿，拿起来看了看：“原来你说的是真的。”

冷国华得意地说道：“书架上那一排新书，都是我翻译的。”

检查衣柜的那个警察转过身来，看了书架一眼，说道：“就这样吧，你家里的东西我们都照了相，接下来我们将要和商场核实一下，看看其中有没有他们丢失的东西。如果没有，那这次的事情就算了，下不为例啊。”

冷国华点头哈腰地说道："我一定认真吸取教训，再也不贪小便宜了。"

两位警察离开了，冷国华一直送到门外，转身关上房门后在那里诡异地一笑。

此时此刻，林渐新忽然产生出一种怪异的感觉：假如自己一个人在屋子里面，却并不知道在里面的某个地方被人安放了摄像头，那么自己在那个狭小空间里面的一切行为和表现是不是也很诡异？

正这样想着，就听到曹能赞叹道："小林，真有你的！你简直就是神仙嘛，所有的情况和你前面说的几乎一模一样，太了不起了！"

林渐新朝他摆手，问道："你觉得冷国华接下来会怎么做？"

曹能道："当然是直接去找章果啊。"

林渐新问："为什么？"

曹能道："如果章果继续模仿下去，很可能被警察抓住，所以他必须尽快出面干预。"

林渐新问道："假如章果就是一名真正的凶手，她采用这样的方式，你们能够尽快抓住她吗？"

曹能怔了一下，摇头道："估计很难。比如这第三个案子，江岸线那么长，我们不可能全程监控，而且一时之间也不会想到。连环杀人案中的第四个案子发生在一处小巷内，这座城市的小巷那么多，而且很多地方都没有安装摄像头，监控起来也非常困难。不过，如果凶手真的要继续采用两年前那起连环杀人案的方式，第四起案件我们就一定能够抓获凶手。我们可以在一天之内在所有的小巷安装好摄像头，然后临时动用全部的警力，实在不行，我们还可以从下面调人。"

林渐新看着他："既然如此，上次的事情发生后，为什么还有那么多的小巷依然没有安装摄像头呢？"

曹能尴尬地说道："经费紧张啊，需要花钱的地方太多，如果不是特殊的原因，很难申请到经费。"

林渐新嘿嘿笑了两声："为什么非要等到出大事后才重视呢？未雨绸缪，防患于未然岂不是更好？好了，我们不说这件事情了。我想，以冷国华的智商，他也能够想到你刚才所说的那些。所以，如果他真的要出手，就一定是在他觉得章果下一步的行动有危险的情况下。因此，我认为冷国华接下来要做的事情就只有一个：跟踪章果。”

曹能见林渐新不再提前面的那件事情，心里暗暗松了一口气，不过他也完全同意林渐新刚才的看法，点头道：“有道理。”

林渐新继续道：“所以，接下来章果一定要按时去那家公司上下班，‘踩点’的事情就放在中午或者晚上。这样才不会引起冷国华的怀疑。”

曹能忧虑地说道：“最近我一直在想，虽然我们已经做通了那家公司老总和部门负责人的工作，但那家公司那么多人，到时候难免会露出马脚来。一旦冷国华发现了问题，我们前面所做的一切岂不是功亏一篑？”

林渐新摇头道：“不会有什么问题，现在的年轻人喜欢跳槽，章果本来就是这家公司的新进员工，更何况如今冷国华已经基本上消除了所有的怀疑。你要知道，一个人要怀疑一件事情很容易，然而要轻易否定自己已经拥有的认知却很难。”

曹能这才松了一口气：“听你这样一说，我就放心啦。”

第十九章

偏见之刃

又下雨了，细雨如丝。即使是在冬季，空气中的湿润也能够让人清晰地感觉到，连被子都感觉是潮的。冷国华一直到晚饭后都没有想要外出的意思，林渐新分析出了他的心思：章果刚刚作了案，不可能紧接着就去踩点。所以，冷国华也就不那么着急。

于是，林渐新也躲回到招待所休息。说实话，一整天盯着监控画面是一件非常无聊又非常劳累的事情。而警察恰恰习惯于那样的工作方式。林渐新听曹能讲过一件真事：他刚刚到刑警队的时候，为了抓获一个持枪抢劫的逃犯，曾经在逃犯家对面的山上连续蹲守了八天。在那八天的时间里，吃喝拉撒都在挖好的坑里，最难受的是不能抽烟，结果在第九天终于等到了那个罪犯。曹能最后说："当警察并不仅仅意味着随时献出生命，更多时候是对意志的考验。"

苏文给林渐新打来了电话："我和她谈过了，就按照你说的方式方法，效果真的很不错。"

林渐新道："任何事情都会有一个过程。有些事情只要她不是特别过分，你还是要尽量顺从她，当你和她相互交心到一定程度的时候，她就再也不会出现那样的状况了，到了那个时候，她就离不开你了。这才是一种良性的合作关系。”

苏文深以为然，说道：“嗯。对了渐新，你那边的情况怎么样了？”

此时林渐新的心情极好，回答道：“估计也就是最近几天的事情了，凶手已经上钩，就看最后收网时的效果了。”

苏文笑道：“人家两年多都没有破获的悬案，你一去就找到了凶手，还真是了不起。渐新，我真的为你感到自豪。”

林渐新谦虚地说道：“这个凶手比较特殊，在精神和心理上都存在着一些问题，像这样的案子当然是我的长处了。说实话，以前我对警察不是特别了解，最近和他们相处，很多事情都让我很感动。比如，有一个年轻的女警察，当她说到‘牺牲’二字的时候所表现出来的平静与决绝，真的让人肃然起敬。其实我还从他们的身上学到了许多东西，比如纪律、意志、敬业，等等。”

苏文道：“嗯。等你回来后慢慢告诉我那些事情。其实我很想去看你，就是担心影响你的工作。”

林渐新温柔地说道：“说实话，最近我还真的没时间陪着你。不过也就这几天了，今后我们俩的日子还长着呢。”

苏文最喜欢听的就是这样的话，轻笑着说道：“等你回来了，我带你去见我的父母。”

林渐新顿时就紧张了起来：“啊？那么快啊。”

苏文不住地笑：“你还会害怕？”

林渐新道：“是挺害怕的。过一段时间再说吧，等我把身体上的问题解决了再说，否则我还真的不敢去面对他们。如果他们知道了，也肯定不放心啊，你说是不是？”

苏文想了想，觉得也是：“那么，你愿意为了我尽快结束你那个实验吗？而且我觉得一直那样下去，对你的身体和精神伤害太大了。”

林渐新沉默了片刻，说道：“我再想想。”

苏文心里暗暗高兴，林渐新刚才的话说明了他的内心已经动摇。这家

伙，以前没人管着他，有些事情做得实在是太疯狂了，今后可不能再允许他那样。苏文在心里说道。

曹能那边一下午加一晚上都没有消息，林渐新也没打电话去问，他觉得自己与冷国华的内心越来越相通了。

第二天一大早林渐新就去了监控中心。曹能还没有到，里面一片静谧，几个值班的警察都是一副昏昏欲睡的样子，见到林渐新才强迫着自己打起精神来。

监控画面中的冷国华已经起床，洗漱完毕后穿上衣服就直接出了门。林渐新道："他要去小区外边吃早餐，然后到章果住的小区去。你们马上通知附近的人，远远跟着就是。"

随着冷国华的出门，所有监控他的人也都纷纷振奋精神，各就各位。

冷国华在小区外面的一家小饭馆吃了早餐，然后就去了附近的地铁站。中途转了一趟车，去了几天前他跟踪章果所到的那个小区外面。

这时候曹能到了监控中心，诧异地发现林渐新竟然早就到了。林渐新解释道："我分析冷国华今天要去跟踪章果。如果他去晚了，说不定章果就已经出门上班去了。"

曹能看了看时间，问道："章果什么时间从里面出来？"

林渐新道："公司是九点钟上班，她应该八点钟出门，乘坐地铁需要半个小时。冷国华很多年没上过班了，所以搞不清楚时间，这才早早到那里等候。"

不一会儿，章果从小区里面出来了，穿着女式西装，外面套了件宽松的羽绒服，头发梳得整整齐齐，一副标准上班族的模样。从小区出来后她就直接去了地铁站，上了地铁后就拿出手机看上面的连载小说。

那家外企公司距离章果住的地方有五站地，章果从地铁站出来就直接朝公司所在的那栋大楼走去。冷国华跟踪到大楼下面后就停住了脚步，然后转身去看对面，发现那里有一家咖啡厅，就直接奔那地方去了。

冷国华找了一处靠窗的位子坐下，从那个地方正好可以看见对面大楼的进出口。他要了一杯咖啡，从随身带着的挎包里面取出一本书来，坐在那里静静地阅读。

林渐新说道："他很有耐心，也非常善于寻找跟踪目标的最佳位置，两年前他跟踪受害人的时候肯定经常这样做。"

冷国华整个上午就一直坐在那里，似乎完全沉浸在他手上的那本书里面。当时间到了上午十一点半之后他才将手上的那本书合上，然后将目光投向对面大楼的出入口处。

章果是十一点五十分出来的，到了楼下后用手机扫描了一辆共享单车。冷国华在马路的对面也准备去扫描一辆单车，结果却发现要下载相关软件，正在懊恼的时候看见章果已经将车停下，进入一家小饭馆。

冷国华暗暗松了一口气，下载了软件后也扫描了一辆共享单车，过了马路后就在距离小饭馆不远的地方等候着。此时的街道上人流如织，冷国华一人一车站在那里并不显眼。

章果吃饭的速度很快，大约十分钟后就出来了，骑上单车就朝前面的方向而去。冷国华急忙跟上，始终与她保持着十来米的距离。章果骑车过了两个公交站后穿过了马路，那一带有不少的胡同，不过她并没有骑车进去，而是停下来，时不时在胡同外边朝里面看。随后，章果继续朝前面骑行，中途在一处胡同口停下后朝里面观察了好一会儿，然后就进入了附近的一家小超市，当她从里面出来的时候手上已经多了一瓶辣椒酱。

这时候冷国华似乎有些明白了，直接将车骑过了那个胡同口，在前方的地铁站外边锁了车，一个多小时后返回了住处。

"他就这样确定了？"曹能问林渐新。

林渐新摇头："不，他还会观察。他很可能会在章果下班的时间再去跟踪她。两年前的连环杀人案中，第四个受害者就是死在一个胡同里面，不过距离章果去的那个地方很远。即便如此，我觉得冷国华肯定会阻止章果继续模仿他作案，那样做的风险太大了。其实现在我也很好奇：接下来冷国华究竟会怎么做呢？"

曹能道："还有一件事情有些奇怪，你说这个冷国华为什么不去公司了

解章果的情况呢？”

林渐新道：“如果你站在冷国华的角度去思考这个问题，就有答案了。首先，他已经基本上确定章果就是模仿他作案的那个人；其次，他已经试探过警方，证明他目前还是非常安全的；最后，章果确实是在那栋大楼里面上班，绝不是警察的身份。既然如此，再去了解她也就多此一举了。说到底还是我曾经讲过的那句话：当一个人对某件事情已经形成了认知，想要去改变它就很难了。比如你手下的某个人，一直以来你都觉得他很优秀，忽然有一天你收到一封状告他的匿名信，匿名信中将他描述成一个吃喝嫖赌样样俱全的人，你看完了这封信之后肯定是不相信的，第一反应就是有人在诬陷他。这其中的道理是一样的，因为认知心理中带有浓厚的自我性，一个人一旦怀疑自己的认知，也就意味着开始动摇自己认识、评判事物的能力了。因此，越是自信的人就越不容易怀疑自己已经拥有的认知，换一句话讲就是：越自信越固执。”

曹能这下完全明白了，笑道：“有时候想起来，心理学研究确实让人感到害怕，就连我自己都感觉在你面前的时候像是透明的。”

林渐新也笑：“我有事无事去研究你干吗？更何况心理分析的过程并不是那么简单的，不但要充分了解对方的现在和过去，还要对他从童年时期开始的家庭、周围环境进行详细了解。好了，我回去看书了，下午五点以后我再来。”

冷国华果然在下午接近六点钟的时候又去了章果上班的地方附近，不过这一次他事先就解锁了一辆共享单车。然而章果好像是故意和他作对似的，从大楼出来后就直接去了地铁站，搞得冷国华猝不及防。

章果并没有回她的住处，而是到了城东。那里是这座城市的老城区，到处都是小巷。到了那里后章果拿出手机不停地拍照，还自拍了不少，给人的感觉就是一个从外地来的游客。

后来，章果在一处小巷里面发现了一个小吃店，于是就进去要了一碗馄饨。吃完后出来时天色已暗，小巷里面灯光昏暗，她就站在小店门口处自拍了一张，然后才蹦蹦跳跳地离开。

随后，章果又去逛了一个多小时的商场，结果就买了几张面膜。从商场出来后又在一处烧烤摊吃了些羊肉串，这才乘坐地铁回到了住处。冷国华并没有跟上去，他也直接回了家。

林渐新设计这个桥段的目的是要让冷国华认为章果是一个具有一定反侦查能力的人，只有这样，他才会对章果更加感兴趣。现在看来，目的基本已经达到。不过冷国华确实生性多疑，即使是在这样的情况下，却依然选择了继续观望。

林渐新思考了许久，对曹能说道："通知章果，从明天开始不要再去踩点了，中午下班后去找一个老人或者小学生借手机给季擎拨打一个电话，内容就是两个人见面的时间和地点。注意，这个过程一定要让冷国华看到。"

曹能问道："这是不是为了给冷国华一个她正在联系受害人的假象？"

林渐新点头："老人和小孩往往描述不清楚一个人的外貌特征，这也是一种反侦查能力的表现。"

曹能叹息着说道："小林，幸好你不是罪犯，否则的话，还真是让人头疼。"

林渐新苦笑着说道："其实我也不懂，只是想当然。我想，像这样的想当然恰好就应该是普通人的思路。"

曹能摇头道："普通人怎么可能有这样的思路？你是抓住了老人和小孩子的心理特征……"

林渐新怔了一下，说道："那么，就让章果去找一处小卖部的电话打吧，越偏僻的小卖部越好。"

章果最终选择在一家小饭馆的前台拨打那个电话，给了饭馆老板两块钱。当她离开后不久，冷国华就进去了，对饭馆老板说道："刚才进来打电话的那个女孩子是我闺女，她在电话里面都说了些什么？"

饭馆老板为难地说："这个……"

冷国华掏出一张面额五十的钞票朝他递了过去："我这闺女一点儿都不

听话，非得要去和一个小混混交往。麻烦你告诉我，她刚才都说了些什么好吗？想来你也是当父亲的人了，应该知道我心里有多着急是吧？求你了。”

饭馆老板心想：原来是这样。说道：“她好像是在给一个男的打电话，约对方周五晚上八点钟到一个地方见面。”

冷国华问道：“见面的地方在哪里呢？你听清楚了没有？”

饭馆老板摇头道：“好像说的是一个地名，我实在没听清楚。”

冷国华直接转身离去，离开的时候竟然将那张钞票也拿走了。饭馆老板看着他的背影气愤地喊道：“什么人呢？活该你倒霉！”

让林渐新感到奇怪的是，冷国华当天晚上竟然没有出动，他待在住处一直工作到午夜过后才洗漱、休息。这下就连林渐新都感到有些不解了：这个家伙怎么一点儿都不急呢？

曹能也感到疑惑：“他是不是发现有什么地方不对劲了？”

林渐新皱眉道：“应该不会吧？监控画面中他的情绪一直都很稳定……对了，平时他一般什么时候睡觉？”

一位负责监控的警察道：“除了那天他失眠，一般都是晚上十一点前睡觉。不过那天他也是晚上十点半就上了床的。”

林渐新忽然笑了：“我知道是怎么回事了。冷国华这个人计划性非常强，估计他本来是计划在这个月内翻译到全书的什么地方。现在眼看就到月底了，为了接下来几天要做的大事情，所以他才在今天下午和晚上加班加点多翻译一些内容。”

曹能顿时觉得林渐新的分析很有道理，心里也因此暗暗松了一口气。

第二天早上，冷国华和头天一样很早就出门了，依然是在楼下吃的早餐，然后乘坐地铁去往章果所住小区的外边。林渐新觉得有些奇怪：“这时候他又跑到那里去干什么？章果要去上班，不大可能在这个时间去‘踩点’啊。”他喃喃自语着，心里忽然一动，即刻对曹能道：“告诉章果，如果冷国华跟踪得太近，就主动出击。”

曹能即刻向章果发出了指令。不过他还是有些怀疑：“冷国华会那样做吗？”

林渐新道：“极有可能，那也是他主动去接近章果的一种方式。既然昨天他已经知道了章果上班的地方，那他干吗今天还要跑到她住处的外面去？”

不多一会儿，章果走出了小区，依然是头一天的装束，她从小区出来后就朝地铁站走去。这时候冷国华从一边闪了出来，快步跟了上去，距离章果不到五米远。章果继续往前面走，进入到地铁站里面。下一班地铁还没到，她就在那里排着队。冷国华在如织的人流中左晃右晃，快速往前追赶，这才终于站到了章果后方的不远处。

现在是地铁最繁忙的时间，除非从起点站上车，否则很难坐到位子。章果将身体靠在车厢中间的那根立柱上，拿出手机开始看小说。冷国华就在距离她不远的地方，目光时不时看向她那里。

到达目的地后章果下了车，却依然盯着手机看。到了出站口外边，她忽然停住了脚步，转过身，冷冷地看着冷国华：“你一直跟着我干什么？”

冷国华趁机上前搭讪：“你叫什么名字？”

章果瞟了他一眼：“大叔，你这泡妹子的手法也太俗了吧？还有，你这年龄几乎和我爹差不多，羞不羞啊？”

冷国华一点儿也不觉得难堪，低声道：“妹子，你别嚷嚷。我是来帮你的人。”

章果冷冷地哼了一声，转身就走。冷国华急忙跟了上去，将手机放到章果面前：“你看看这些照片。”

章果的目光看向面前的手机，面色一凝，低声道：“你究竟要干什么？”

冷国华朝远处指了指：“在你上班的那栋大楼的对面有一家咖啡厅，中午我们在那里碰面。当然，你也可以不来。再见。”说完后他就转身进入了地铁站。

“章果在请示她中午的时候去不去那家咖啡厅。”曹能对林渐新说道。

林渐新在那里不停踱步，一会儿之后才忽然停住，问曹能道：“如果不去，你觉得会发生什么？”

曹能没明白他的意思：“会发生什么？我怎么觉得今天冷国华所做的事情特别唐突和大胆呢？这好像有些不大正常吧？他凭什么让章果相信他不是警察？”

林渐新的眼睛一亮：“我明白了，他正是在向章果传递他不是警察的信号。他给章果看的是头天章果‘踩点’时候的照片，意思是告诉章果自己一直在跟踪她。如果他是警察，到时候肯定直接抓现行了。”

曹能问道：“所以，章果中午的时候一定要去？”

林渐新点头道：“是的，必须去，而且还要准时。不过在面对冷国华的时候一定要警觉，就是真正罪犯本能的那种警觉，除非冷国华表现出最大的诚意，千万不能轻易松口。刚才我一直在想，假如章果不去和他见面究竟会发生什么……嗯，或许冷国华为了自身的安全，说不定他会匿名向警方报案。”

曹能瞠目道：“不会吧？”

林渐新道：“会的，而且那种可能性极大。冷国华犯下的案子已经过去两年多了，但是警方一直没有任何线索，如今又发生了新的连环杀人案，必将对警方造成巨大的压力，在这样的情况下，警方一定会对两年前的案子重新启动调查程序，说不定还会请上级部门支援，这样一来就会将冷国华置于危险的境地。如果在这个时候警方破获了这起新的案子，警方身上的压力就会减轻许多，对冷国华来讲也就相对安全了。我想，冷国华一定是从这个角度分析问题的，所以，他才采取了主动的方式，目的就是阻止章果继续作案。匿名向警方报案只不过是他的次要选择。”

曹能问道：“问题的关键在于他已经对章果动心，否则的话，他就一定会将次要选择变成第一方案。是这样的吗？”

林渐新点头：“应该就是如此。”说到这里，他看着季擎笑了笑，“所以，这次你也就没有出场的机会了。”

季擎苦笑着说道：“我本来就是一枚闲子。没关系。”

章果下班后就直接去了大楼对面的那家咖啡厅，一进去就发现冷国华坐在一处角落，一个人，一杯咖啡，一本书。

章果走到他的对面坐下，对紧跟过来的服务生说道："就一碗牛肉面吧，三两的，加点辣椒。"

这时候冷国华忽然也说了一句："给我也来一份，三两的，不要辣椒。"待服务生离开后才看着章果，"我还以为你不会来呢。"

章果问道："我只是好奇，你跟踪我究竟为什么？"

冷国华哂然一笑："你应该知道的啊。我还以为你要问我，如果你不来我怎么办呢。"

这时候章果的耳朵里面传来了林渐新的声音："他这是在掌控话语的主动权，你再坚持一下，然后顺着他的意思去回答问题，不过你始终要坚守你作为凶手的底线，除非是他拿出最大的诚意。"

因为事关重大，林渐新从曹能那里接过了对章果的指令。对章果的指令下达完毕，林渐新又对曹能说道："看来冷国华是懂得一点心理学知识的，刚才他一直都在引导话题。章果表现得不错，与众不同，桀骜不驯。"

章果回答道："刚才我在问你呢，你跟踪我干什么？你都多大岁数啦，对年轻漂亮的女孩子感兴趣？那就去娱乐场所啊，干吗来骚扰我？"

林渐新赞道："回答得漂亮！"

冷国华依然没有生气，反而饶有兴趣地看着她，忽然说道："实话告诉你吧，如果你现在没有坐在这里，我就向警方报警了。"

章果怔了一下，一下子就笑了，说道："报警？报什么警？你这人真可笑。你还有别的事情吗？没有我就先走了。"

冷国华朝她做了个手势，说道："干吗那么着急呢？你点的面条都还没送来呢。"这时，他立刻降低了声音，"我知道，最近报纸上说的那三个人是你杀害的。"

章果刚刚准备站起来，听到他的话后，顿时瞪大了双眼，怒声吼道："你都在胡说八道些什么？！"

冷国华分明从她的双眼里面看到了一瞬即逝的恐慌，心里更加笃定，笑道："我说了，我是来帮你的。你不用紧张，其实你已经明白我绝对不是警察，否则你就不会来了。看来你还算聪明，能够听懂我早上对你说的话。"

章果冷冷地说道："我根本就不知道你在说些什么。"

冷国华笑得很灿烂："你知道的，那天在江边你骗过了那个便衣警察，却骗不过我的眼睛。你有很好的身手，还很会演戏，那三个男人死在你手上不冤。"

章果忽然笑了起来："幸好你不是警察，否则这个世界上指鹿为马、莫须有的罪名可就多了去了。你看我这个样子，柔弱得连风都可以吹倒，怎么可能是杀人凶手呢？你究竟是干什么的？作家？你也太富于幻想了吧？"

冷国华也笑了起来，说道："还别说，我还真的算得上是一位作家。对了，你叫什么名字？"

章果看着他，笑着问道："你这人真有意思，那么，你又叫什么名字呢？"

冷国华从随身背的挎包里面拿出一本书来，指了指："我是这本书的翻译。"

章果暗暗松了一口气的样子，笑道："果然是一位作家，我就说呢。冷国华是你的名字？不会是你的笔名吧？"

冷国华道："我的真名就叫冷国华。你呢？"

章果犹豫了一下，回答道："章果。"

冷国华又问道："哪两个字？"

章果不高兴地说道："干吗问那么清楚呢？名字不就是个符号吗，你知道我叫章果不就行了？"

这时候冷国华忽然说了一句："我怎么觉得你看上去有些眼熟呢？"

林渐新大吃一惊，忽然想到了一种可能，脸色一下子就变了："赶快找到章果父亲的电话，快，越快越好！"同时给章果下达了一个指令："赶快转移刚才那个话题。"

章果扑哧一声笑了，笑得差点儿直不起腰来。冷国华诧异地看着她："你笑什么？我刚才的话有那么可笑吗？"

章果好不容易才止住了笑，说道：“大叔，你那一套泡妞的手法早就过时啦。什么初次见面就说我好像认识你，你长得好像我以前的女朋友，包括你今天在地铁站外边找我搭讪的那种方式，都太老土了。不过你刚才的表现还不错，很像个作家，终于引起我对你的注意了。”

冷国华越来越欣赏眼前这个年轻女孩子了，她竟然在刚才那么大压力的情况下依然能够做到滴水不漏。他笑着问道：“那么，现在的男孩子都是如何泡妞的呢？”

章果笑吟吟地看着他：“你想学啊？嗯，其实你的条件蛮不错的，个子那么高，老帅老帅的。”

冷国华哭笑不得：“我才四十多岁呢，怎么在你的眼里就那么老呢？”

章果朝他调皮地一笑，说道：“你想想，我才多大呀？你别老打断我的话，不然的话，我就不告诉你如何泡妞了。”

冷国华顿时觉得这个女孩子很有趣，笑着说道：“好吧，你说。”

章果侧头想了想，问道：“刚才我们都说到哪里了？”

冷国华禁不住也笑了起来，说道：“你说我老帅老帅的。”

章果朝他嫣然一笑：“嗯，我也想起来了。其实像你这样的大叔还是很吸引年轻女孩子的。知道为什么吗？因为像你这个年龄的男人不但个人阅历丰富，而且还有着一定的经济实力，再加上并不难看……嘻嘻！嗯，你长得确实很帅。”

冷国华听她已经将那个“老”字去掉了，心里也很高兴，说道：“你还没告诉我现在的年轻人究竟是如何泡妞的呢。”

章果表情古怪地问道：“你真的想知道？”

冷国华道：“我是作家啊，这些东西都是我应该了解的，你说是吧？”

章果点头道：“嗯。有道理。”

章果父亲的电话很快就找到了，林渐新拨通后即刻说道：“我是林渐新，我有非常紧急的事情要马上找到二叔，越快越好。”

“小林啊，究竟怎么回事……”章果的父亲问道。

林渐新道："您什么都不要问，这件事情关系到章果的安全，麻烦您让二叔立即给我打个电话，就是这个号码，越快越好。"

在林渐新的记忆中，他还是第一次遇到如此紧急的情况，心如同在半空悬着，那种恐慌的感觉难以言表。还好，村主任二叔很快就将电话打进来了，林渐新问道："上次冷国华到你们那里去，都记下了谁的电话号码？"

村主任道："那天喝醉了，我都有些记不得了。"

林渐新的心一下子又悬了起来，这时候村主任又说道："好像他就记了我的号码。"

林渐新不敢完全相信他的记忆，说道："二叔，案情重大，而且关系到章果的安全。现在你马上去找那天晚上和他一起喝酒的那几个人，马上去，越快越好！记住：第一，如果冷国华打电话给你们，千万不要告诉他章果是警察，她在一家外资企业上班；第二，我和章果那天根本没有去过你们村里。接电话的时候不要慌，就和上次你们见面的时候一样。二叔，听明白了吗？"

这时候村主任才明白了上次林渐新去他们那里的真实目的，问道："你的意思是说，冷国华……"

林渐新不能告诉他实情，否则很容易对他造成巨大的心理压力，急忙道："您什么都不要问。如果冷国华没有记下那几个人的电话号码，你就什么都不要对他们讲。如果冷国华给您打电话，您就告诉他，章果在一家外资企业上班。记住了吗？"

这个电话打完后林渐新才终于松了一口气，而且这时候他才发现背上凉飕飕的。

曹能问道："怎么回事？"

林渐新回答道："刚才冷国华忽然说章果看上去很熟悉，我认为这绝不是他无意中说出的话。冷国华前不久才去过章果的老家，和章果的二叔在一起喝了酒。章果的样子长得有些像她二叔，而且又姓章，冷国华因此才说了那么一句。幸好章果按照我的指令马上就转移了话题，但是难免一会儿之后冷国华又会想起这件事情来……"

曹能顿时也紧张了一下："幸好你反应得快，不然很容易就露馅儿了。"

这时候章果正在和冷国华谈论泡妞的问题。章果笑着说道："我有一个闺蜜，长得很漂亮，好多男孩子追求她，她都没有动心，结果有个男生……"她忽然听到了林渐新的声音，"警戒已经消除，你自由发挥就是。"此时正好服务生送来了他们的面条，章果轻笑了一声，继续说道："结果有个男生的一番胡说八道，竟然让她一下子就动心了。"

冷国华好奇地问道："那个男生怎么说的？"

章果道："那个男生说，他是从十年之后穿越回来的。在他穿越回来之前，他和我那闺蜜已经结婚九年了，他们俩有一个女儿，长得非常漂亮，简直是人见人爱，爷爷奶奶、外公外婆都喜欢得不得了。那个男生还对我那闺蜜说，他非常爱她，也不想让他们俩的漂亮女儿从这个世界上消失，所以必须要追求到她，然后还要在一年后的某一天结婚。那个男人说得非常认真，也非常动情，结果我那闺蜜就真的动心了。"

冷国华觉得这件事情很有意思，问道："后来呢？他们结婚没有？有孩子了吗？"

章果笑道："后来的事情还真是巧，他们俩就在那个男人说的日子结了婚，后来还真的生下了一个非常漂亮的女儿。一直到现在，我那闺蜜都还完全相信她男人当时的话。"

说到这里，章果忍不住地笑了。章果的模样其实很一般，不过笑起来的时候很好看。冷国华直瞪瞪地看着她，忽然间想起了什么："我去方便一下。千万别离开，一会儿我还有非常重要的事情要告诉你。请你一定要相信我。"

村主任没想到冷国华真的会给他打电话。电话里面的冷国华问："有件事情想问问你，你认识一个叫章果的女孩子吗？"

村主任忽然有些紧张，不过一下子就想起了林渐新的话来，回答道："我哥的女儿就叫章果啊。你认识她？"

冷国华笑道："无意中碰到的。她是做什么的？"

村主任回答道："好像是在一家外国人开的公司上班。据说工资很高。你问她干吗？"

冷国华这才放下心来，笑着说道："没事。她和我谈一笔生意，我核实一下她的情况……"

林渐新在接到村主任的电话后也就彻底放心了，感叹着对曹能说道："想不到此人多疑到这样的程度，但愿后面的事情一切都顺利。"

曹能道："这个人确实非常狡猾。"

林渐新却摇头道："他不是狡猾，是多疑。这个人的内心其实比较简单，如果真的狡猾，他根本就不会让自己陷入这件事情里面。小时候缺少关爱的人长大后往往多疑，这其实也是一种自我保护的本能。"他忽然笑了，"章果的故事讲得不错……曹警官，这么优秀的人，今后你得好好培养才是。"

曹能大笑："她还不是你推荐的吗？"

冷国华坐下后吃了几口面条，然后就将筷子放下了，轻叹了一声，说："章果，你不能再继续干下去了，很危险。"

章果假装吃惊地看着他："你在说什么呢，我怎么听不懂？"

冷国华没有理会她，继续说道："你是听得懂的。警察的反应虽然慢一些，但如果你继续这样下去，被他们抓住是迟早的事情。这其中的原因很简单，因为你是模仿他人作案。一旦警察从中寻找到了规律，动用大量的警力在每一处可能的地方进行布点，你就等于自投罗网。听我一句话，到此为止吧，过去的事情都过去了，自己活着才是最重要的。"

章果垂下了眼帘，睫毛不住地颤抖着，不过嘴里依然冷冷地说道："我听不明白你在说什么。"

冷国华再一次轻叹："说到底你还是不相信我啊。那好吧，你好自为之。"

这时候章果听到了林渐新发出的指令："做出马上就要离开的样子，发挥你的长处。"

章果站了起来，作势准备要离开，这时候她忽然朝着冷国华灿烂地一笑，说道："大叔，这顿饭你请我是不是？"

她的笑容一下子就感染到了冷国华，顿时让他觉得眼前的一切都灿烂美好了起来，急忙道："你先别忙着离开，等我把话说完。这顿饭我请你就是，小事情。"

章果看了他一眼，似乎有些犹豫，不过最终还是坐下了，然后静静地看着他。冷国华沉默了片刻后说道："晚上我请你吃饭吧，就在我家里。我请你看一些东西。"

章果愣了一下，问道："如果我拒绝呢？"

冷国华笑了笑："你不会拒绝的，因为你模仿的是我，两年前的那九起案件是我做的。"

章果的脸色一下子就变了，骇然、目瞪口呆、惊喜："你……"

冷国华得意地笑了笑："你现在应该明白我为什么要跟踪你了吧？"

章果的脸色一下子变成了恐惧："我就是你的第十个对象？"

冷国华朝她摆手道："你都想到什么地方去了？你想想，我怎么可能在自己的住处杀人呢？何况我见过你的身手，我根本就不是你的对手。我在两年前就收手了，因为我已经圆满做完了自己想做的事情，而且我还想继续好好地活下去。"

章果已然动容，问道："我凭什么相信你？"

冷国华笑了笑，说道："所以，我才请你去我那里看一些东西。到时候你就可以完全相信我了。"

章果不说话，表现出难以决策的样子。冷国华从挎包里面拿出纸和笔，在上面写下了地址和电话号码："下班后就来。我等你。"

这一刻，监控中心里面一片寂静，而所有人的目光都投向林渐新。林渐新苦笑着说道："你们都看着我干吗？这个决定得曹警官做才是。"

于是，大家的目光又投向了曹能。曹能问林渐新："你的建议呢？"

林渐新说道："现在冷国华的口供算是已经拿到了，马上对他实施抓捕也是可以的。而且通过他刚才的话我们还可以猜测到，两年前他在作案的过程中很可能留下了一些证据，或许通过搜查他的住处可以寻找得到。可是有一件事情让我感到有些奇怪：当初派出所的人去搜查他家里的时候，为什么他一点儿都不紧张呢？”

曹能的神色一凝，说道：“你的意思是说，他所说的证据根本就不在他的住处？这也没关系啊，接下来他肯定会把那些东西取回来，我们监控着他，随时对他实施抓捕就是。”

林渐新点头道：“所以，接下来我们再看看吧。”

然而让大家都感到非常奇怪的是，冷国华从地铁出来后直接去了菜市场，买了些鸡鸭鱼肉及新鲜的蔬菜后就直接回家了。也许是他在那家咖啡厅没有吃饱，回到家里后下了一碗面条吃了，然后就开始午睡。下午三点钟起床后他依然没有出门，开始收拾买回来的那些东西，准备晚餐。当他将老母鸡放入锅里炖下后就开始了翻译工作，根本没有出门的打算。

曹能看着林渐新，问道：“难道东西就在他家里？”

林渐新皱眉，思索了好一会儿，说道：“也许他根本就没有留下任何证据……”

曹能问道：“你的意思是说，他是在骗章果？”

林渐新摇头道：“不，他是为了取得章果真正的信任。他没有必要欺骗章果，因为他的目的是和章果一起度过下半生。不过到现在为止我还不知道冷国华究竟卖的是什么关子。”

曹能问道：“也就是说，今天晚上章果还必须要去？”

林渐新摇头道：“这个决定你来做，我没有这样的权力。因为我不能保证章果一定会安全。”

曹能说道：“安全应该不存在问题，我们有监控呢。案子到了现在这个地步，如果现在就抓捕冷国华，总觉得好像还差了点什么……”于是，他不再犹豫，即刻给章果发出了指令：“晚上准时去。随机应变。注意安全。”

第二十章

灵魂崩塌

章果从公司办公大楼出来的时候天上又下起了小雨，走到地铁站的时候眉毛都沾满了雨丝，她拿出一张餐巾纸来擦拭了一下，纸瞬间就湿透了。最近几天的经历让她觉得很刺激，同时也更是一种挑战。她发现自己特别喜欢这样的感觉。

将近一个小时后，章果出现在了监控画面中，她正朝着冷国华所在的小区走去。这时候林渐新忽然想到了什么："让她停下，让人给她送一把女式雨伞。不要新的。"

曹能马上发出了指令。这一次曹能没有再问林渐新为什么，他知道，这个细节才比较符合白领女性的生活方式，无论是对衣服还是对妆容的保护，白领女性都极少在这样的雨天冒雨出门。

章果从来人那里接过雨伞，用送来的干毛巾揩拭了衣服和头发上的大部分雨水后，才继续朝冷国华告诉她的地址走去。刚才送来雨伞的那人离开的时候低声对她说了一句："保重。"就这两个字，让她的内心瞬间温暖了起来，步伐也一下子坚定了许多。

临近约定时间的时候，冷国华明显变得兴奋，他早早就收好了书、稿子

和钢笔，后来还打开了窗户朝下面看了看，一眼就看到从远处打着伞慢慢走来的章果，他激动得搓了搓手，随后就到门口处守候。

终于听到了敲门声，他过了几秒钟后才将门打开，门口处出现的果然是章果。他热情地将她迎进了屋，从她手上接过雨伞放到旁边的墙角下：“快坐下，茶已经给你泡好了。你不是带雨伞了吗，怎么身上还是湿的？”

章果道：“看来你平时很少出门啊。外面那么大的风，这雨伞根本就起不到什么作用。还是雨衣好，就是太丑了。”

冷国华拿出一块新毛巾来递给她：“擦一下，这样很容易感冒。”

林渐新的画外音：“这个人的情商还是很高的，可惜为了那一份不可能的感情蹉跎了半辈子。”

章果接过毛巾：“谢谢。”她首先擦拭的是头发、脸和脖子，虽然她的模样很一般，但很年轻，皮肤又好，整个人充满青春的气息，让站在一旁的冷国华看得差点儿痴了，温柔地说道：“你真好看。”

章果稍稍撩了一下秀发，灿烂一笑：“是吗？”

冷国华轻叹了一声，转身去了厨房，不多一会儿餐桌上就已经摆上了好几样菜。这时候林渐新给章果发出了指令：“你可以稍微主动一点儿，赞扬他一下。”

章果朝餐桌处看了一眼，起身走到那里，称赞道：“好香！想不到你还有这么好的手艺。”

冷国华很高兴，问道：“你会做菜吗？”

章果不好意思地说道：“会做，不过不好吃，也没有你做得这么好看。”

冷国华道：“来，坐下吧，你尝尝，喜欢的话今后你可以经常来。”

章果夹了一点红烧鱼，尝了尝：“嗯，味道不错。”

冷国华更高兴了，问道：“喝点酒吗？我这里有红酒和白酒。平时我很少喝酒的，家里的酒都放了很多年了。”

林渐新对章果说道：“如果你的酒量不错，可以喝点。”

章果笑着问冷国华道：“你希望我陪你喝点，是吧？”

冷国华笑道：“很久没喝酒了。那我们今天就喝点吧。”

林渐新的画外音：“刚才冷国华是在询问，说明他对章果没有动坏心眼。他现在有些激动，想喝点酒。仅此而已。”

曹能点头道：“而且喝了酒后冷国华就更容易流露出真性情。是吧？”

林渐新道：“是的。他内心的寂寞被压抑得太久了，非常需要有人倾听他。”

冷国华开了一瓶本地产的酒，不过确实存放的时间太长，酒瓶上都积满了灰尘，他用水把酒瓶冲洗干净后又用毛巾揩干，这才打开酒瓶盖，给章果和他自己的酒杯倒满，然后朝章果举杯：“欢迎你来我这里做客。”随即一饮而尽。

章果似乎犹豫了一下，不过还是一口就喝下了，说道：“我也很少喝酒，你这酒好像还不错，一点儿都不刺激喉咙。”

冷国华笑道：“以前没什么钱，买的都是便宜酒。不过这酒存放的时间太长了，当然就好喝了。现在像这样的酒可不好找，据说很值钱的。”

章果笑道：“看来我很有口福啊，不过对我这样不会喝酒的人来讲，还是太可惜了。”

冷国华哈哈大笑，说道：“有什么可惜的？别人想喝我还不给呢。章果，你感觉到没有，其实我们俩是同一类人。”

章果看着他：“是吗？”

冷国华问道：“死在你手上的第一个人和你是什么关系？”

章果一下子就不说话了，却主动拿起酒瓶给自己倒上，然后一饮而尽。

冷国华倒是没有阻拦她，轻叹了一声，说道：“两年前，我杀了第一个人，是因为她以前经常欺负我女儿，使得我女儿后来离家出走，结果被人贩子拐走了。虽然她后来自己跑回来了，但我的婚姻却因此破裂，而且我的女儿从那以后就再也不认我这个父亲了。虽然当时我并不喜欢自己的那个家，但那个家却能够让我内心宁静，可以让我静下来做自己喜欢的事情。然而从那以后，我再一次陷入到了孤独和寂寞当中，我的生活一下子就破碎了。所以，我非常恨她，因为她是使我生活破碎的源头。”

章果似乎被他的话打动了，轻声问道：“后来呢？”

冷国华也给自己倒了一杯酒，然后仰脖喝下，说道：“接下来我就杀了一个人贩子。那个女人伪装得很好，租了套房子，明面上是卖烧烤的，暗地里却干着拐卖儿童的勾当。其实我也是在无意中发现这个女人的秘密的，正好我要找一个那样的人泄愤，于是就到她的住处把她给杀了。我杀她不仅仅是为了自己泄愤，更是为了不要让更多的家庭遭受不幸。”

章果给他倒上酒，朝他举杯：“杀得好，我最恨人贩子了。”

冷国华喝了一口，笑着说道：“我就说嘛，咱们俩就是一类人，因为只有你才能够理解我。”随后他继续说道：“杀完了这两个人之后，我忽然就迷茫了，可是心里又有许多的愤怒积存着，一时间不知道该如何去发泄。正好有一天我从一家发廊外边路过，看到里面的小姐穿得花枝招展的，一个个媚态十足，而且还在那里不停地勾引着过往的男人。这时候我忽然想起自己多年来为了一个女人付出所有的真情，结果却因此身陷牢狱三年，后来还被那个女人无情羞辱。那一刻，我觉得所有的女人都不是什么好东西……杀了那个发廊小姐后，我就再也控制不住自己了，然后就一个一个地杀下去，一直杀到我内心的愤怒彻底发泄完了为止。”

章果诧异地问道：“既然她们都和你有仇，警察为什么没有想到是你作的案？”

冷国华得意地说道：“我又没有去杀那些羞辱过我的女人，我找的是她们的替身。当我杀害她们的时候感觉死在我手上的就是她们本人，一样让我感到非常痛快。而且这样一来警察根本就找不到其中的规律，当然也就不会怀疑到我身上来了。”说到这里，他看着章果，“所以，你现在像那样模仿我是不行的，那样做非常危险。”

章果默然了片刻，轻声问道：“你为什么要帮我？”

冷国华的目光一下子就变得炽热起来：“因为我发现我们俩是一类人，也许在这个世界上，能够真正懂得你的就只有我；与此同时，能够真正懂得我的人也就只有你了。你说是不是？”

这时候章果忽然流下了眼泪，轻声道：“也许吧。”

冷国华更激动了，握住了章果拿酒杯的那只手，章果的手轻轻抽了一下，不过马上就停住了。冷国华动情地说道：“在这个世界上，只有我们俩才可能成为相互的知音，所以，我绝不能让你被警察抓住，否则的话，我下半辈子就只能继续孤独下去了。”

章果轻轻挣脱了他的手，又给自己倒上了一杯，猛地喝下，苦笑着摇头道：“我早就不想活了，警察迟早会找到我的。”

冷国华急忙道：“不，不！只要你现在开始收手……对了，你杀的第一个人和你究竟是什么关系？”

章果看着他：“你不是说要给我看什么东西吗？”

冷国华愣了一下，叹息着说道：“想不到到了现在，你竟然还是不相信我。刚才我告诉你的那一切难道还不能取得你的信任吗？你想过没有，我怎么可能留下任何证据？那样的话，岂不是给自己埋下了一颗地雷？我今天叫你来就是为了告诉你，我曾经做过的那些事情，我这样做的目的就是想要帮你，因为我不希望你被警察抓住。如果你在前面的几件事情中留下了什么线索，我们现在一起去补救还来得及。”

章果再次流下了眼泪：“来不及了。我杀害的第一个人是我的初恋，是他骗了我的第一次，又将我无情地抛弃了。第二个人是我以前那家公司的主管，他趁我喝醉的时候侵犯了我。从那以后我再也不喝酒了。第三个倒是对我很好，可是后来我发现他早已结婚……”

冷国华咒骂道：“他们都该死！不过你放心吧，像你这样的情况，警察暂时是发现不了你的。”

章果瞪大眼睛看着他：“为什么？”

冷国华分析道：“你的初恋那应该是多年前的事情了吧？想必警察一时间还查不到你那里去，因为警察首先要调查的是死者最近的仇人，这是他们通常的思路。第二和第三个对你做下的事情，他们根本就不敢对其他人讲，所以，警察想要知道的话也基本不大可能。因此，只要你从现在开始就停止继续作案，那么你就是安全的。接下来我们俩都去申请移民，到时候我们俩一起去国外，从此海阔天空，自由自在……”

监控中心里，曹能问林渐新：“是不是可以收网了？”

林渐新正准备点头，这时候就听到冷国华问：“章果，你怎么还是不高兴呢？我明白了，你要杀的第四个人，他非死不可，是不是？”

章果点头道：“是的，他对我的伤害最大。”

冷国华怒道：“既然是这样，接下来的事情我帮你做，这样的话，警察就不会怀疑到你身上了。”

章果不住摇头：“不，我自己的事情我自己去了结。”

这时候最高兴的就是季擎了：“我终于可以上场了。”

想不到林渐新却忽然对曹能说道：“收网吧，继续下去已经没有任何的意义了。我们没有必要画蛇添足。”

“不，我自己的事情我自己去了结。”章果不住地摇头说道。

冷国华真挚地说道：“章果，从现在开始，你的事情也就是我的……”话音未落，就听到大门处传来一声巨响，防盗门瞬间变形。与此同时，客厅窗户处几个特警从天而降，数支冲锋枪同时指向冷国华。

就在这一瞬间，冷国华怔怔地看着忽然露出了笑容的章果，一下子就明白了：“你……原来你一直在骗我？！”

章果指了指屋子里面的几处地方：“你早就被我们监控起来了。冷国华，我们换个地方继续往下说吧。”

冷国华一脸颓然，叹息着说道：“女人都是害人精，我早就知道，可是为什么总是要犯同样的错误呢？”他的手缓缓举起，忽然间右手一翻，只见一把手枪一下子就抵在了章果的前额处。冷国华恶狠狠地骂道：“都给我滚出去，不然的话，我一枪打死她！”

“那把枪是从什么鬼地方变出来的？！”面对突变，曹能顿时气急败坏。

林渐新也是大惊，不过很快他就明白了。每天冷国华起床的那个时间正好是监控人员最疲惫的时候，正因如此，冷国华起床后将那把枪揣进裤兜里面时才没有被注意到。很显然，冷国华今天去见章果，是做好了两手准备的。林渐新急忙对曹能说道：“让你们的人马上退出去，罪犯现在已经是瓮中之鳖，没有必要激怒他，章果的安全最重要。”

曹能点头，即刻下达了命令：“所有的人员，马上撤离。马上撤离，这是命令！”

进入屋子里面的警察慢慢后退，冷国华的枪一直顶在章果的额头处，食指紧紧扣着扳机，逼着章果朝阳台的方向慢慢退去。林渐新突然道：“不好，他这是要自杀。在他自杀前肯定会杀害章果，怎么办？”

曹能大声问道：“狙击手，有把握一枪击毙罪犯吗？”

监控中心传来了狙击手的声音：“他躲在我们那位女警前面，外边的风很大，无法保证一枪致命。”

很快地，冷国华用枪顶着章果到了距离阳台不远的地方，他的手在颤抖，同时还流下了眼泪。也不知道怎么的，这一刻，章果竟然一点都不感到害怕，她看着眼前这个正在流泪的罪犯，平静地问道：“你害怕了？你还不如我呢。”说着，她伸出双手紧紧握住枪管，“来，开枪吧，到了地狱后我也要抓你去见阎王。”

冷国华的手抖动得更厉害了：“你别逼我！”话音还没有落下，只见章果骤然间朝着他的胯下一个膝顶。冷国华发出一声惨叫，身体蜷缩成了一团，哐啷一声，那支手枪也掉落在了不远处。

门外、窗户外的警察再一次蜂拥而入，一个特警拾起那把手枪，脸上诧异了一下，随即将它在手上掂了掂，大笑着说道：“这把枪是假的！”

“你太莽撞了，我反复对你讲过，没有什么比生命更重要。你以为自己牺牲就光荣了？你想过你的父母、弟弟吗？你的那种牺牲简直就是一种愚蠢，因为那样的牺牲明明是可以避免的，而且是你自己一时冲动造成的。我本来还以为你是一个优秀的人才，想不到你只不过就是一个头脑简单的蠢蛋！”林渐新一见到章果就开始批评她，而且越说越生气。

章果虽然觉得他说得很有道理，却依然觉得很委屈，眼泪禁不住流下来。可即使是这样，林渐新还没有住口：“只会逞匹夫之勇的警察，绝不是一个好警察！本来我还向曹警官建议好好培养你，我看算了，那样只会害了你，总有一天会害得你丢掉性命……”

章果的眼泪流得更厉害了，这时候连曹能都看不下去了，急忙过去对林渐新说道："接下来你还要帮我们审讯冷国华呢，先去好好休息一下吧。"

林渐新朝他摆手道："你们自己去审讯吧，我得马上去北京……不，我是要去见他一面，因为我要当面问他一个问题。"说到这里，他又看了章果一眼，叹息了一声后转身离开。

曹能这才去安慰章果道："他生气是因为太喜欢你所表现出来的能力，与此同时，他是让你随时随刻都记住：警察是个高危职业，你应该更加爱惜自己的生命才是。别觉得委屈，你要永远记住他的这一番苦心才是。"

章果站直了身体，却依然控制不住眼泪："是。我懂了。"

曹能离开后，季擎朝章果递去纸巾："林医生说得对，当时你确实太冲动了，我都被你那个突然的举动吓得差点儿叫出声。"

章果揩拭了一下眼泪，瞪着他道："连你也来说我！"

季擎无奈地说道："我对你简直就是羡慕嫉妒恨啊，本来还以为自己有机会上场的，结果林医生硬生生把剧情给掐断了，说什么没有必要再画蛇添足。唉……"

章果禁不住扑哧一声笑了起来。这一刻，季擎一下子就呆住了，他忽然发现，这个看似模样普通的女孩子笑起来竟然是那么的好看。

林渐新站在冷国华的面前，开始的时候冷国华一直半仰着头不想理会他，可是慢慢地，他发现眼前那双如水般清澈的目光竟然有一种让人不可抵御的力量，终于忍不住问道："你老是这样看着我干什么？"

林渐新朝他鄙夷地一笑，说道："听说你一直拒绝回答警方的任何问题，所以我就来看看，来看看一个懦夫是如何在这里表演坚强的。"

冷国华大怒："你居然说我是懦夫？！"

林渐新点头，说道："是的，你是一个彻头彻尾的懦夫。当年你喜欢卿若安，可是你明明知道她已经有了男朋友，真正爱着的人并不是你，你却依然不愿意放弃。因为在你看来，放弃就意味着自己失败，你不敢去面对自己的失败，不敢让一切重新开始，这就是懦夫的表现。卿若安和鲁伟结婚后，你因为鲁伟那个不经意的目光而愤怒，更是不顾一切，意图伤害对方。而当你面对警察和法庭的时候却又不敢说出真相，那还是因为你害怕自己的失败被众人知道。一个失败者在一怒之下向胜利者实施报复，而你那样的举动就如同飞蛾扑火一般，说到底不过是一种自残行为，这恰恰彰显了你作为一个懦夫的真面目。后来你结了婚，有了孩子，却从来都不关心她们，总是把自己关在家里，为什么？因为你是一个懦夫，你害怕去面对外面的世界。你在监狱里面背完了一部《牛津词典》，就自以为了不起。也许你并不知道，这个世界上真正优秀的人绝不会因为一丁点的成绩就开始沾沾自喜。对，你是翻译过不少的作品，最近我也读完了其中的一本，是的，总体上看还算不错，不过和那些真正的翻译大家相比差得太远了。说到底，那只不过是卿若安可怜你，所以才托朋友替你找了一份安身立命的工作。而你不但不感恩于卿若安，还对她心存恨意，为什么？因为你是一个懦夫。你无情地剥夺了九个无辜的生命，而这九个无辜的生命中没有一个人和你有过直接的冲突。作为一个懦夫，你从来没有想过快意恩仇，而是选择残杀无辜，欺凌弱者。明明是因为你多次偷看女儿洗澡，所以才使得女儿对你避而远之，但是你却把所有的责任都推向了他人，甚至不惜因此杀人泄愤。像你这种不知廉耻、只顾自己发泄欲望的无耻之徒，简直就和禽兽无异，想不到你竟然还有脸面在他人面前谈什么文学和理想，这简直就是天底下最大的笑话！如今你犯下多起杀人、强奸、分尸的滔天大罪，警方已经录下了你的所有供词，你却不敢认罪服法，试图做无谓的挣扎，这不是懦夫又是什么？！”

林渐新越说越快，但说出的每一个字偏偏又是无比清晰，他的每一句话都在无情地击打着冷国华的灵魂。是的，冷国华就是一个懦夫，却富于幻想。每当沮丧、失意的时候，他就会将自己的灵魂置于幻想之中，包括他此时的垂死挣扎。而林渐新刚才的那些话冲破了他灵魂外围的防护，彻底击碎了他最后一丝侥幸心理，让他的内心世界也因此轰然崩塌。

这一刻，冷国华看上去好像忽然苍老了许多，他的身体已经完全瘫软在了那张特制的审讯椅中。

林渐新依然看着他：“告诉我，为什么要杀害那个中学生？”

冷国华抬起头来看了他一眼，双目空洞的他如同一具行尸走肉。他神情恍惚地说道："为什么？我也不知道为什么……也许，那……那只不过是一个句号。"

雨已经停了。林渐新抬起头，看着冬日里天上少有的那一片湛蓝，禁不住悲从心来——一个鲜活可爱的生命在冷国华的眼里，却仅仅如一个句号般渺小……

这时候他忽然听到手机铃声响起，接听后传来的是左辉兴奋的声音："林医生，孙家良回来了……"

（第二部　完）

享讀者

WONDERLAND